LES ROSES NOIRES

GÉRARD MORDILLAT

LES ROSES NOIRES

roman

ALBIN MICHEL

Pour mon ami Bertrand Rothé

« Il n'est pas absurde de saisir la situation politique par l'imaginaire. »

Frédéric Lordon

« Les temps sont accomplis : semons les roses noires. »

Léon Deubel

Deutéronome

Tous les noms avaient été changés pour qu'en cas d'invasion les troupes d'occupation ne puissent pas s'orienter. Pour se rendre dans ce quartier, il fallait quitter l'autoroute à la sortie D7 et filer tout droit à travers une zone industrielle où les bâtiments qui n'avaient pas été démolis étaient abandonnés à l'état de ruines. Partout, sur les bords de la route, sur les parkings, dans les espaces dégagés, des véhicules, des machines-outils, du mobilier, des containers rouillaient sur place à cause des pluies incessantes et d'une pollution chronique. Sans compter les tas d'ordures anarchiques et les empilements de gravats…

Les rats pullulaient sous le ciel transformé en drap mortuaire percé d'éclats d'obus.

C'était la guerre.

Elle avait commencé quand les Polonais, secrètement poussés par les Américains, avaient tenté d'envahir l'oblast de Kaliningrad qu'ils estimaient faire partie de leur territoire. La contre-attaque de Moscou avait été très violente : aviation, troupes au sol, missiles. C'était ce qu'attendaient les

Américains. Au nom de la défense de la Pologne, le prétexte pour attaquer la Russie était trouvé. Les stratèges du Pentagone avaient sous-estimé la réaction de la Chine et de ses alliés. Dès les premières frappes américaines, les Chinois s'étaient solidarisés avec les Russes, coulant plusieurs navires militaires en mer de Chine du Sud. « La Chine ne sera pas l'Irak », avait prévenu le porte-parole du ministère des Affaires étrangères à Pékin.

Personne ne savait jusqu'à quand cela durerait.

En Europe, en Asie, en Amérique du Nord et du Sud, ici, ailleurs, sur tous les territoires, la guerre était devenue un état permanent. Le front se mouvait d'un pays à un autre. Même pour ceux qui étaient provisoirement épargnés, elle était dans les têtes, dans les corps, dans les consciences…

Le monde s'habituait aux massacres.

Le jour n'était pas encore levé. Orden avait rêvé à son père. Pas à son père tel qu'il l'avait connu, non, à son père enfant. Un gamin de cinq ou six ans dans son rêve. Il se promenait dans un parc d'attractions, au milieu des manèges avec Félo, l'un de ses oncles. Une force de la nature qui travaillait dans la charpente métallique. Ils s'étaient arrêtés devant une mailloche, un jeu où à l'aide d'une masse il fallait frapper sur un gros clou qui envoyait le long d'une colonne un petit personnage habillé en pioupiou de 14-18. En haut du mât, il y avait une cloche. Si d'un seul coup le joueur pouvait envoyer le petit soldat faire sonner la cloche, il gagnait une sucrerie. Pour faire plaisir à son neveu, Félo payait un essai. Il prenait la masse, la faisait tourner en l'air et frappait sur le clou dans le mouvement. De toute sa force. Non seulement le pioupiou – arme sur l'épaule, baïonnette au canon – faisait tinter la cloche mais la figurine se brisait contre elle et le mât lui-même se renversait. Dans le rêve, Félo ne s'alarmait pas du désastre. Il rendait la masse au forain : « Je crois que le petit a droit à un roudoudou… »

Orden ne comprenait pas pourquoi il avait rêvé ça. À qui devait-il s'identifier ? À l'oncle ? À l'enfant ? Au pioupiou ? Au forain abasourdi ? Que signifiait cette force brute qui brisait tout ? Qui détruisait le militaire ? Qui explosait la cloche ? Qui ruinait le sabre comme le goupillon ? Et ce mât qui s'abattait, que représentait-il ? Que symbolisait le roudoudou ? Quelle récompense ? Et surtout pourquoi ? Pourquoi, dans son rêve, le témoin était-il son père enfant ?

Pourquoi ?

Orden se remettait d'une crise de vertiges. De cristaux déplacés dans l'oreille interne. Il traînait dans sa chambre, ruminant que la politique n'avançait jamais en ligne droite, mais de façon heurtée, toute en bosses et en zigzags. Les partis n'existaient plus, les syndicats non plus. Les associations avaient été dissoutes, pourtant il y avait encore des hommes assez fous pour croire qu'un mot, une parole était capable de transformer le monde.

Comme tous les matins, Orden choisit au hasard un recueil de poèmes dans sa bibliothèque :

Riche nuit ! Si je suis hélas d'une autre étoffe,
La trame n'en est pas de vos oiseaux de mer,
Mais de leurs froides proies ourdies[1].

Son portable vibra. C'était Fanch.

– Barre-toi ! Barre-toi ! Fous le camp…

1. Olivier Larronde, *Les Barricades mystérieuses.*

Puis le silence.

Orden lâcha le téléphone comme un fer brûlant. Il attrapa son manteau, un vieux caban de la marine américaine, et fila sans un coup d'œil à sa bibliothèque, un millier de livres qu'il ne reverrait sans doute jamais.

La somme de tout et de rien, se dit-il, étonné que ce soit la seule pensée qui lui vienne à l'esprit au moment de déguerpir.

Il claqua la porte.

Puis, revenant sur ses pas, jurant : « Quel con ! », il rentra chez lui, piétina son portable et fit disparaître la puce dans l'évier avant de s'enfuir pour de bon.

Point

Ils venaient d'entrer dans un long hiver.

Orden, débraillé, mal rasé, ne savait pas où il allait mais il y allait, les mains enfoncées dans les poches de son caban, plombé d'une tristesse infuse. Il abandonnait son œuvre derrière lui, une trentaine de livres alignés sur une étagère... Orden aimait penser à son travail comme à une « œuvre » parce que ce mot avait d'abord donné « œuvrier » puis « ouvrier ». Il ne songeait jamais à lui comme à un écrivain mais comme à un ouvrier à l'œuvre. En même temps, il se sentait libéré d'avoir tout laissé, de ne plus rien posséder. Plus de valises à porter, plus d'histoires à raconter. Tout cela partirait bientôt en fumée, effacé, rayé des souvenirs. Tant mieux. Il ne resterait de lui que l'image d'un drôle tout juste bon à donner le change. Un « menteur professionnel », un « marchand de salades », comme il l'avait fait imprimer sur des cartes de visite. Que connaissait-il du monde ? Pas grand-chose. Les murs de son studio, ses textes labourés comme des champs cultivés, sa rue jusqu'au carrefour, à peine plus loin. Poussé par la rage ou le désespoir, il entrait désormais dans l'inconnu, sans regrets pour l'humble bonheur de l'ordinaire. Orden sentait la ville en lui, lourde comme est lourd l'enfant qu'une femme porte dans son ventre. Avec le vieux caban qu'il avait sur le dos, son corps pesait une tonne. Rien ne lui permettait de se retrouver ni de s'orienter. Une brume nauséabonde si épaisse qu'on n'y voyait pas à dix mètres. Mais était-ce du brouillard ou une nappe de pollution aussi dense qu'un mur en béton ? Il bruinait. Cela ne faisait qu'ajouter à son sentiment d'être le dernier homme sur la Terre. Il entendit soudain un rire ou un sanglot mais ne vit personne. C'était plus humain que bestial, plus funèbre que vivant. Son imagination ? Il ne voyait qu'une solitude nue et sordide, n'entendait rien qui puisse le consoler. Il avançait au centre d'un théâtre d'ombres dont il ne discernait pas les contours. Il tendit l'oreille. Mais non, rien ; du silence troublé par l'haleine du vent. Peut-être avait-il rêvé ? Peut-être n'avait-il rien entendu ? Tout semblait flou devant lui : les immeubles, les maisons, les magasins, le mobilier urbain, les voitures, tout…

L'homme à la tête percée
Voit le jour dans le brouillard
Le vent souffle à tribord
Vire à bâbord
Du côté des forces obscures
Du futur effrayant de netteté
Son crâne fuit par sa bouche

Sa langue par ses yeux
Boule et boule et boule de neige
Bourre et bourre et ratatam !
Ses mots givrent dans l'air
C'est si facile
De faire semblant
De piétiner l'ombre d'un jour
Pour y laisser sa trace

Orden ralentit le pas, promenant son regard sur ce désert d'ordures et de gravats. À nouveau, il entendit un bruit, une voix. Il se retourna brusquement mais ne vit pas âme qui vive. Il porta la main à sa poitrine comme pour s'assurer que son cœur battait toujours. Il y avait quelque chose de poignant dans cette plainte qu'il entendait et n'entendait plus. Une souffrance d'oiseau blessé qui agonise. Il se raisonna. Il était idiot de s'alarmer pour rien. Pour un frémissement de l'air, un sifflement du vent. Il se remit en marche. Lentement, le jour l'entoura d'une aura lumineuse, un cercle magique. Orden se sentit soudain extraordinairement lucide. Il flottait dans l'air mille poussières de soleil qui brillaient dans la brume. Depuis que la Corée du Nord avait réussi à bombarder la Californie, que le front se déplaçait vers l'ouest, ses moments de parfaite lucidité étaient devenus rares. D'ordinaire, il vivait dans une sorte d'engourdissement de la pensée et des sens comme s'il portait un casque trop serré et trop lourd qui lui comprimait la tête. Il ne comprenait plus rien. Tout lui échappait. Il était aux abois. Pourtant, il avait la sensation qu'une mission importante l'attendait ; quelque chose de fort, quelque chose de grand, d'enthousiasmant, qui le libérerait. Serait-il celui qui fait tinter la cloche, brise le soldat de fer et fait tomber le mât ? Est-ce cela qui l'attendait ? Ou ne serait-il que le témoin de l'effondrement du monde ? Il ne savait pas. Tout s'effaçait vite et presque aussitôt redevenait blanc comme le malheur. Les nuages, très bas, filaient au-dessus de sa tête. Le ciel lui sembla saigner. Mais cette remarque lui parut si cucul qu'il s'en moqua. Il s'enlisait, engoncé dans une profonde mélancolie, quand son œil fut attiré par un point rouge sur un mur pourri. La couleur éclatante de ce point l'intrigua. Il s'approcha et, après avoir vérifié que personne ne l'observait, le frotta doucement du bout des doigts. Ce n'était pas de la peinture, plutôt de la craie ou du pastel gras. Ça avait été fait très récemment. Par qui ? Par le rieur entendu ? Par une femme qui pleurait ? Un enfant ? Le mur était lépreux : enduit abîmé par la pluie, peinture écaillée, plâtre rongé par des saletés ou de la rouille, mais dans ces déchirures il distinguait des visages, une foule entière qui se pressait comme si elle cherchait à s'arracher à ce qui l'emprisonnait. Ces visages écarquillaient les yeux, ouvraient la bouche, sortaient la langue sous les traces d'un graffiti décoloré :

NAÎTR…
TRAVAILL…
CONSOM…
MOURI…

Une clameur d'une grande violence. Orden voyait une tache rouge minuscule mais c'était un poing dressé vers le ciel.

Cybèle

L'immeuble était promis à la démolition : haut, vieux, en brique noircie par le temps. Ses étages supérieurs disparaissaient dans les nuées d'un gris pisseux, ce brouillard chimique qui se faufilait à l'intérieur des maisons, irritait les yeux et provoquait de violentes quintes de toux. Parfois, c'était si dense que les avions devaient être détournés et des vols annulés. Orden traversa le hall sans saluer la vieille qui somnolait dans une loge vitrée. Il ne laissa pas non plus son nom sur le registre visiteurs comme l'exigeait le nouveau règlement en vigueur. Il monta jusqu'au deuxième à grandes enjambées, l'escalier et les couloirs sentaient le soufre et l'humidité. Beaucoup d'appartements semblaient vides, portes ouvertes, détritus sur le palier, vêtements abandonnés en tas. La moitié des locataires avaient fui. La plaque de la porte n° 26 ne tenait plus que par une vis. La tête comme un cercueil vide, il sonna.

– Orden !

– Je peux ?

Sans attendre la réponse de Cybèle, il entra et referma la porte derrière lui. C'est l'odeur d'abord qui le surprit. Une odeur oppressante, chargée de parfums, de linge qui sèche, de cuisine. Avait-elle monté le chauffage ?

– T'es seule ?

Cybèle, avec seulement son peignoir en crêpe de Chine sur la peau, l'observait. Calme comme un miroir, elle ricana.

– Avec qui veux-tu que je sois ?

– Ton mari ?

– C'est fini depuis longtemps.

– Parti ?
– Mort…
– Accident ?
– Embolie. Oublions.

Ils se turent sans se quitter du regard, figés par le sel du temps passé. Cybèle s'ébroua comme si elle s'éveillait au milieu de la nuit, le visage rêveur, légèrement incliné sur le côté.

– Comment t'as eu mon adresse ?
– Je l'ai toujours eue.
– Arrête, dit-elle, ça ne fait pas longtemps que j'habite ici et je ne vais pas y vivre encore longtemps…

Orden se dirigea vers le salon, il se méfiait. Ce n'est pas parce que Cybèle affirmait qu'elle était seule qu'il n'allait pas découvrir un type caché derrière les rideaux ou à plat ventre sous le lit. Cybèle aimait être seule en compagnie. Mariée, elle s'était fait prendre deux fois en flagrant délit d'adultère. Dont une fois avec lui dans un petit hôtel où ils avaient leurs habitudes. Cybèle sourit. Voir l'air inquiet d'Orden l'amusait. Décidément, il n'avait pas changé. À la question d'une revue littéraire : « Qui êtes-vous ? », Orden avait répondu de manière ironique et provocatrice. Un texte jauni mais toujours d'actualité qu'elle conservait punaisé dans ses toilettes :

Poète…
Je pue des pieds (sic !)
J'ai l'alexandrin variable
Je m'habille comme l'as de pique
Le grand croque me crique
Je porte toujours les mêmes chaussures
Je me lave rarement les cheveux

Je me peigne avec un clou
Je ne me rase qu'un jour sur cinq
Je tache mes chemises en rimant
Mes pantalons aussi
Je pisse à côté de la tinette
Je me mouche dans mes doigts
Et m'essuie d'un revers de manche
Je tombe en amour
M'écorche les genoux
Me tords les pouces
Mais je souffre en silence
Je raconte toujours les mêmes histoires
Comme si je les racontais
Pour la première fois
Je n'aime pas les brocolis
Je ronfle devant la télé
Je prends trop de place dans le lit
Mes pages me poussent à me coucher
Mais qui remarque ma fatigue ?
Qui s'inquiète de me voir
Cloué nu au poteau de torture ?
Je suis triste
Comme un jour sans pluie
Brûlant, brûlé, indocile
J'endure ma vie
Sans plier le genou
Ni baiser la main
De qui que ce soit
Je suis une brique, un réfractaire
J'écris de la poésie
Ma femme n'en peut plus

Seul mon chat
Me considère comme un génie

Orden reconnaissait les meubles vus ailleurs dans un appartement différent, les lithos accrochées aux murs, la lampe en bronze où un ange fessu tenait un globe à bout de bras, des bibelots, des livres empilés par terre, des vêtements, des sous-vêtements jetés sur les chaises et le canapé, un désordre bohème. Il lui semblait contempler une citation du passé.

– Ça fait combien de temps que nous ne nous sommes pas vus ? s'enquit Cybèle comme si elle ignorait la réponse. Cinq ans, sept ans ? Plus ?

Orden était rassuré. Il n'y avait vraiment personne dans l'appartement.

– On me recherche, dit-il précipitamment. Il faut que je me planque.

– Tu as des ennuis ?

– À ton avis ? ricana-t-il, sans en dire plus.

– Les Souchiens ?

À l'origine, « souchiens » était un sobriquet donné par la presse aux premiers citoyens « de souche » qui s'étaient constitués en milices pour traquer et chasser du territoire national tous les étrangers, les pauvres, les mendiants et les jeunes des banlieues. Les Souchiens avaient retourné le surnom infâmant, s'en étaient fait un titre de gloire et désormais se réclamaient haut et fort du double S qui caractérisait leur nom. Les Souchiens opéraient en groupes, des meutes de cinq à cinquante personnes, totalement indépendantes. C'était un appui aux forces de l'ordre et militaires, mais complètement autonome. Depuis plusieurs mois, leur influence avait grandi avec le soutien du Conseil, ce qui les faisait haïr aussi bien par le général en chef des armées, le général Morcerf, que par le chef de la police, Côme Saint-Jean. Pour les militaires les Souchiens n'étaient que des plébéiens, pour la police d'arrogants supplétifs.

Cybèle soupira, les mains sur les hanches.

– Ils t'ont repéré comment ?

– Mes livres...

Le regard sombre, Orden ôta son caban.

– Pour me faire plaisir, mon éditeur publiait mes romans sous une couverture illustrée, dit-il en le jetant sur une chaise. Un code qui d'ordinaire était réservé aux auteurs étrangers. Pour les Souchiens, avec leur QI d'huître, si je publiais dans la collection des auteurs étrangers, c'est que je faisais partie de la cinquième colonne. Que j'étais un étranger.

Cybèle leva les yeux au ciel.

– Quelle bande de tarés !

Et proposa du café en remontant son peignoir qui glissait de son épaule.

– T'en as ? s'étonna Orden.

– Pour les grandes occasions...

– Et de l'eau ?

– J'en stocke.

Il y avait plus d'un an que le café comme l'essence et un tas d'autres choses étaient exclusivement réservés à certaines catégories de personnes. Il n'y avait plus d'argent non plus dans les distributeurs. On était revenu à l'âge du troc, des bons de nourriture, des cartes de rationnement. Tous les commerces de proximité avaient été fermés et se servir directement chez les producteurs était strictement prohibé. Seuls les magasins agréés par le Conseil fournissaient les produits de première nécessité, les aliments et les médicaments. L'eau était désormais plus précieuse que le pétrole. Tout le monde avait faim et soif à cause de la guerre. Cela donnait lieu à des trafics d'une terrifiante âpreté. Orden suivit Cybèle dans la cuisine, remarquant qu'elle roulait exagérément des hanches pour le provoquer. Cybèle savait y faire avec les hommes et ne se privait pas de jouer de ses « moelleuses rondeurs », comme elle aimait appeler ses formes appétissantes. C'était pour elle une façon de se moquer de ceux qu'elle attirait, de les prendre à son jeu aussi facilement qu'une mouche avec de la confiture. La dernière fois qu'ils s'étaient tenus dans les bras l'un de l'autre, il pleuvait. Une petite pluie énervante. Crispante même. Cybèle avait plissé les paupières comme si elle avait du mal à reconnaître Orden, visage offert au vent et à l'ondée. Elle avait dit : « J'y vais », il avait répondu : « Vas-y » et ils s'étaient séparés pour ne plus jamais se revoir.

– Tu tiens comment ? demanda-t-elle, remplissant la cafetière avec précaution. Excuse-moi de te poser la question, mais depuis le temps…

– J'étais affecté sur des chantiers, mais c'est fini.

– T'as été muté ?

– Non, j'ai décidé de ne plus y foutre les pieds. Ni là-bas ni ailleurs. Et tu sais quoi ?

– Quoi ?

– Rien.

– Qu'est-ce que ça veut dire, rien ?

– Rien. Il ne s'est rien passé. La Terre ne s'est pas mise à tourner dans l'autre sens, le Soleil ne s'est pas arrêté sur son axe. J'ai déserté les chantiers et personne ne s'en est aperçu… Le vide, le silence, rien.

Il ricana.

– Finalement, il n'y a que les Souchiens pour qui c'est une affaire…

– Qu'est-ce que tu faisais ?

– Je démolissais, répondit-il comme s'il avait honte de l'avouer. Tu ne peux pas savoir le nombre d'immeubles, d'usines que j'ai démolis, des lignes de production, des quartiers entiers, tous foutus par terre.

Il précisa :

– Je ne démolissais pas, je ratiboisais. La guerre, c'est le bon prétexte pour tout ratiboiser.

– Une bonne excuse ?

– Si tu veux. On tombe tout, on arase les terrains, on monte des kilomètres de palissades autour pour empêcher qu'ils soient repris et quand la guerre sera finie, ça vaudra des milliards… Seuls les plus fortunés pourront habiter sur ce qu'on reconstruira. Plus d'étrangers, plus de pauvres, que du Blanc de Blanc chrétien, choisi et riche.

Le café était prêt.

Ils retournèrent en silence au salon et s'installèrent côte à côte sur le grand canapé mauve. Un regard amusé suffit à leur rappeler ce qu'ils avaient fait plusieurs fois sur ces coussins, témoins muets de leurs étreintes. Il lui lisait ce qu'il écrivait, ils faisaient l'amour ; il lisait un autre passage et ils refaisaient l'amour jusqu'à ce qu'ils sombrent dans les bras l'un de l'autre au milieu des feuilles éparpillées.

– Tu n'écris plus ? demanda Cybèle.

Orden fit la grimace.

– J'ai laissé tomber, comme les chantiers. Tu te souviens, Fitzgerald : « Toute vie est bien entendu une entreprise de démolition. » Alors, pour quoi écrire ? Autant démolir d'emblée…

Cybèle haussa les épaules. Il l'énervait à ne pas répondre. Orden avala une tasse de café trop chaud.

– À quoi ça servirait d'écrire ? reprit-il, cherchant à s'expliquer. Plus personne ne lit. Plus personne n'est capable de lire un livre. Et encore moins de la poésie ! S'ils arrivent à supporter une phrase ou deux dans un tweet, c'est le bout du monde. Les Souchiens peuvent brûler toutes les bibliothèques, toutes les librairies, c'est comme défoncer un cimetière. Tu peux casser les stèles, crever les cercueils, disperser les os, ça ne dérange pas les morts, ça ne les fait pas revenir. Tu as lu ce que j'ai écrit ?

D'un geste de la main, Orden empêcha Cybèle de répondre.

– Bien sûr que non, dit-il. Tu n'as rien lu, mais je ne t'en veux pas. Tu n'es pas la seule. C'était mon rêve, mon illusion : le pouvoir des mots, leur capacité à tout bouleverser. Tu parles ! Rien n'a été bouleversé. Mes mots ont joué les filles de l'air, ils sont morts…

– Tes mots sont morts ?

Orden fit tourner son index comme une roue à côté de sa tête.

– Réfléchis. Un mot qui prend l'*r*… c'est un mort.

– Tu ne peux pas t'empêcher de déconner ?

– J'essaie, mais ça marche de moins en moins. Je n'arrive plus à sourire, à rire. Comment faire ? Partout la guerre, le sang, les ruines, l'air moisi, les chairs putréfiées. En quelques décennies, les trois quarts des animaux sauvages ont disparu, un million ou plus d'espèces sont menacées d'anéantissement total, même les insectes sont de moins en moins nombreux, les mers et les océans sont des égouts à ciel ouvert et tu as des dizaines de millions de réfugiés qui arrivent en hurlant à la mort…

– Arrête, gronda Cybèle. Je préfère quand tu déconnes…

Mais Orden, tel un prisonnier dressant un plan d'évasion, continua, regardant droit devant lui :

– Quand j'essaie de voir plus loin que le bout de mon nez, qu'est-ce que je vois ? Je vois un monde d'une effrayante pauvreté, rongé par les épidémies et les famines ; je vois des forteresses de survivalistes prêts à tirer sur tout ce qui oserait s'approcher de leurs bunkers…

La suite tomba d'un bloc :

– Ils nous tuent par plaisir. Pour se distraire…

– La technique peut nous sauver, plaida Cybèle. Ce n'est pas la première fois que…

Orden s'emporta :

– Oublie ces conneries ! Le recours à la Science suprême et salvatrice, c'est de la pensée magique ou de l'incantation ! Qui peut vraiment prévoir ce qui nous attend ? Personne. Et même si l'on découvrait miraculeusement une nouvelle source d'énergie non polluante, ça changerait quoi ? Un tank ou un avion de chasse qui marche au solaire, ce sera toujours un tank ou un avion de chasse, des armes de mort. Raser une forêt avec des bulls équipés de panneaux photovoltaïques, c'est toujours raser une forêt ! L'humanité est sortie de la forêt et elle crèvera dans le désert. Et tous ceux qui disparaissent aujourd'hui, sois sûre qu'ils ne reviendront pas. Alors, tu peux toujours crier au fou, prier, supplier de tout arrêter, d'arrêter les destructions, d'arrêter la guerre, de laisser au moins une chance à l'espèce humaine, c'est comme pisser en l'air. Ça fait une jolie fontaine en arc dans le soleil, ça sèche et ça disparaît. Ne reste que la puanteur…

Orden se tourna vers Cybèle, s'étirant pour dégourdir ses membres ankylosés.

– Le plus marrant, c'est que les dingues comme moi qui s'alarment et parlent d'urgence se font accuser d'être anti-science par les technocrates qui nous mènent au néant ! Pour eux, il faudrait rester dans le déni pour éviter l'effet anxiogène de la vérité sur les populations. Fallait y penser, non ?

Tandis qu'il parlait, Orden remarqua qu'une sorte de chagrin ombrait les yeux rieurs de Cybèle. Il ne savait plus rien d'elle. Il y avait si longtemps qu'ils n'avaient pas discuté ensemble, qu'ils ne s'étaient pas regardés, pas touchés. Elle ne l'écoutait pas. Pour elle, il n'était qu'un fantôme remonté du shéol, la fosse de l'oubli, sombre et profonde. C'était atroce, bouleversant. Orden craignit un instant que son esprit se lézarde et tombe en miettes aux pieds de Cybèle. Mais non. L'étourdissement passa et le vertige disparut.

– Tu es toujours…

Il hésita un instant sur le terme.

– Géodrilologue ?

– Toujours.

– Toujours dans ton labo ?

– Oui. Aujourd'hui, on produit de plus en plus de protéines assimilables…

– Du steak de vers de terre ?

– Hyper nourrissant, facile et peu coûteux à produire ! fanfaronna Cybèle, un index levé, agitant la tête, souriant à s'en blesser les lèvres. À l'hectare tu peux ramasser 1,2 tonne de vers. C'est-à-dire 60 % à 80 % de la masse animale présente sur terre. Dans les vers il y a des protéines avec des acides aminés essentiels, des acides gras saturés, les fameux oméga 3. Il n'y a rien de mieux comme régime alimentaire !

Elle fit le clown, mima une réclame en chantonnant le jingle :

Pour une santé de fer
Mangez du steak
De vers de terre !

Orden l'interrompit d'une voix froide :

– Ils t'ont fait passer le test d'utilité ?

– Oui. Et toi ?

– Je ne m'y suis jamais présenté.

Cybèle fit la moue.

– Tu te barres des chantiers, dit-elle, tu ne vas pas aux tests. Étonne-toi d'être recherché…

– J'étais inscrit au syndicat des artistes avant qu'il soit interdit. Tous les artistes ont d'emblée été classés Inutiles. Pour quoi aller me fourrer dans la gueule du loup ? Pour me faire humilier ?

Cybèle murmura d'un ton presque maternel :

– Tu as un gros capital humain…

– Pas de cochonneries entre nous !

En riant, ils échangèrent un baiser du bout des lèvres. Un rire dans des visages tourmentés. Orden plaisantait mais le cœur n'y était pas.

– Mon « capital », comme tu dis, est inutile à leurs yeux. Dans la mesure où l'intelligence artificielle est capable de détecter l'hypocrisie dans une voix, de prévoir les conflits, de concocter des nouvelles recettes, d'établir des diagnostics, de générer des œuvres originales à partir de celles déjà existantes, pourquoi écrire ? Pourquoi peindre ? Pourquoi composer quand la machine peut sortir du Beethoven ou du Mozart au kilomètre, écrire du Proust, du Joyce, du Shakespeare autant que tu veux et débiter du Tintoret, du Bacon, du Rembrandt comme personne n'en a jamais vu ?

Cybèle posa sa tasse sans finir son café et se leva.

– Viens, dit-elle avec un signe de tête.

Elle passa sa langue sur ses lèvres, les mordit un peu et se dirigea vers la chambre, abandonnant son peignoir derrière elle.

Corps

Orden s'était marié sur un coup de tête, quand Cybèle avait prétendu que, définitivement, elle ne pourrait jamais vivre avec lui ; qu'ils se déchireraient de disputes en brouilles, de vaisselle cassée en monstrueuses attrapades et criailleries. Il avait épousé Marie, secrétaire au Sénat, casanière, méthodique et bonne cuisinière, disposant d'un salaire plus que confortable. Orden aimait Marie mais ce n'était pas une passion, plutôt un pacte de bien-vivre-ensemble. Il offrait à Marie la sécurité d'un foyer, le plaisir d'être invitée chez des artistes et elle offrait à Orden la liberté d'écrire sans se soucier de rien. Ils avaient vécu dans la cruauté acide de l'ordinaire, des enfants, du ménage, des courses, des vacances en famille. Des vies aussi étranges que celles d'acteurs dont on verrait les gestes sur scène sans entendre les paroles. Puis ils s'étaient séparés d'un commun accord et ne se voyaient plus. Seuls leurs enfants donnaient parfois des nouvelles de l'un à l'autre, sans jamais citer les amies d'Orden qu'il présentait toujours comme « ma fiancée ». De son côté, Cybèle avait épousé le gérant d'une agence de voyages dont elle avait eu une fille et un garçon. Orden soupçonnait Louise, l'aînée de Cybèle, d'être sa fille et non pas celle de Lange, sous le nom duquel elle avait été déclarée. Il n'avait d'ailleurs jamais compris comment Cybèle avait pu épouser un type comme lui, sans grâce, sans esprit et d'une avarice féroce. Même quand ils vivaient en couple – chacun de leur côté – Orden et Cybèle n'avaient jamais renoncé à leurs rendez-vous secrets d'hôtel en hôtel. Orden n'avait jamais autant écrit – et si bien ! – que dans ces fractures du temps où ils se retrouvaient pour faire l'amour pendant l'absence de sa femme ou du mari de Cybèle. Tout lui plaisait en elle. Cybèle était ce que l'on appelle familièrement une « fausse maigre ». Une jeune femme mince, souple et décontractée qui, mise à nu, révélait des formes capables de combler deux bonnes mains d'ouvrier. Une chair voluptueuse, un regard mutin, un rire en trompette et parfois des larmes de bonheur qui le récompensaient. Quand Cybèle était enceinte de huit mois, ils avaient encore fait l'amour comme des chiens dans un petit hôtel où ils avaient leurs habitudes. Cybèle l'avait fait jouir comme jamais. Une explosion, une illumination, un cri partagé capable d'écrouler les murs et de décoller le papier peint.

Cybèle se laissa tomber à plat ventre sur le drap encore tiède de la nuit et se retourna sur le lit pour s'offrir jambes ouvertes. Ses yeux riaient mais sa bouche restait fermée comme un poing. Orden, pensif, ne broncha pas. Le corps de Cybèle gardait à peine la trace de ses grossesses. Elle était toujours d'une grâce adolescente, même le petit renflement autour de sa taille et son ventre légèrement bombé la rendaient plus désirable encore. La voir nue, présentée comme une viande à l'étal, le refroidissait. C'était aller trop vite, de façon trop mécanique. Cela lui déplaisait, heurtait son idée de l'amour, de ses jeux et de ses mystères. Ces lèvres impatientes, ce corps à prendre, ces seins dressés étaient aussi peu attirants pour lui qu'une poupée gonflable. Sa première idée fut de foutre le camp sans se retourner. Souffrance, déception, colère ? Il marmonna quelques paroles incompréhensibles : « La rue, plutôt la... », et il resta, dansant d'un pied sur l'autre, sidéré par cette femme qui osait défier le temps et la guerre d'un seul geste. *Tu bandes ?* Elle le narguait. Orden sentit ses nerfs traversés d'un courant électrique qui le paralysait. Il en voulait à Cybèle de se conduire comme une pute ou comme une épouse résignée à accomplir le devoir conjugal. Vision terrifiante, capable de l'anéantir. Il avait honte d'avoir de telles pensées. Cybèle vit un éclair allumer ses yeux. *Tu vas voir si je bande.* Elle lui adressa un message muet : *Viens vite, viens, mais viens doucement...* Orden pouvait être brutal – « Brusque mais pas brutal », protestait-il. Il jouait... *Ne me dis pas que ça ne t'a pas plu quand je t'ai secoué un peu la couenne !* C'était vrai. Une fois ou deux, Cybèle l'avait laissé lui rougir les fesses pour jouir dans les larmes. Orden brûlait sur place. *Tu cherches la bagarre ?* Voulait-il la battre ou au contraire se mortifier ? Voulait-il que le sang coule, que les chairs bleuissent ? Pourquoi voulait-il faire payer à Cybèle la douleur que provoquaient en lui ces retrouvailles ? Cybèle savait qu'il aimait ses seins, si doux, si pleins ; qu'il aimait ses fesses, rondes, délicates, selon lui aussi adorables que celles de Mlle Marie-Louise O'Murphy peinte par Boucher. Qu'il aimait...

Elle se replia sur elle-même, une main musant à la fourche de ses cuisses, et lente comme la nuit – murmures, caresses, tendresse – l'amena à faire ce qu'elle voulait qu'ils fassent, comme deux grands brûlés, sans parvenir à rien mais sans se lâcher un instant du regard.

– J'ai des regrets, dit Orden d'une voix rauque, pas des remords.

Les mots, comme engourdis, sortaient péniblement de sa gorge.

– Je regrette – et je regretterai toujours – que nous n'ayons pas vécu ce que nous aurions dû vivre ensemble.

Les raisons objectives (mari, femme, enfants) n'étaient que de fausses raisons. Ils auraient pu facilement les balayer d'un geste. Beaucoup de gens divorcent sans que la Terre s'arrête de tourner. Il ne s'y était pas risqués, retenus par la crainte secrète de se perdre dans la douceur du foyer, ce redoutable piège où l'on meurt en pantoufles au coin du feu. Pourtant, aujourd'hui, rien ne lui paraissait plus désirable que ces jours où rien ne bouge, rien ne tremble.

– Pourquoi n'ai-je pas eu le courage de te dire « Viens, quitte tout et suis-moi » ? J'ai été lâche. Putain, pourquoi ai-je été si lâche ?

– Moi aussi j'ai été lâche…, dit-elle, posant sa tête sur sa poitrine. J'aurais pu faire le premier pas. Je n'aimais pas mon mari et mes enfants m'auraient comprise.

Elle s'attendrit.

– Tu sais, je pense souvent à nous. À nos silences sans fin, nos retours ratés, nos séparations. À nos peines. À toutes nos peines… Et, malgré tous les coups que nous avons pris – tous ceux que nous nous sommes donnés –, notre amour ne s'est jamais éteint en moi. Il suffit que je pense à toi pour que mon cœur s'emballe et que je sois à deux doigts de pleurer ou de tourner de l'œil…

Elle pouffa.

– De me pâmer !

Orden bascula au-dessus d'elle.

– Tu es complètement fêlée..., dit-il avec un grand sourire.

Et, de cet air de gravité qu'il prenait lorsqu'il parlait de son travail :

– Mais tu es mon amour.

Puis, plus sombre encore :

– Je te dois tous mes livres.

– C'est gentil, mais ce n'est pas vrai...

Orden protesta :

– Tu ne peux pas savoir à quel point c'est vrai !

Il insista :

– Tu es dans chacun d'eux. Tu *es* chacun d'eux. Dans les mots, dans les phrases, dans les personnages. Tu étais là quand j'écrivais, sous ma main, devant mes yeux. Sans toi, je n'aurais rien écrit ! Tu es le cœur sans lequel je n'aurais pas pu vivre.

– Je ne suis plus ton cœur ? ironisa Cybèle.

Elle l'embrassa.

– Qu'est-ce que tu attends de moi ?

– Qu'est-ce que j'attends ?

Orden refusait la question.

– Qu'est-ce que je devrais attendre ? Une rétribution ? Des félicitations ? Une contrition ? Un encouragement ? Non. Non...

Il secoua la tête.

– Je n'attends rien de toi. Je t'aime sans retour. Tu n'as pas à me rendre la monnaie.

– Et moi ? demanda Cybèle. Est-ce que je t'aime ?

– Tu en doutes ?

Cybèle aurait mieux fait de se taire.

– Je retire ma question, dit-elle, singeant un avocat américain au tribunal.

Orden se laissa aller sur l'oreiller.

– Tu as raison de t'interroger, je m'interroge aussi. Qu'a produit notre amour ?

– Je ne sais pas, murmura Cybèle.

– Il a produit des ruines. C'est très beau, les ruines ! C'est majestueux, plein d'histoire, mais ce ne sont que des murs délabrés, des fenêtres brisées, des colonnes renversées. C'est inhabité, désert, battu par la pluie et le vent. Regarde nos vies, dit-il d'une voix haletante. Nous nous sommes mariés, nous avons eu des enfants chacun de notre côté. Maintenant nos enfants vivent leur vie, loin, très loin de nous. Eux-mêmes ont ou auront des enfants si la guerre s'arrête un jour... Tu me diras, c'est le cycle de la vie. D'accord, c'est le cycle. Mais dans ce cycle, où est notre vie ? Où sommes-nous ? Nous : toi et moi ?

Il ricana, plein d'amertume, comme s'il devait payer une dîme de souffrance pour chaque instant de plaisir.

– Tu te souviens, j'avais écrit un poème :

Mon corps désastreux
Que l'amour libère
Que l'amour emprisonne...

Et, remué par ses propres mots :

– Nous avons eu des jours magiques, c'est vrai et c'est inestimable. Mais, à part ça, qu'a produit notre amour ? Que nous a-t-il donné ? Une vie ? Une progéniture ? Non, une poignée de romans et quelques poèmes ! Des fantômes...

Orden s'enflamma :

– Qui s'émerveille de cet amour ? Qui le lit entre les mots ? Qui le comprend ? Qui l'accepte ? C'est un putain de secret entre nous comme un graffiti sur le mur d'une prison ! Un secret plus mortel que le plus mortel des poisons qu'ils nous font respirer chaque jour !

Ce n'était pas l'heure de s'interroger sur l'amour ni trier ce qui relevait du désir sexuel et ce qui pouvait se définir comme une irrésistible attraction. Pour Orden, « aimer » était une sorte d'immense malle dans laquelle il pouvait fourrer tout et n'importe quoi, ses fantasmes les plus scabreux et ses terribles élans de tendresse. Mais dans cette malle au trésor, un bijou brillait au milieu du tout et du rien, Cybèle. Pourquoi elle ? Peut-être, parce que sans se mentir à lui-même, elle était l'unique dont il pouvait dire « je l'ai aimée » et, comme un chœur chantant bouche fermée, entendre « et je l'aime encore ».

Cybèle ferma les yeux. Elle regrettait de ne pas avoir eu d'enfant avec Orden, d'avoir vécu loin de lui comme dans la salle d'attente d'un dentiste. Le rouge aux joues, elle songeait : est-ce que c'est ça, un grand amour ? Un amour impossible, interdit, inaccompli mais un amour qui traverse le temps et vit en moi, même si ça me rend folle ?

– Notre amour est un grand amour…, murmura-t-elle, sur la défensive.

Germain

Cybèle s'excusa, il fallait qu'elle regarde l'heure. Elle ne devait pas être en retard au labo. En même temps, elle trouvait idiot d'être si ponctuelle – pour ce que ça lui rapportait…

On sonna à la porte.

– Qui c'est ?

Un doigt sur les lèvres, Cybèle fit signe à Orden de se taire. Elle se leva en vitesse, enfila son peignoir et courut ouvrir. C'était Germain, le Souchien de l'immeuble, un gros adolescent attardé que son uniforme de milicien boudinait.

– Maman a vu monter un type, dit-il en s'essuyant le nez. Il est chez vous ?

– Pourquoi serait-il chez moi ? demanda Cybèle, serrant son peignoir pour empêcher Germain de lorgner sa poitrine.

– Je peux entrer ?

– Repassez. Je suis en train de m'habiller...

– J'en ai pour une minute, dit-il, écartant Cybèle. Faut que je vérifie...

Il s'arrêta dans le salon, étonné de ce qu'il découvrait.

– Vous en avez des trucs et des machins ! Ça vous sert à quoi ?

– Ce sont des souvenirs, grommela Cybèle, se demandant où Orden avait trouvé à se cacher.

– Vous devriez vous en débarrasser. C'est fini, les souvenirs. Il n'y a que l'avenir qui compte.

Germain connaissait bien le catéchisme officiel. Cybèle s'impatienta.

– Vous voyez, votre type n'est pas là, dit-elle en se plaçant devant la chaise où Orden avait laissé son caban. Vous feriez mieux d'aller chercher ailleurs avant qu'il se carapate.

– Qu'il se quoi ?

– Qu'il foute le camp...

Germain haussa les épaules – pour qui elle se prenait cette pouffiasse, à utiliser des mots que personne ne connaissait ? Il devait vérifier – et vérifier ça voulait dire « vérifier tout et partout », avait dit le Dominant de sa meute. Il se dirigea vers la chambre, fronçant le nez comme si ce qu'il sentait autour de lui, ce qu'il voyait l'indisposait. Cybèle remarqua soudain que sa lampe en bronze n'était plus à sa place.

– Vous croyez qu'il est caché sous mon lit ? demanda-t-elle un peu trop fort, pour tenter de forcer le gros à se tourner vers elle le temps que…

– Faut que je vérifie, s'obstina Germain.

Il ne vérifia rien.

À peine eut-il fait un pas dans la chambre qu'Orden le frappa à la volée avec la lampe en bronze. Un coup si violent que Cybèle entendit les os craquer. Elle vit le Souchien basculer à la renverse, le visage explosé. Il s'étala sur le plancher, le corps secoué de spasmes. Le gros bavait des petits bouillons de sang, gargouillait, les yeux bloqués comme des sonnettes. Sa tête roulait d'un bord à l'autre. Il avait deux dents cassées. Germain s'arc-bouta sur le tapis pour tenter de se relever. Il râlait d'une voix gutturale : « Ma… ma… ma… », il étouffait d'appeler sa mère, incapable de bouger. Il agita les bras comme s'il faisait les marionnettes ; comme un homme qui se noie ou supplie le ciel de le sauver. Mais ni Orden ni Cybèle ne vinrent à son secours, muets, impassibles. D'un coup, le Souchien se crispa et ses boyaux se vidèrent dans un cri étranglé. Cybèle plaqua sa main contre son nez, l'ordure puait comme l'enfer.

– C'est pas vrai ! Non, c'est pas vrai !

Cybèle haletait.

– Ça devait arriver ! J'ai fait un rêve affreux cette nuit. Les murs suintaient, dégoulinaient de sang et ma seule idée était de savoir si j'étais assurée contre les « dégâts du sang »…

Il y eut un long silence.

Cybèle faisait toujours les mêmes rêves, comme si elle avait dans la tête un catalogue contenant seulement quatre articles : un rêve d'amour avec une femme, plutôt une très jeune fille, tout en douceur et en tendresse même si parfois le sexe était présent ; un rêve d'enfant où, fillette égarée dans un grand paysage d'hiver, elle ne savait comment dissimuler la trace jaune qu'elle laissait sur la neige après avoir satisfait une envie pressante ; un rêve d'angoisse où elle se voyait minuscule, en équilibre au bord d'une falaise, ou au contraire, comme la nuit dernière, au pied d'un haut mur menaçant de s'effondrer sur elle ; un rêve d'espace où elle faisait le saut de l'ange d'un haut plongeoir, valsait tantôt dans l'air, tantôt dans l'eau, arrachée au poids du monde, libre de ses mouvements, détachée du passé, du futur… Mais là elle ne rêvait pas. Elle était chez elle, dans son appartement, avec un revenant sorti des ténèbres et le corps d'un gros type en uniforme allongé à ses pieds. Germain ne bougeait plus, ne remuait plus les lèvres, n'agitait plus les yeux. Son visage vira au gris verdâtre. Orden reposa sur le guéridon la lampe en bronze.

– Il est mort, dit-il sombrement.

L'heure tournait.

Cybèle s'affola : si elle ne se présentait pas à son labo, ils enverraient un Souchien pour enquêter, les absences n'étaient pas autorisées. La mère de Germain allait monter, elle avait toujours son fils à l'œil de peur qu'il fasse des conneries. Peut-être un voisin avait-il entendu le corps tomber sur le parquet et alerté tout le monde ? Elle imaginait la meute des miliciens du quartier débarquant chez elle avec la police, l'armée, pour l'arrêter, la conduire en camp ou lui régler son compte sur place.

– Qu'est-ce qu'on va faire ? Qu'est-ce qu'on va faire ?

La question tournait en boucle sur ses lèvres sans que la lueur d'une réponse apparaisse.

– Aide-moi, ordonna Orden, plus lucide qu'elle.

Et ils entreprirent de rouler le cadavre dans le tapis du salon.

Réseau

Ils devaient se hâter.

Après s'être assurés qu'il n'y avait personne dans le couloir, ils traînèrent le cadavre de Germain jusqu'à un ancien placard pour les compteurs électriques où les locataires entassaient tout et n'importe quoi. Cybèle fit le guet tandis qu'Orden dégageait rapidement une pile de cartons pleins de vieux jouets et un tas de vêtements déchirés, mangés aux mites, moisis d'humidité. Cybèle se sentait toute drôle, partagée entre une envie de pleurer et une envie de rire. Qu'est-ce qu'ils trafiquaient dans ce couloir ? À quoi rimait cette scène digne d'un film noir ou d'espionnage ? Elle était la spectatrice d'une action qui lui échappait, bouffonnerie tragique ou sinistre fait divers. Au choix. Avec des gestes de lutteur, Orden redressa le corps du Souchien et le planta debout comme une sentinelle dans une guérite. Il paraissait savoir ce qu'il faisait et il l'accomplissait avec force, non pas sans réfléchir mais sans émotion. Il transpirait. Il souffla un instant, s'essuya le visage avec sa manche et rabattit la porte d'un coup d'épaule pour coincer le cadavre.

– Passe-moi ça, dit-il à Cybèle, montrant un bout de ferraille qui dépassait des ordures.

Orden ferma à double tour le placard et sans ôter la clé de la serrure, la cassa d'un coup sec avec la cornière en acier que Cybèle lui tendait.

– Comme ça, ils mettront du temps à ouvrir.

Ils rentrèrent dans l'appartement. Ils avaient tant de choses à se dire et pourtant ils gardaient le silence. Ils ne s'étaient pas disputés, ils ne se voulaient que du bien, ils auraient dû s'émerveiller d'être enfin ensemble. Mais non, rien qu'un mutisme têtu. Quelles forces obscures étaient à l'œuvre ? Cybèle voyait Orden sans le voir. C'était l'ange de la mort descendu vers elle. La petite parcelle de courage – l'étincelle de joie que lui avait procurée son retour – avait disparu. Elle aéra en grand pour chasser l'odeur.

– Pourquoi t'as fait ça ? demanda-t-elle d'une voix éteinte.

Ses mots lui semblaient lui revenir en écho, appartenir à une autre femme.

– Tu voulais qu'il me trouve ? rétorqua Orden.

Elle bredouilla :

– On aurait pu l'embrouiller…

– J'aurais pu me faire prendre.

D'un coup de menton, Orden désigna les vêtements de Cybèle qui traînaient sur un fauteuil.

– Habille-toi. Tu vas être en retard.

Elle tressaillit.

– Je fais partie d'un réseau, avoua-t-elle, ôtant son peignoir comme si c'était le dernier geste d'une condamnée. Je dois faire attention à ne pas me faire remarquer.

– Quel réseau ?

– Un réseau…

– Les points rouges, c'est vous ?

Cybèle enfila une culotte et un soutien-gorge mais elle ne répondit pas. Orden insista :

– J'en ai vu à la craie ou au pastel sur un mur. C'est quoi ?

– C'est rien.

– Tu bombes des ronds rouges ?

– Ça te déplaît ? demanda-t-elle à voix basse, comme s'il l'accusait.

– Je suis curieux…

Cybèle termina de s'habiller.

– Les Souchiens aimeraient bien choper quelqu'un en train d'en faire un, raconta-t-elle, mais à chaque fois, ils se cassent les dents. Ils courent partout. Ça les rend dingues de ne rien voir, de ne rien savoir de ceux qui font ça.

– C'est ça le but ? Les affoler ?

– Jusqu'à un certain point…

– C'est un peu débile, non ?

– Oh non ! Le jour venu, ces points formeront une ligne continue. Tout le monde n'aura qu'à la suivre pour rejoindre l'insurrection.

Le visage d'Orden se figea.

– Tu y crois encore ? demanda-t-il d'un ton sinistre.

– Pas toi ?

Cybèle reprit ses esprits. Un gong avait sonné dans sa tête, annonçant le prochain round.

– Comme dit Toller : « La danse n'est pas finie. Tant qu'il y a de la musique, rien n'est perdu »…

Gardienne

L'immeuble avait été bâti à une époque où les architectes avaient à la fois le souci de l'utilité et celui de l'esthétique. Il y avait une arche décorée d'une guirlande de lys au-dessus de la montée d'escalier et les premières marches étaient plus larges, plus plates que les autres, taillées dans une pierre blanche très douce sous le pied. Comme tous les jours à la même heure, Cybèle traversa le hall au carrelage jaune et vert dessinant une rose des vents. Elle se hâtait de rejoindre son labo dans le nouveau quartier des Nombres.

– Mon fils est chez vous ? aboya la mère de Germain, lui coupant la sortie.

La vieille était hargneuse, désagréable. Cybèle la salua d'une amabilité forcée.

– Non. Il est passé mais il n'est plus chez moi.

– Il est où ?

– Sans doute dans les étages…

La respiration de la mère de Germain s'accéléra brusquement. Le souffle lui manquait.

– Je vais voir. Ce n'est pas… Il cherchait…

La vieille se mordit la langue. Son fils lui avait ordonné de ne parler à personne, jamais, de ne rien dire de ce qu'il faisait, des rapports quotidiens qu'il remettait aux… « T'as compris, tu la boucles, c'est secret défense ! »

Cybèle regarda sa montre.

– Excusez-moi, je vais être en retard, dit-elle, filant comme le Lapin blanc d'*Alice au pays des merveilles*. Bonne journée !

La mère de Germain la suivit du regard tandis qu'elle se dirigeait à bonne allure vers la porte de l'immeuble. *Toi, ma salope, tu ne perds rien pour attendre, avec tes fesses de bonne femme, tes seins de bonne femme, ton air de se foutre de tout, tu vas voir quand mon fils…* .

Elle chassa l'image de Cybèle de ses yeux.

– Ce n'est pas normal ! grommela-t-elle. Pas normal du tout…

Elle prononçait « normole ». Et pour elle tout ce qui n'était pas normole devait immédiatement être dénoncé.

Raide comme un saint de plâtre dans sa niche, Orden se dissimulait dans l'ombre d'un recoin au premier étage. N'était sa respiration paisible et régulière, on aurait pu le prendre pour le cadavre de Germain dans son placard. Il entendit la vieille s'adresser aux murs :

– Il a dû encore faire une connerie !

Puis il la vit grimper l'escalier, râlant, soufflant.

– Germain, où t'es ? Germain, qu'est-ce que tu fous ? Nom de Dieu, Germain, j'te parle !

Quand il fut certain qu'elle ne pouvait l'entendre, Orden rejoignit Cybèle qui l'attendait dans la rue.

– Un couple, c'est moins suspect, dit-il en lui prenant le bras.

Il lui adressa un sourire.

– Nous sommes monsieur et madame Tout-le-monde.

Cybèle sentit son cœur fondre. C'était comme si la guerre n'existait plus ; comme s'ils partageaient un moment de paix ; comme s'ils partaient au marché ou au cinéma, heureux d'accorder leurs pas ; comme si toutes les rues conduisaient à la mer, au grand large. Il était encore très tôt. Le soleil ne parvenait ni à se montrer vraiment ni à dissiper les nuées âcres qui le cernaient. Cybèle tendit à Orden un masque antipollution.

– Tiens, mon cœur, mets ça…

Elle l'aida à l'attacher.

– Tu as toujours ton poème du matin ?

– Oui, toujours…

Il se pencha vers elle :

J'ai entendu les plus anciens dire
« Tout ce qui est beau s'en va
Comme emporté par les eaux »…

Cybèle reconnut l'auteur.
– William Butler Yeats…, dit-elle en minaudant.
– Tu t'en souviens ?
– Fallait pas ?

Mère

Le ciel bas bordait la terre, l'éclairage public était éteint, la ville silencieuse comme le décor abandonné d'un film. La population se terrait derrière les murs, volets fermés, portes closes. Encore peu de voitures, peu de piétons, pas de cyclistes dans les rues. Il n'y avait pas non plus d'enfants qui jouaient dans les cours ou devant les immeubles avant de partir à l'école. Ils ne sortaient plus. Toutes les classes avaient été transférées dans des parkings de la ville souterraine. Les uns pour les garçons, les autres pour les filles, depuis que le Conseil avait banni la mixité. Un organisme privé de contrôle politique et religieux, l'Ordre Moral, assurait l'enseignement de façon exclusive. Orden qui, plus d'une fois, avait écrit contre la soumission passive des élèves devant leurs enseignants en avait fait la satire dans un poème placardé nuitamment sur les murs. Un dazibao dont il restait encore parfois des traces malgré les déchirures et tags :

Ils sont nés sans mémoire
La main appliquée
D'une bouche menteuse
Ils nous font la leçon
Réécrivent l'histoire

Dieu a créé le monde en sept jours
La Terre est plate
L'homme et les dinosaures cohabitaient avant le Déluge
Des extraterrestres ont construit les pyramides
Jésus était chrétien, catholique et romain
Les Juifs – peuple déicide – l'ont crucifié
Marc, Matthieu, Luc et Jean étaient des journalistes
La résurrection est un fait historique
Le Père Noël existe, ses cadeaux en témoignent
Le vrai portrait du Christ est sur le suaire de Turin
La Vierge Marie l'est restée
Allah a dicté le Coran à Mahomet
Il y a un monstre dans le loch Ness
Les Gaulois aimaient la guerre et l'agriculture
Saint Louis était un saint
Calvin un démocrate humaniste aimé de Dieu
Robespierre un tyran sanguinaire
Louis XVI un martyr de la foi
Marie-Antoinette une bienheureuse
Napoléon un grand homme
Thiers a sauvé la France de la Commune
Makhno n'était qu'un bandit anarchiste
Robespierre = Lénine = Staline = Hitler = Islam
Hitler aimait les enfants et les chiens
L'homme blanc est supérieur à tous les autres
La Shoah est une légende
Les Einsatzgruppen ne tuaient que des communistes
39-45 opposait les Russes et les Américains
La Résistance était gaulliste à cent pour cent
La bombe d'Hiroshima a sauvé le monde
God bless America !

L'Arabie saoudite défend l'Occident
Israël veut la paix
Le capitalisme marque la fin de l'histoire
Il y a une vie après la mort
Le curé vaut toujours mieux que l'instituteur
Dieu sauve
A sauvé
Sauvera !

– Tu comprends, dit Orden, dès l'école on enseigne aux élèves à accepter ce qui leur est dit sans réfléchir. À se soumettre à l'autorité des profs. C'est absolument désastreux. Ça conduit à accepter la domination des Églises, des partis, de toutes les structures de pouvoir qui n'ont pour but que de se perpétuer sans jamais être remises en question.

Il força le pas, emporté par ses idées.

– La grande peur des gouvernements – de tous les gouvernements – c'est que l'intelligence populaire se mette à l'œuvre. Si l'intelligence est partagée par tous, si elle cesse d'être le privilège et la propriété de quelques-uns, c'en est fini de la soumission et de l'obéissance !

Jour après jour, Orden avait tout vu se dégrader, se lézarder, pourrir de l'intérieur sans que le peuple se soulève, telle la grenouille qu'on fait bouillir à petit feu et qui meurt à l'instant où elle comprend qu'il est trop tard pour réagir. Il devait conserver la mémoire de cette histoire, trouver le courage de se remettre à écrire. De détailler comment les libertés publiques avaient été rognées une à une, combattues puis supprimées ; comment les syndicalistes avaient systématiquement été envoyés devant les tribunaux et incarcérés comme des criminels ; comment les manifestants étaient battus, éborgnés, mutilés et eux aussi expédiés en prison avec les droits communs ; comment étaient fichés, surveillés et interdits d'agir les non-violents, les pacifistes, les écologistes, les anticapitalistes, les communistes, les anarchistes ; comment le droit de grève avait été aboli et la décision saluée par tous les médias stipendiés par les capitaines d'industrie ; comment les journalistes réfractaires aux directives du Conseil avait été chassés de toutes les rédactions ou mis au pas ; comment toutes les portes avaient été cadenassées, toutes les fenêtres murées, toutes les routes barrées ; comment l'histoire n'avait plus été enseignée que dans le cadre du récit national officiel dont il était interdit de s'écarter. Quasiment toutes les archives avaient été détruites et celles qui ne l'étaient pas encore le seraient au terme du programme « Mémoire neuve » dont l'objectif était de faire table rase du passé. Comme Germain l'avait dit : « C'est fini les souvenirs. Il n'y a que l'avenir qui compte. » Les musées avaient été vidés et nul ne savait si les œuvres avaient été brûlées ou enfouies dans un lieu tenu secret. Le nouveau dieu s'appelait Sécurité et ses fidèles le célébraient sans états d'âme comme ils vouaient un culte au Profit, le dieu des dieux. Le Saint Esprit s'appelait désormais Obéissance. « Sécurité, Profit, Obéissance » avait remplacé l'ancienne devise de la République. L'idée même de démocratie avait disparu sans que personne semble s'en apercevoir ni s'en émouvoir. La voix du peuple ne comptait plus. Il fallait se soumettre ou disparaître mais personne ne savait qui composait le Conseil ; où il se réunissait ; d'où il tirait sa légitimité. S'interroger, c'était déjà être suspect et passible d'arrestation. Au nom de la sécurité, les chômeurs, les sans-papiers, les désœuvrés et les étrangers avaient été militairement chassés bien au-delà de la périphérie et abandonnés à leur sort. Ils étaient revenus sous forme de bandes qui terrorisaient les commerçants, effrayaient et molestaient les passants dans une ambiance de guerre civile. Certains jeunes étaient capables de tuer pour un croissant, une paire de baskets ou un paquet de cigarettes. La vie ne valait plus rien. Seule importait la satisfaction immédiate d'un désir. Vivre, c'était avoir. Les premières meutes s'étaient formées dans l'idée de faire ce que la police ne parvenait pas ou craignait de faire : liquider cette racaille pouilleuse, sale et basanée. Les Souchiens – qui ne s'appelaient pas encore comme ça – tuaient à coups de barre de fer, de manche de pioche, de batte de baseball et discutaient quand il n'y avait plus rien à discuter. Un soupçon, une attitude jugée menaçante ou un mot jeté de loin provoquait l'exécution immédiate. Ils s'étaient arrogé le droit d'abattre, de soumettre toutes et tous à une pensée unique, la leur. Beaucoup de morts étaient jeunes – hommes et femmes –, issus majoritairement de l'immigration maghrébine, africaine ou asiatique. La justice fermait les yeux. Les milices jouissaient d'une impunité totale, plus grande que celle de la police ou de l'armée, pourtant déjà considérable. Puis la guerre était arrivée, justifiant que les Souchiens prennent les armes…

– Je voudrais voir ma mère, murmura Cybèle sous le masque.

– Pardon ?

Elle répéta plus fort, d'un air buté :

– Je voudrais voir ma mère…

– Ta mère est morte, rappela doucement Orden.

– Et alors ? C'est maintenant que je voudrais qu'elle soit là et que nous parlions…

– Tu veux faire du spiritisme ?

– Je veux parler avec ma mère.

L'affirmation était déchirante.

Orden avait bien connu la mère de Cybèle, une « constellation », d'après la formule belle et énigmatique prononcée par une de ses collègues lors de son enterrement. Une femme toujours engagée sur les fronts sociaux et politiques. Jusqu'à son dernier souffle, la mère de Cybèle était restée une salariée comme les autres. Le jour où on lui avait proposé de monter en grade, de passer cadre, elle avait refusé comme si on l'avait offensée. Elle n'imaginait pas s'identifier à la hiérarchie des assurances où elle travaillait ; d'y consacrer tout son temps et son énergie. Elle refusait d'entrer dans le rang, de s'aligner. Cybèle l'avait entendue cent fois répéter qu'il ne fallait jamais donner prise à l'ennemi. Sa mère, partisane de l'action directe, ne craignait rien ni personne. Elle était capable de faire sa Lady Godiva et d'entrer nue dans une réunion politique pour bien montrer comment vivaient ceux qui n'avaient rien. Ou, contre l'avis du syndicat, d'entraîner une centaine de femmes sous la bannière « Femmes boniches, femmes potiches, femmes affiches, on en a plein les miches ! ». Cybèle avait de qui tenir mais elle n'avait ni la force ni l'endurance de sa mère et celle-ci n'était plus là pour la soutenir, la conforter, la consoler alors que son absence et le retour d'Orden faisaient battre devant ses yeux les ailes des grands oiseaux du tourment. Ses os – soudain en état de vieillissement précoce ? – lui faisaient mal. Ça crissait dans sa tête comme une craie sur un tableau noir. Les peurs de son enfance remontaient par vagues : le ciel noir qui pleure ses morts, ses mouchoirs tachés de sang, sa tête qui rétrécit jusqu'à n'être pas plus grosse que celle d'un poulet d'élevage.

Pourquoi sa mère était-elle morte si tôt ? C'était trop cruel de vivre sans elle, sans sa chaleur, sans son regard.

– Tu sais, dit Cybèle, c'était très difficile de faire plaisir à ma mère. Elle ne voulait rien pour elle-même. Elle ne s'achetait jamais quoi que ce soit. Elle réparait ses vieilles robes, ses corsages, ses culottes. En hiver, je l'ai toujours vue avec un manteau noir et une toque en laine qui devaient dater de la préhistoire. Vu de loin, ça pouvait donner l'impression qu'elle était bien habillée. Mais si on y regardait de plus près, c'étaient des vêtements pauvres ; bien entretenus mais pauvres. En été, ce n'était pas mieux. Elle se passait une teinture sur les jambes pour faire croire qu'elle était bronzée : pas question pour elle d'aller se dorer sur une plage alors que d'autres étaient obligés de travailler ou combattaient les patrons sur un piquet de grève. Sa seule coquetterie, c'était le parfum. Toujours le même. Une fragrance sucrée, doucereuse, en complète contradiction avec l'image qu'elle donnait. Malgré tout, elle était élégante. Son allure, ses mains, son attitude étaient élégantes. Et c'est comme ça que tous ses collègues la voyaient. Elle ne faisait pas illusion, elle faisait face.

En parlant de sa mère, Cybèle retenait ses larmes, serrait les fesses et s'efforçait de tenir son dos droit. Elle se sentait d'une pauvreté irréparable, définitivement étrangère. Seule la pression de la main d'Orden contre son bras la réconfortait. *S'il pouvait m'amener à faire ce qu'il faut, peut-être sortirais-je de mon angoisse ?*

– Tu te souviens, dit-elle du ton le plus léger qu'elle put pour effacer le malaise que le silence installait entre eux, on était allés voir une exposition de Bacon. Devant ses tableaux, tu m'as expliqué : « C'est une peinture d'après »...

– J'ai dit ça, moi ?

– Oui, et je n'ai pas compris tout de suite ce que ça voulait dire…

Cybèle hocha la tête.

– Maintenant, j'ai compris. Bacon ne peignait pas ce qui allait arriver comme tous les peintres apocalyptiques depuis la nuit des temps. Pour lui, c'était déjà arrivé. Il peignait après la catastrophe, le lendemain de la fin du monde. De notre monde…

Elle sourit.

– En plus, comme il présentait toujours ses toiles derrière une vitre, on s'y observait comme dans un miroir mais on ne voyait rien de ce que nous aurions dû. On ne voyait pas que nous étions déjà morts. Nous étions de l'autre côté de la vitre, de l'autre côté de la vie !

Orden émit un grognement.

– T''es sûre ? Si tu as raison, c'est terrible.

Le rire de Cybèle sonna comme un carillon dans la rue vide.

– Terrible comme la vérité ?

Toller

Il tombait une petite pluie très froide. Les flaques étaient couvertes d'une mince couche de glace. Cybèle et Orden se glissèrent dans l'entrebâillement d'une porte en fer et s'engagèrent dans une allée déserte, piétinant une terre noire de suie, tapissée de feuilles mortes couleur rouille. Entre deux bouquets d'arbres mal en point, au fond d'une cour industrielle, il y avait une salle de sport. Un bâtiment crasseux en brique dont l'enseigne clignotait en lettres au néon au-dessus de la porte :

Forme Studio. Sur la droite, un escalier métallique conduisait à une plateforme dotée de hautes fenêtres poussiéreuses. Peut-être des vestiaires ou un appartement de fonction.

Orden s'arrêta un instant.

– Regarde, dit-il en levant la tête, le ciel est comme un paravent. Nous pouvons l'admirer comme on admire les formes et les couleurs d'une toile mais c'est un piège, un leurre. Ce qui compte, c'est ce qu'il y a derrière lui, ce qu'il nous masque, ce qu'il nous cache…

– Tu veux t'en prendre au ciel ? plaisanta Cybèle, se remettant en marche.

Ses pas faisaient un bruit de clapotis.

– Je veux m'en prendre à la cécité qui nous frappe, qui nous empêche d'agir, lança Orden avant de la rattraper. L'œil blanc du ciel, c'est le nôtre. Nous sommes aveugles !

Cybèle lui sourit.

– Tu vas avoir à qui parler…

À cette heure matinale, personne ne transpirait sur les appareils, ne courait sur les tapis ou ne soulevait de la fonte dans la salle désormais réservée aux seuls Souchiens. Un type aux cheveux blancs passait la serpillière sur le carrelage boueux. Cybèle s'approcha de lui.

– Je suis grillée, dit-elle en ôtant son masque pour l'embrasser sur les deux joues et furtivement sur la bouche.

Toller désigna Orden d'un œil mauvais.

– Qui c'est ?

– Les Souchiens sont sur ses talons…

– Pourquoi t'es grillée ?

– Il en a tué un chez moi.

La nouvelle ne peina pas vraiment Toller. Il rinça sa serpillière dans un seau et tendit son coude à Orden.

– Toller.

– Orden.

– L'écrivain ?

– Oui, confirma nerveusement Cybèle, sans le laisser répondre. Le poète…

Elle lui présenta Toller :

– Tu ne veux plus écrire, il faisait des films. Vous êtes faits pour vous entendre.

– Vous ne tournez plus ? demanda Orden.

Toller essuya ses mains sur son pantalon.

– Que voulez-vous que je tourne ? À la télé aujourd'hui comme dans le cinéma, c'est la même merde : propagande officielle et éloge de la bêtise érigée en philosophie morale. D'un côté comme de l'autre, vous devez abjurer toute intelligence, tout art et vous en tenir aux directives des chiens de garde du Conseil.

Il sourit, le visage modelé par la mélancolie.

– Dans ma vie, dans ma carrière – même si je déteste ce terme qui pue le rond-de-cuir –, j'ai eu la chance de rencontrer de grands artistes, de grandes intelligences et maintenant il faudrait que je m'aplatisse devant des crétins des Alpes ou des goitreux des montagnes installés par le pouvoir ? Non merci.

– Ils sont si cons que ça ?

– Pires, répondit Toller. Ils étaient méprisables, ils sont devenus haïssables.

Et, précis et convaincu, il dévisagea Orden.

– La littérature, le cinéma… Nous sommes désormais des Inutiles, n'est-ce pas ?

Le Conseil, arguant qu'il n'y avait pas de définition de l'État sans définition de l'homme, avait réinventé un système de castes, décrétant un test d'utilité obligatoire pour tous les citoyens. Il y avait cinq degrés d'utilité, cinq castes : les Puissants, les Possédants, les Dominants, les Sachants, les Servants… Cybèle avait passé le test avec succès et avait reçu ses papiers de la caste des Servants. Ceux qui obtenaient de mauvais résultats ou les réfractaires au test étaient classés dans les Inutiles, contraints au travail forcé ou envoyés sur le théâtre des opérations comme supplétifs non armés. De la chair à production, de la chair à canon. Considérés comme SERF (Sans Emploi ni Revenu Fixe), les Inutiles étaient privés de droits civiques et de toute forme d'aide. Ils devaient obligatoirement répondre aux convocations de la milice pour effectuer tout ce qui leur était commandé ; ainsi Toller (soixante-six ans), astreint à dix heures quotidiennes de ménage, ou Orden (cinquante ans bientôt), employé dans la démolition sept jours sur sept. Chaque jour les Inutiles devaient pointer à l'antenne des Souchiens de leur quartier avant de toucher la Ration, un colis de protéines alimentaires de 0,8 gramme par kilogramme de poids corporel. Beaucoup d'Inutiles pour qui elle ne suffisait pas à nourrir leur famille vendaient leur sang ou leurs organes pour survivre via Capital Body, le comptoir chargé d'organiser et réguler le marché. Le tarif officiel s'exprimait en dollars :

Paire de globes oculaires : 1 525 $
Scalp : 607 $
Crâne et dents : 1 200 $
Épaule : 500 $
Artère coronaire : 1 525 $
Cœur : 119 000 $
Foie : 157 000 $

Main et avant-bras : 385 $
Sang : 337 $
Rate : 508 $
Estomac : 508 $
Intestin grêle : 2 519 $
Rein : 262 000 $
Vésicule biliaire : 1 219 $
Peau : 10 $ par pouce carré
Testicule : 1 600 $
Langue : 1 800 $

Pour Cybèle, les appareils de musculation, les rameurs, les bancs à biceps, les abdos crunch, les machines à ischios, les barres, les espaliers, les haltères prirent l'allure de squelettes d'animaux préhistoriques ou d'instruments de salle de torture. Elle craignait pour elle et pour Orden.

– La gardienne, la mère de l'autre enfoiré, doit déjà avoir ameuté tout le quartier, dit-elle à Toller.

– Tu crois qu'ils sont en train de fouiller ton immeuble ?

– Peut-être… C'est une fieffée salope.

– Je vais envoyer quelqu'un aux nouvelles.

Les yeux de Toller se plissèrent.

– Tu sais, nous avons volé des uniformes de Souchien pour ce genre de mission, glissa-t-il avec malice.

– Et s'ils trouvent le colis ?

Toller n'avait pas de réponse immédiate. Il fallait voir et faire face au cas où, c'était tout. Il s'excusa, s'ils voulaient bien l'attendre un petit moment, il devait ranger son seau et son balai. Il jeta un coup d'œil sur la grande pendule murale. Les Souchiens n'allaient pas tarder.

– Tu as couché avec lui ? demanda Orden à voix basse, le voyant disparaître au fond de la salle.

– Je couche avec toi, répondit Cybèle.

– Mais tu as couché avec lui ?

– Qu'est-ce que ça peut te faire ?

Orden sourit.

– Rien. Je suis content. Il me plaît. Contrairement à certains types avec qui tu as fricoté…

– Et toi, tu n'as fréquenté que des oies blanches et fraîches, parées de vertu et d'innocence ?…

– Il n'y avait que toi qui comptais, affirma Orden.

– Pas Marie ?

– Toi. Rien que toi.

– Comme ange tutélaire ?

– Comme ange gardien. Sans toi, je me serais perdu.

Orden poussa un long soupir.

– Tu sais, c'était une folie de passer d'une femme à une autre, de « baiser à couilles rabattues », comme tu disais souvent. C'était comme courir au bord d'une falaise…

Cybèle le taquina :

– Avant de sauter ?

– Pour se mesurer au vide.

– Je ne te connaissais pas un talent d'arpenteur.

– Pardon ?

– Tu as beaucoup mesuré, n'est-ce pas ?

– J'ai eu beaucoup de femmes et j'ai beaucoup écrit, corrigea Orden. Il fallait que je me sorte le jus de la tête !

Cybèle leva les yeux au ciel.

– Tu n'as rien de plus stupide à me servir ? râla-t-elle.

Penaud comme un enfant coupable :

– Je t'aime, s'obstina Orden, comme s'il ne pouvait rien

dire d'autre pour sa défense. Je sais, c'est dingue, c'est débile, ça m'amène à dire des conneries. Mais ne te marre pas, je t'aime. Ce ne sont pas des balivernes.

Il haussa la voix :

– Qu'est-ce que tu veux de plus ? Un serment à genoux ? Un certificat d'amour ? Un roman ? Tu veux que je te promette une vie confortable, sereine, peinarde au coin du feu ?

– Je veux que tu arrêtes de me débiter des niaiseries d'adolescent boutonneux et que tu écrives ! Si je suis ce que tu dis pour toi, tu dois écrire. Écris pour moi, si tu n'as plus la force d'écrire pour les autres.

Quand il était ouvrier imprimeur, Orden ne s'occupait pas de littérature. Il s'appliquait à bien caler ses plaques, à vérifier l'encrage, à s'assurer que l'offset tournait rond. L'écriture était venue de façon inattendue. Il fréquentait une jeune fille de bonne famille, une 3D : douce, délicieuse et désirable. « La bourgeoisie n'a réussi que deux choses : sa cuisine et ses filles », répétait-il à qui voulait l'entendre. Ce n'était pas tout à fait vrai. Sa chérie avait deux aînées – des sortes de Javotte et Anastasie, méchantes sœurs de Cendrillon – qui lui témoignaient une hostilité sournoise. Dès qu'il parlait, elles le contredisaient, et si elles le laissaient prononcer plus d'une phrase, elles manifestaient bruyamment leur ennui, voire leur accablement. Leur mère n'était pas mieux. Le moindre mot de ses filles la faisait rire, elle soutenait toutes les énormités qu'elles pouvaient proférer et faisait volontiers de longues stations aux toilettes pour bien signifier ce que la présence d'Orden lui provoquait. Un soir, il avait été convoqué à un dîner familial. Les parents de sa chérie, érigés en tribunal, voulaient l'interroger sur ses intentions. Il ne se souvenait plus comment la conversation était arrivée sur la poésie, un terrain sur lequel Orden était intarissable. Il se souvenait seulement qu'il tentait de traduire le *Testament* de Villon et de l'adapter en français contemporain :

En l'an trentième de mon âge,
Quand toutes hontes bues
Ni tout à fait fou ni tout à fait sage
Je parlais des peines que j'avais eues…

Il récitait le début quand il avait été interrompu par le père de famille, un petit industriel travaillant pour l'aéronautique. L'homme avait haussé les sourcils pour bien montrer son effarement. « Tout de même, votre Villon, c'était un bandit ! » La réplique avait fusé : « C'était un poète et il vous emmerde ! »

Orden avait quitté la table sans attendre le dessert ni que la jeune fille lui coure après dans l'escalier. Le mot l'avait frappé : un bandit ! S'il fallait être un bandit comme Villon pour écrire, il se ferait bandit et écrirait ! Il serait un bandit capable de régler leur compte à ces bourgeois satisfaits qui ne comprendraient jamais rien à la poésie. Un mois plus tard, un long poème d'Orden paraissait dans une revue et l'adoubait comme écrivain. Désormais, tout ce qu'il écrirait serait publié. Il vivrait de sa plume, comme on dit dans les romans bon marché. Dans son œuvre, il y avait clairement deux périodes : une première, avant Cybèle, tournée vers lui-même, animée de colère et de haine, et une seconde, quand Cybèle et lui ne faisaient plus qu'un seul corps, un seul esprit ouvert au monde, aux autres, aux sentiments jusqu'alors claquemurés dans son orgueil imbécile et sa rage. Retrouver Cybèle, c'était revenir à l'origine de tout, même si le paradis retrouvé sentait la sueur, la crasse et l'écœurante odeur humaine.

Toller revint près d'eux d'un pas athlétique. Il avait réfléchi. Orden était désormais hors la loi, mais tant qu'ils ne savaient rien, peut-être n'était-il pas nécessaire que Cybèle passe immédiatement à la clandestinité. Il lui conseilla de ne rien changer à ses habitudes, d'aller travailler comme tous les jours.

– C'est un risque, je sais. Mais ce serait encore plus risqué de se précipiter et faire n'importe quoi.

Salto

– Putain de merde ! Putain de putain !

La meute Honneur aux Armes venait de rater Orden. Devant la porte fracturée du studio de l'écrivain, Salto, leur Dominant, ne décolérait pas.

– Ça pue la merde ici ! Ça pue le nigger !

Pour Salto, tout ce qui n'était pas blanc, mâle et catholique était nigger. Les Noirs, les Jaunes, les basanés, les bronzés, même les rouquins étaient niggers. « Vous comprenez, disait-il à ses hommes pour les motiver, j'ai fait de la philosophie, j'ai étudié les philosophes. Tous les plus grands sont d'accord avec moi. La race blanche est supérieure aux autres. Le Blanc doit dominer les êtres inférieurs, les niggers. Lisez Hume, Locke, Kant, même Voltaire qui disait que l'intelligence des Africains est "fort inférieure" à la nôtre. Et je vous épargne Nietzsche ou Heidegger qui en avaient autant contre les youds que contre les niggers mais qui, au fond, défendaient les mêmes idées. Sans parler de Platon qui avait des mots terribles contre la démocratie. Notre mission, c'est de se débarrasser de cette merde noire qui nous colle aux rangers. Compris ? » Et tous de bramer : « Honneur aux armes ! » en guise d'assentiment.

Ce n'était pas tout.

S'appuyant sur Rousseau, sur la timidité et la faiblesse supposées des femmes, qu'elles soient noires, blanches ou de n'importe quelle autre couleur, Salto les considérait comme des « salopes de niggers qui ne pensent qu'à sucer du zan et à se faire fourrer par des radis noirs ».

La parole du Dominant était sacrée.

Dans la meute de Salto, « nigger » était devenu l'insulte à tous et à toutes.

Les meutes – uniquement des hommes – étaient sous les ordres de Thor (Arthus de Thorigny), le Grand Dominant, et structurées de façon pyramidale selon dix degrés hiérarchiques, dix agences où chaque Dominant jouissait de prérogatives clairement codifiées :

Les ordres du Dominant sont indiscutables.
Seul le Dominant détermine les déplacements de la meute. Il précède la marche. Lorsqu'un Dominant se déplace sur le territoire, ceux qui se trouvent sur son chemin s'écartent. Derrière son Dominant, la meute dispose d'une priorité absolue.
Le Dominant fait en sorte que la meute occupe des endroits stratégiques, en hauteur, de façon à surveiller tout ce qui se passe sur le territoire, en plein milieu d'un passage afin de contrôler la population. Il lui revient de laisser passer qui il veut et d'intervenir en tout lieu suspect.
Le Dominant de meute est prioritaire pour saisir les objets des contrevenants et les confisquer. Il ne laisse jamais ses subordonnés se servir avant lui. Si d'aventure un subor-

donné tente de le faire, celui-ci est immédiatement mis à l'amende.

Depuis que la guerre touchait plusieurs continents, les Souchiens avaient peu à peu étendu la notion d'« étrangers » à tous ceux qui ne partageaient pas leurs convictions sur la loi et l'ordre : anarchistes, communistes, gauchistes, écolos, pacifistes ou simples citoyens refusant de manifester leur allégeance au Conseil.

– C'est quoi comme nigger, l'connard qu'on cherche ? demanda Loupeau qui transpirait.

– Le pire. Putain de sa race ! Un nigger blanc.

– Un albinos ?

– Tu captes vraiment rien ou t'es plus con que je le pensais ? Ce mec, qu'est blanc comme toi ou moi, pense comme un nigger, il agit comme un nigger, il est comme un nigger !

– On finira par le choper. On finit toujours par les choper.

– Le problème, c'est que même s'il pue le nigger à vingt mètres, il peut passer inaperçu !

– C'est vrai qu'on n'en voit plus beaucoup, grommela Loupeau. Ceux qui n'ont pas été encore traités se planquent dans les égouts, sous terre, comme des…

Il cracha par terre.

– Comme des lépreux.

Salto ne parvenait pas à se calmer. Il n'avait pas l'habitude de manquer une proie.

– Virez-moi ça et brûlez-moi toutes ces ordures ! commanda-t-il rageusement.

Au nom d'un ordre de mission qui leur accordait de « saisir toutes publications subversives, arracher, lacérer, recouvrir ces publications avant toute poursuite », ils se vengèrent sur les livres d'Orden. Ils pissèrent sur les meubles, chièrent sur le lit, ravagèrent le studio, avant de jeter sa bibliothèque par la fenêtre, sa table, ses deux chaises et de descendre dans la cour pour leur autodafé. Devant les flammes, Salto arrangea Goebbels à sa sauce :

– L'art de la prochaine décennie sera héroïque, il sera d'un romantisme d'acier, il sera objectif et exempt de sentimentalisme, il sera national, gorgé de pathos, impératif, ou il ne sera pas.

Salto tenait à son statut d'intellectuel parmi les Souchiens. Ce qui n'était pas très difficile.

Nora

Le premier et le deuxième étage du CIBA (Centre International de Biologie Appliquée) étaient occupés par la géodrilologie où Cybèle était affectée. Un bâtiment tout en verre et en aluminium, plus étroit à la base qu'au sommet, un geste architectural imitant un bouquet de tulipes. Un « hommage à la floraison de la recherche », selon son concepteur. Cybèle rejoignit son labo au pas de charge. Le hall parfumé aux senteurs de pin puait l'ammoniaque et le détergent. Elle gravit à grandes enjambées l'escalier incurvé qui menait aux étages sous le regard des héros de la science officielle dont les portraits sévères ornaient les murs. Cybèle pointa de justesse, quelques instants avant d'être considérée comme « en retard » ou « absente », ce qui lui aurait causé des ennuis. Quand elle rejoignit son poste, les pans de sa blouse flottant derrière elle, sa collègue Nora plaisanta :

– Panne d'oreiller ?

– Les Souchiens, expliqua Cybèle à voix basse. Ils cherchaient un type dans mon immeuble…

– Ils l'ont trouvé ?

– Je ne crois pas. En tout cas, pas sous mon lit !

– Dommage ! Moi j'aimerais bien avoir un homme sous mon lit, et mieux encore, dans mon lit !

Nora se plaignait de vivre seule.

– Lorsqu'on rencontre un homme, philosopha-t-elle, qu'il se passe quelque chose, on dit qu'on a une « aventure ». Quel mot magique ! Pour moi, il n'y a rien de plus excitant qu'une rencontre. Avec un homme ou une femme, qu'importe, l'autre c'est toujours une aventure…

– Sauf avec les Souchiens.

La remarque les fit ricaner. Elles devaient se montrer prudentes. Depuis que Boulogne, dit Bulldog, leur chef de service, avait adopté l'uniforme de la milice, les Souchiens tenaient le labo sous surveillance. Chaque soir, les laborantines devaient remettre une fiche d'activité recensant les travaux effectués dans la journée et, une fois par semaine, en rendre compte lors d'un entretien personnel enregistré et noté. Cybèle menait une étude sur certains vers d'Amérique centrale ; des vers très colorés, orange ou bleu turquoise, dont on cherchait à introduire naturellement les couleurs dans les aliments produits à partir des lombrics communs. La direction la pressait d'aboutir – elle avait déjà reçu un avertissement – mais, malgré l'aide de Nora, elle bloquait sur d'insolubles problèmes génétiques.

Cybèle se mit au travail. Elle avait du mal à se concentrer. Le retour d'Orden accaparait ses pensées. Elle avait en tête l'image de deux véhicules lancés l'un vers l'autre sur des routes différentes et qui – inéluctablement – se percuteraient au premier carrefour. Sortiraient-ils vivants du choc ou seraient-ils soufflés par l'explosion et détruits par le feu ? Cybèle n'arrivait pas à savoir si Orden était un phénix, le signe d'une renaissance, ou l'un des quatre cavaliers de l'Apocalypse lancé sur elle pour la faucher ou la percer d'une lance. Un vers de Pavese lui revenait sans cesse : « La mort viendra et elle aura tes yeux. » Orden lui avait offert le recueil et c'est le poème qui se terminait par « Nous descendrons au fond du gouffre, muets[1] » que Cybèle avait lu au cimetière devant le cercueil de sa mère. Pas de prière, pas d'éloge funèbre, rien d'autre que cette poésie noire qui en avait troublé plus d'un. Cybèle voulait comprendre pourquoi penser à Orden l'amenait aussitôt à penser à sa mère. À cause du livre ? À cause de sa présence à l'inhumation ? À cause de leurs étreintes mortelles ? À cause de… Pour tenter d'y voir clair, elle griffonna un triangle sur son bloc-notes et, à chaque angle, inscrivit un nom : Pavese, Orden, maman. Elle y vit une figure céleste. Une trinité d'amour, de sexe et de mort qui l'emprisonnait en son centre. Son cœur s'emballa. Des coups sourds dans sa poitrine.

– Ça va ? demanda Nora, s'inquiétant de la voir plantée devant son microscope, les traits tirés, la bouche pincée, serrant les poings pour contrôler l'émotion qui l'envahissait.

Cybèle reprit son souffle et se calma.

– Orden est revenu, dit-elle, regardant droit devant, comme si elle ne réalisait pas encore ce que ce retour signifiait pour elle, le danger qu'il représentait.

1. Cesare Pavese, *La mort viendra et elle aura tes yeux.*

Débourre

Trois fois la mère de Germain était passée devant le placard électrique sans jamais s'y arrêter, sans avoir l'idée d'y regarder. Malgré sa sciatique, ses jambes lourdes et la faiblesse de son cœur, elle avait visité tous les étages, fouiné dans tous les appartements vides, tapé aux portes des autres, fouillé partout où elle pouvait fouiller, elle était même montée sur le toit-terrasse. En vain. Ce n'était pas normole ! Qu'est-ce qu'il fichait, bon Dieu, qu'est-ce qu'il fichait cet animal ? S'il se cachait pour lui faire une farce ou s'il faisait le malin avec une locataire, il allait l'entendre ! Il ne pouvait tout de même pas s'être envolé ! Il était quelque part dans l'immeuble. Elle ne savait pas où mais elle était certaine qu'il était là. On ne trompait pas l'instinct d'une mère. Qu'il soit mort, prisonnier ou en train de faire des galipettes, elle devait le trouver !

– Ce n'est pas normole ! répétait-elle à voix haute avec un mélange de sanglots et de rage dans la voix.

En désespoir de cause, elle avait appelé Débourre, un Souchien qui appartenait à la même meute que son fils. Un type crasseux, pansu, aux cheveux rares.

– Redites-moi ça calmement.

La mère de Germain était trop énervée pour parler sans bégayer. Elle prit une grande inspiration et recommença son histoire en essayant d'être la plus claire possible :

– J'ai vu entrer un type ce matin. Il ne s'est pas arrêté pour me laisser son nom.

– Il était comment ?

– En bleu marine…

– Un militaire ?
– Je ne sais pas. Il filait.
– Vous ne l'aviez jamais vu ?
– Non. Jamais.
– Et après ?
– Après ?
Son cœur battait. Elle inspira, la gorge brûlante.
– Après, j'ai dit à mon fils d'aller le chercher…
– Et il y est allé ?
– Pas tout de suite, dit-elle en avalant sa salive.
Elle se recula un peu pour ajouter perfidement :
– Il faisait sa toilette…

Débourre sourit. Il puait, il le savait. À cause des restrictions d'eau, il ne se lavait plus qu'occasionnellement mais cette vieille peau pouvait dire ce qu'elle voulait, ça ne le gênait pas. Il récapitula :

– Germain est monté, il n'a pas retrouvé le type en question…

Le menton de la mère de Germain se mit à trembler.

– Je ne sais pas s'il l'a pas retrouvé, l'interrompit-elle en bafouillant. Il n'est jamais redescendu…

Débourre se massa le front.
– Vous n'avez pas vu le type repartir ?
– Non. Vous pensez bien si je le guettais !
– Et vous n'avez pas vu votre fils non plus ?
– Je viens de vous le dire !
– D'autres gens sont sortis ?
– Des Servants…
– Vous avez noté leurs noms ?
La mère de Germain monta sur ses ergots :
– Qu'est-ce que vous croyez ? Je sais ce que j'ai à faire.

Elle sortit une feuille de carnet de la poche de son tablier et tendit la liste au Souchien. Il y avait douze noms.

– Comme les apôtres, remarqua-t-il, certain d'en imposer par son érudition, faute de le faire autrement.

Mais cela n'impressionna pas la mère de Germain.

– Qu'est-ce que vous allez faire ? demanda-t-elle en le toisant.

Débourre se massa à nouveau le front, un tic qui apparaissait à la moindre contrariété et dont il n'arrivait pas à se défaire.

– Vous avez les clefs des appartements ?

– J'ai un passe.

Ange

Ils montèrent, la mère de Germain devant, Débourre traînant les pieds derrière elle ; les deux ahanant et pestant contre les marches qui leur paraissaient interminables. Au deuxième, la mère de Germain ouvrit la porte de Cybèle et s'écarta pour laisser entrer Débourre. Le Souchien jeta un rapide coup d'œil dans la cuisine (propre en ordre), poussa la porte de la salle de bains (nickel), celle des toilettes (poster de la *Sainte Thérèse* du Bernin), s'arrêta dans le salon sans rien remarquer de particulier, sinon une grande affiche où une fille à moitié nue était fouettée sur le pont d'un navire de pirates[1]. Il tendit le cou pour regarder dans la chambre mais là non plus il ne nota ni désordre suspect ni trace de

1. *Le Navire des filles perdues*, film de Raffaello Matarazzo.

Germain. Seules les fesses de l'ange posé sur le guéridon attirèrent un instant son regard.

– Comment s'appelle la femme qui vit ici ? s'enquit-il en revenant vers l'entrée.

– Mme Lange, grogna la mère de Germain.

Débourre la cocha sur la liste.

– Qu'est-ce qu'elle fait ?

– Elle travaille dans un labo de je ne sais quoi… J'ai l'adresse.

– Une scientifique ?

– Qu'est-ce que j'en sais !

– Elle est en règle ?

– Oui, elle a sa carte.

La mère de Germain referma derrière Débourre.

– Vous ne savez rien d'autre sur elle ?

– Si, affirma la vieille, elle voit des hommes.

Ses traits étaient tirés, ses petits yeux méchants.

– Elle fait la pute ?

– Ça m'étonnerait pas ! assura la gardienne. J'en sais rien mais j'en mettrais ma main au feu ! En tout cas, jamais une femme ne vient lui rendre visite, que des hommes.

– Vous avez leurs noms ?

– Il faut que je regarde mais oui, je les ai.

Bureau

Dehors, la brume matinale s'était enfin levée mais le ciel demeurait couvert, traversé de grandes bandes noirâtres, zébrant les nuages. Comme tous les jours, il y avait du vent et de la pluie ; une pluie très fine semblable à des millions d'aiguilles qui attaquaient les vitres de leurs piqûres furieuses.

– Mme Lange est demandée au bureau !

Cybèle, penchée sur son microscope, sursauta. Nora tourna vers elle un regard inquiet. *Qu'est-ce qui se passe ?* Pour la rassurer, Cybèle répondit d'un sourire mais elle craignait le pire. Elle s'arma de courage, traversa le labo les mains dans les poches de sa blouse où elle avait glissé un cutter, au cas où. Débourre, en uniforme de Souchien, l'attendait en compagnie de Boulogne, le chef de service, en uniforme lui aussi.

– Vous avez vu un de mes camarades ce matin, exposa Débourre sans la saluer ni la prier de s'asseoir.

– Oui, répondit Cybèle. Il cherchait un homme dans les étages. Pourquoi ?

– Il a disparu.

Cybèle fit l'idiote.

– L'homme ?

– Germain, le fils de la gardienne.

Cybèle exagéra son étonnement.

– Germain a disparu ?

– Il est introuvable, bougonna Débourre.

Il se moucha et se leva péniblement pour la regarder en face.

– Quand vous l'avez vu ce matin, rien ne vous a paru suspect ?

– Suspect ? s'interrogea-t-elle en plissant le nez. Non, il était comme toujours. Il est entré chez moi pour vérifier que personne ne s'y cachait et après avoir tout vérifié il est reparti en me souhaitant une bonne journée…

Elle semblait désolée.

– Je ne peux rien vous dire de plus.

Débourre se massa le front. Ça clochait.

– À part vous, personne ne l'a vu et après vous, personne ne l'a vu non plus.

– Et alors ?

– Vous n'avez pas idée d'où il peut être ?

– Vous avez fouillé tous les appartements ?

– Pas tous, avoua Débourre.

Il ajouta :

– C'est bien arrangé chez vous…

Ces enfoirés avaient la clef de chez elle et ne se privaient pas de s'en servir ! Cybèle se garda de protester.

– Conclusion ? demanda-t-elle froidement.

– RAS, avoua Débourre.

Tarot

Après le départ de Cybèle, Boulogne et Débourre demeurèrent silencieux. Débourre se vantait d'être un romancier et un poète mais personne n'avait jamais lu ses livres, tous publiés à compte d'auteur par un éditeur minable. Quant à ses poèmes, la seule fois où la presse en avait fait mention, c'était pour le dénoncer comme plagiaire. Un recueil entier ! Débourre était entré dans les Souchiens pour se venger sur les autres de sa propre médiocrité. S'il avait eu des lettres – comme il le prétendait –, Débourre aurait su qu'il était « ce qu'il y a de plus petit, et ce qu'il y a de plus terrible selon Hugo. Un envieux ».

– Tu crois qu'il aurait pu faire défection ? demanda Boulogne en versant un fond de whisky dans des tasses en carton.

– Germain ? Impossible. Il n'a que nous.

– Pas de femme ?

– À part sa mère, personne. C'est le genre à se branler comme un malade…

Repris par son tic, Débourre se massa le front et vida sa tasse cul sec en rejetant la tête en arrière.

– Ta Mme Lange, t'as confiance ?

– Elle fait son boulot sans jamais faire de vagues, assura Boulogne. Je l'ai à l'œil mais pas plus pas moins que les autres. Tu crois qu'elle nous cache quelque chose ?

– La gardienne dit qu'elle ne voit que des hommes. Chez qui pouvait aller le type que cherchait Germain, sinon chez elle ?

Boulogne en convint. Oui, ça se pouvait que le type soit allé chez elle mais ce n'était pas prouvé. Et s'il y était allé, il n'était pas resté.

– Il n'était pas dans l'appartement de Mme Lange ?

– Non, admit Débourre.

– Et tu ne l'as pas vu dans l'immeuble ?

– Non plus.

Débourre n'y comprenait rien. Boulogne se fit pédagogue :

– Dans ton histoire, le troisième larron est une hypothèse. Il n'y a que deux personnages : Mme Lange et ce Germain. Rien ne dit que ton branleur n'a pas trouvé une occasion pour s'offrir une gâterie.

Il ajouta en secouant la tête :

– Mais je ne vois pas Mme Lange tremper dans une combine comme ça.

Et, gloussant :

– Même si elle porte bien son nom !

– Tu veux dire que c'est un lange merdeux ? bougonna Débourre qui n'était pas d'humeur à bavarder.

Boulogne se pencha vers lui, la bouche en cœur :

– Elle est si belle…

– Fais pas chier.

– Elle se prénomme Cybèle ! s'exclama Boulogne, content de son effet. C'est pas commun. Si une si belle salope te disait oui, tu dirais non, toi ?

Les femmes n'intéressaient plus Débourre, quand bien même son uniforme lui aurait permis d'en profiter. D'ailleurs, l'âge, l'alcool, l'amertume… Même en se la pliant en deux pour faire de l'épaisseur, il ne pouvait plus rien leur faire. « Toutes des chiennes, des putes, des niggers », comme disait Salto, son camarade de Servir et Proclamer. À nouveau il avala son whisky d'un trait. Il se fichait de la beauté de Cybèle, une radasse comme les autres.

– Tu ne m'enlèveras pas de l'idée qu'elle nous a joué l'excuse, comme au tarot.

Rome

Jack, ancien cycliste professionnel, et Rome, sa femme, qui tenait un kiosque à journaux avant la disparition de la presse, avaient échoué aux tests. Classés comme Inutiles, Jack faisait ses heures obligatoires à la voirie, au ramassage des ordures, et Rome – mère d'un enfant de cinq mois – était affectée au ménage de la tour de la télévision et de la radio, de quatre heures à huit heures du matin puis de dix-huit à vingt-deux ou vingt-trois heures, quand il y avait des réunions ou des émissions spéciales. Rome n'était pas ce qu'on appelle une beauté. Un peu trop maigre, un peu trop rousse – « *Auburn*, rectifiait-elle, *et ne t'avise pas de me traiter de rouquine !* » –, le corps d'un blanc laiteux, de petits seins, des hanches étroites, il y avait peu de chances qu'elle fasse la une d'un magazine de mode mais il y avait son regard... Rome, c'étaient des yeux aigue-marine et un sourire qui saisissaient tous ceux qui la rencontraient. Des yeux d'enfant qui reflétaient le jour comme une eau transparente. Le calcul, la jalousie, l'envie lui étaient étrangers. Elle aimait sans distinction de couleur, de foi, d'engagement, d'origine sociale ou de nationalité. Elle s'efforçait toujours de comprendre les autres, curieuse des vies différentes de la sienne ; d'être toujours dans la compassion, de prendre chaque individu comme la plus précieuse des créatures. Pas comme un troupeau, pas comme une collection, pas comme un échantillon significatif mais comme un être qu'elle pouvait chérir ou consoler. Ses amis, ses collègues, ses voisins disaient d'elle qu'elle avait « un cœur gros comme ça ».

– Y a que ça ? demanda Jack en claquant rageusement la porte du frigo.

L'odeur des poubelles lui collait à la peau comme si elle était incrustée dans sa chair. Il avait beau se gratter, se frotter, ça ne passait pas. Ça le démangeait en permanence.

– Va te laver, dit Rome, t'es tout dégueulasse, ça pue.

Mais Jack, encore en tenue de travail, le visage gras de crasse, les mains sales, ne l'écoutait pas.

– Y a qu'un pot de moutarde, un vieux reste de ketchup et un yaourt ? dit-il, haletant, comme s'il ne parvenait pas à y croire.

Rome haussa les épaules.

– Ben oui... il n'y a que ça.

– Et la Ration ?

– J'en ai donné à bébé et troqué le reste contre de la crème pour ses fesses, une compote et trois biscuits.

– Ils sont où ?

– Bébé a tout mangé…, bêtifia-t-elle en se moquant.

Jack s'emporta :

– Tu pouvais pas faire des courses ? T'as rien à foutre pendant ta coupure !

Rome sentit deux larmes perler à ses paupières.

– Avec quoi ? T'as encore des bons ? T'as encore quelque chose à donner ? Tu veux que je fasse la pute ? Tu veux que je vende mon cul ou tu veux que je vende mes yeux ?

Il chassa ces questions d'un geste énervé. Non, bien sûr que non, il ne voulait pas ça ! Son visage virait au gris et en même temps paraissait congestionné.

– J'ai faim.

Rome haussa le ton :

– Qu'est-ce que tu crois ? Moi aussi j'ai faim mais on n'a plus de bons ! Plus rien. Tu comprends, on n'a plus rien. Si tu bouffes le ketchup, demain, dans le frigo, il n'y aura plus que de la lumière !

– T'avais qu'à demander qu'on te fasse crédit.

– Crédit ? Mais t'es dingue ! s'exclama-t-elle, la bouche déformée par la colère. Où tu vis ? Quel crédit ? Ça n'existe plus le crédit ! Il est mort. T'as qu'à y aller au supermarché, tu verras. Il n'y a plus de personnel, que des machines et des vigiles. Si t'as pas la carte, si t'as pas des bons des Souchiens ou des flics, tu peux rien acheter, t'as droit à rien. T'existes pas !

Jack s'écarta d'elle en gesticulant.

– Je vais leur montrer si Jack Rossi n'existe pas !

– Arrête ! Tu veux nous attirer des ennuis ?

– Les ennuis ? On vit dedans !

– C'est la guerre.

– Oui, putain, c'est la guerre ! Mais pas pour tout le monde.

Caddy

Jack, en costume cravate pour ne pas se faire remarquer, entra au supermarché, poussant un caddy vide dont il avait réussi à forcer l'attache. Il ne voulait pas penser à la terreur plaintive de Rome qui l'avait supplié de ne pas sortir. Il était en rage. C'en était fini de la peur, de la prudence, de la modération. S'il ne tentait rien, il allait exploser ou tomber foudroyé de désespoir. *Ils nous font crever la bouche ouverte !* Jack compta quatre vigiles qui surveillaient les portes et quatre autres près des caisses automatiques, plus un Souchien en uniforme qui circulait des uns aux autres, un talkie dans la main. Les produits étaient répertoriés par caste. Les meilleurs allaient aux Puissants, puis la qualité décroissait jusqu'aux Servants qui ne bénéficiaient que de l'ordinaire. Certains jours, dans un carré limité, les Inutiles pouvaient obtenir des produits abîmés ou défraîchis en échange de bons délivrés par la police ou les Souchiens (la plupart du temps troqués contre des objets ou un service – y compris la prostitution). *Ils vont voir si je n'existe pas ! Ils vont voir !* Jack, fort de ses résolutions, se servit sans hésiter dans le secteur des produits réservés aux Puissants : saumon fumé, bocaux de foie gras, confits en conserve, viandes de premier choix, coquilles Saint-Jacques, fruits et légumes frais… Pour faire bonne mesure, il s'offrit même deux bouteilles de champagne et une de whisky. *Putain, ils ont droit à ça !* Quand son caddy fut plein à ras bord – il avait aussi pris des couches, du papier toilette, du shampoing, du savon et de la lessive –, il se dirigea vers les caisses automatiques, jetant un coup d'œil discret à la disposition des caméras qui contrôlaient les mouvements de tous les clients. Il s'arrêta soudain sous l'une d'entre elles, dans l'angle mort, s'agenouilla comme s'il renouait un lacet. Dissimulé derrière son caddy, il sortit son briquet pour enflammer des paquets de riz sous emballage en papier kraft posés sur le rayonnage du bas. Puis il se dirigea tranquillement vers la sortie, à l'autre bout de la travée, tandis que l'alarme incendie retentissait dans tout le magasin. Jack laissa les vigiles se précipiter et bousculer les clients à la suite du Souchien qui aboyait :

– Bougez-vous le cul, bande de larves, merde, ça brûle !

Une porte était laissée sans garde.

Jack attendit un instant et se précipita au-dehors, pariant sur sa vélocité pour échapper aux poursuites. Il comptait traverser le parking en diagonale, tourner à droite sur le boulevard et disparaître cent mètres plus loin dans une ruelle à l'arrière d'un dépôt d'ordures qu'il connaissait. Il pourrait s'y cacher en attendant la nuit. Sur son vélo, Jack avait été un bon sprinter. Un routier sprinter. Il continuait d'entretenir sa forme, regrettant d'avoir dû se séparer de tous ses trophées pour nourrir sa famille. Sur un vélo, personne n'aurait pu le rattraper. Il n'était pas aussi à l'aise à la course à pied, même s'il pratiquait le cross tous les hivers. Cent fois il avait entendu son entraîneur lui seriner : « Tu pars à fond, tu ne ralentis pas et tu sprintes à l'arrivée. » Jack courait éperdument, la tête vide, animé d'un rythme sauvage. *Viande, dessert, boissons…* L'air était immobile, les nuages alignés comme dans un cimetière endeuillaient l'horizon. Il y eut un éclair puis un autre mais la pluie espérée ne tomba pas. Jack força l'allure. Son caddy n'avait rien d'un vélo de compétition mais il roulait sans grincer, les roues droites, bien huilées. Comme il n'avait rien mangé, une remontée de bile lui souleva le cœur. Il crut qu'il allait vomir. Mais le renvoi s'arrêta net, lui laissant seulement un mauvais goût dans la bouche. Il cracha plusieurs fois sans parvenir à le faire disparaître. L'anxiété précipitait son souffle, durcissait les muscles de ses cuisses, mais pas question qu'il ait des crampes. Jack n'avait plus qu'une trentaine de mètres à parcourir pour quitter le parking. Il accéléra, ses tempes battaient, une grosse veine barrait son front. *Viande, dessert, boissons* lui martelaient l'esprit au rythme d'un marteau tapant sur une enclume. Sa foulée n'était pas ridicule. *Tu pars à fond, tu ne ralentis pas et tu sprintes à l'arrivée*. Plus que vingt mètres… Colère et tristesse gonflaient ses poumons *Sprinte ! Sprinte ! Sprinte !* Plus que dix mètres… *Encore une victoire de la classe ouvrière*, jura-t-il entre ses dents, comme chaque fois qu'il remportait un sprint, quand il fut bloqué par des passants et des clients du supermarché. Ils le frappèrent à coups de poing, à coups de sac sur la tête, à coups de parapluie dans le ventre. Il saignait, il crachait du sang mais Jack ne se laissa pas faire. Il riposta, ses forces décuplées par la fureur. Il cogna dur, directs, crochets, coups de boule, de coude, de genou, riant et pleurant en même temps de s'être fait prendre. *C'est trop con ! Salauds ! Salauds !* Les clients appelèrent les Souchiens : « Au voleur ! Au voleur ! » et dès qu'ils entendirent la milice arriver, laissant Jack à genoux sur le sol, ils emportèrent tout ce qu'il avait pris.

Commandement

Rome tournait en rond dans la cuisine. Elle avait faim mais il n'y avait rien à manger. Même la poubelle était vide. Elle rit d'elle-même, se conseillant à voix haute de continuer à se ronger les sangs faute de mieux à se mettre sous la dent. Elle se traita d'idiote de penser de telles bêtises, frissonna et tourna vivement la tête vers la fenêtre où le soleil se montrait. Cela faisait longtemps qu'un tel prodige n'avait pas eu lieu. Rome fut comme éblouie puis le ciel s'assombrit rapidement dans un grondement inquiétant. Le temps était toujours au gris, au jaune brumeux, aux rafales de pluie, à la neige parfois. Le vent se leva, refermant la fente dans la couche nuageuse où le soleil s'était glissé. Le rayon de lumière disparut et il se mit à grêler. Du grésil plutôt. Rome remarqua que les bourrelets des nuages ressemblaient à ceux d'un intestin. Elle haussa les épaules, elle n'avait pas besoin de ça pour savoir que les siens étaient vides. Sa faim lui faisait voir n'importe quoi ! Rome attrapa le ketchup dans le frigo. Elle en versa un peu au fond d'un mug décoré d'un tandem, ouvrit le robinet d'eau chaude et touilla pour s'en faire une soupe ou une tisane de fruits rouges. Cela ne parvint pas vraiment à la calmer, au contraire. C'était comme boire du sang. Elle s'adossa à la table pour avaler la mixture à petites gorgées comme si elle dégustait un thé raffiné ou une décoction préparée par sa mère. Sa mère, internée à vie dans un hôpital psychiatrique, torturée par l'anxiété et le chagrin, ne préparait plus d'infusions depuis longtemps et n'en préparerait plus jamais. La dernière fois que Rome l'avait vue, elle ne l'avait presque pas reconnue. Elle avait beaucoup maigri. Plus de seins, plus de joues et des jambes à faire peur. Elle était devenue une vieille femme aux cheveux blancs, vêtue d'une simple chemise de nuit attachée dans le dos et chaussée de pantoufles élimées. Un être sans âge et sans sexe qui se tenait debout devant une fenêtre grillagée et invectivait un personnage qu'elle seule voyait, son ex-mari, le père de Rome et de son frère. Une ordure sans nom, responsable de ce qui la détruisait et avait détruit leur famille. En la bourrant de médicaments, les médecins espéraient effacer cette apparition obsédante à laquelle la malade ne pouvait répondre que par le cri et l'injure. Ses vociférations, ses obscénités rendaient les autres malades nerveuses et les infirmières étaient souvent obligées de l'éloigner de force de la fenêtre, parfois de l'attacher dans un fauteuil ou sur un brancard. Le traitement et cette bagarre incessante contre un spectre épuisaient la mère de Rome. Elle était dans un tel état de faiblesse qu'elle devait se tenir aux murs pour marcher. Parfois, d'elle-même, elle essayait de s'arracher à sa vision. Mais quand, au prix de grands efforts, elle parvenait à retrouver son lit et la paix, elle se relevait soudain et retournait d'urgence près de la fenêtre où son ennemi l'attendait derrière le grillage. Le frère de Rome refusait de mettre les pieds à l'hôpital. Ce fantôme vociférant n'était qu'un monstre créé par leur père pour les faire souffrir. Il ne voulait plus, ne pouvait plus la voir. C'était une torture. Pour lui, sa mère n'avait pas renoncé au monde, elle était morte, envolée. Quand il était enfant, il était si collé à elle que plus d'une fois elle avait dû le repousser en riant : « Laisse-moi respirer ! » Elle l'avait torché jusqu'à huit ans et à douze ans il voulait encore qu'elle le lave. Combien de fois s'était-il glissé dans le lit conjugal pour dormir contre elle ? Beaucoup trop de fois. Son père protestait, le repoussait durement, mais rien n'y faisait. Il refusait de la quitter, se blottissait contre elle, s'agrippait à son cou, jusqu'à ce que ce soit son père qui aille dormir sur le canapé du salon, maudissant sa femme et son fils. « Tu es mon petit homme, mon chéri, ma vie », disait-elle à l'enfant. Rome avait toujours été plus indépendante, libre de son corps, de ses sentiments. Sa mère l'appelait « ma libellule ». Quand Rome la reverrait-elle ? Elle ne le savait pas, ne voulait même pas y réfléchir. Comment prévoir quoi que ce soit quand tout s'effondrait autour d'elle ? Qu'allait-elle faire si Jack n'arrivait pas à temps pour s'occuper du bébé ? Elle devait partir à son travail. Peut-être trouverait-elle quelque chose à se mettre sous la dent dans les bureaux des journalistes ou sur le plateau du journal télévisé. Une fois, cachée dans les toilettes, elle s'était régalée d'un plateau repas intact oublié sur une table. Il y avait si longtemps qu'elle ne s'était pas attablée devant un vrai repas…

Le carillon de la porte d'entrée la tira de sa rêverie. *Déjà un contrôle ?* Un lieutenant en civil se présenta, accompagné par Norbert Vauxhall, le Souchien référent de l'immeuble.

– Madame Rossi ?

– Oui…

Le lieutenant consulta ses notes.

– Épouse Jack Rossi ?

– Oui, pourquoi ?

– Votre mari a été arrêté. Il sera jugé pour vol aggravé, délit de fuite et rébellion à l'autorité.

Rome demanda bêtement :

– Quand ?

Aucun autre mot n'était parvenu à sortir de sa gorge.

– Quand le tribunal le décidera, répondit sèchement le policier.

Rome articula péniblement :

– Je peux le voir ? Il est où ?

Le lieutenant ignora ses questions.

– Votre mari n'habite plus ici ?

– Vous venez de me dire qu'il a été arrêté…, balbutia Rome.

– Donc vous confirmez : il n'habite plus ici, s'obstina le civil.

Rome acquiesça d'un oui muet. *S'il est arrêté…* Le lieutenant lui tendit un commandement.

– Vous avez quarante-huit heures pour libérer cet appartement réservé aux couples avec enfant.

Le lieutenant réprima un soupir de fatigue. Parler aux Inutiles l'ennuyait.

– Vous feriez mieux de prendre rapidement vos dispositions.

Rome n'était pas sûre d'avoir bien entendu. La tête lui tournait.

– Dispositions pour quoi ? Pour quitter mon appartement ?

– Vous comprenez le français ?

– Mais…

– En quelle langue faut-il vous le dire ?

– Où voulez-vous que j'aille ?

– Ce n'est pas notre problème, répliqua le lieutenant. Votre logement a été réattribué. Si vous n'êtes pas partie dans quarante-huit heures, nous vous ferons expulser. Ce qui ne sera pas sans conséquences…

Rome tenta de plaider sa cause :

– J'ai un enfant… je travaille… je…

Le lieutenant la rembarra :

– Vous avez quarante-huit heures, compris ?

Et détachant les syllabes, il répéta comme s'il parlait à une demeurée :

– Qua-ran-te-huit-heures.

Vauxhall eut un sourire mauvais.

– C'est à moi que vous remettrez les clefs.

Rome n'en pouvait plus. Le silence lui paraissait sans fin. Assise au bord du lit, son bébé endormi à côté d'elle, elle lissait machinalement la couverture, observant l'immeuble d'en face. Un bâtiment semblable à celui qu'elle habitait, sans le moindre charme. Une tour de béton de vingt étages avec des appartements empilés les uns sur les autres comme un jeu de cubes. Elle n'y connaissait personne et, sur son palier, elle ne voyait que sa voisine, une mama d'au moins cent kilos qui refusait de se cacher dans les égouts avec ses enfants malgré la chasse aux Noirs organisée par les Souchiens. Rome était enfermée dans un palais de glaces où son image se reflétait dans des miroirs tous plus sombres les uns que les autres. Pas de famille, pas d'amies. Elle ne parlait qu'à son bébé – c'est-à-dire qu'elle parlait toute seule – et n'échangeait avec Jack que le strict minimum pour assurer la garde de l'enfant. C'était comme être en prison, coupée du monde, à l'isolement. Qu'étaient devenues ses copines d'enfance ? Prisca, qui avait choisi son nom dans un roman, peut-être avait-elle deux petits maintenant ? Charlotte qui nageait si bien sur le dos, Pauline dont tous les garçons étaient amoureux mais qui préférait les filles ? Les « quatre mousquetеuses » ! Il y avait si longtemps qu'elles ne s'étaient pas retrouvées pour sortir ensemble, boire et danser toute la nuit. Rome ne savait même pas où elles vivaient. Elle n'avait aucun moyen de le savoir et encore moins de les contacter. Pourtant, plus que jamais, c'était maintenant qu'elle aurait aimé les entendre répéter leur serment : « Toutes pour la lune, d'la thune pour toutes ! » Rome ne comprenait pas comment elles avaient pu disparaître aussi loin de son horizon. Étaient-elles des Inutiles comme elle ou avaient-elles réussi le test ? Mangeaient-elles à leur faim ? Avaient-elles chaud ou froid ?

Connaissaient-elles l'amour ? Elle se leva sans bruit. Dans le tiroir du bas de la commode, il y avait une photo dont elle avait troqué le cadre contre du jus d'orange et des bananes. Sur le cliché, on les voyait toutes les quatre en bikini au bord de la mer, riant, éclaboussées par une grosse vague. Rome s'y attarda un moment puis la rangea rapidement entre les deux pulls qui lui restaient. Pourquoi regarder le passé ? Pourquoi se laisser aller à la nostalgie ? Ça la détruisait.

Elle retourna s'asseoir sur le lit.

Rome se sentait oppressée par un sentiment presque maternel à l'égard de son champion de mari. Jack n'était rien d'autre qu'un petit enfant qui voulait tout, tout de suite, tapait du pied et pleurait pour l'obtenir. Elle pouvait sentir la tension qui l'électrisait, le poids qui faisait ployer ses épaules, l'effort qu'il accomplissait chaque jour pour ne pas se laisser abattre par l'injustice qui l'accablait. Quand il rentrait, il était anxieux, fiévreux. Il mangeait ce qu'il y avait, se lavait hâtivement et après avoir échangé quelques mots avec elle, il se précipitait dans le sommeil, poursuivi par un ennemi invisible. C'était pénible, dévastateur pour lui comme pour elle, mais Rome n'avait plus de larmes pour s'épancher sur leur couple. Elle soupira en secouant la tête comme si elle répondait à une question muette. Finalement, en se faisant arrêter, Jack avait obtenu ce qu'il voulait : plus de responsabilités, plus de gosse ni de femme sur les bras. D'autres décideraient pour lui comme s'il avait cinq ans. Il aurait à bouffer et à boire tous les jours, rien à faire, rien à penser qu'aller sur le pot et dormir quand on lui en donnerait l'ordre. Jack se foutait d'en baver en prison. Pour lui, tout serait toujours mieux que la merde dans laquelle ils vivaient. Rome ne savait pas si Jack l'avait vraiment voulu ou si c'était venu du plus profond de lui-même sans qu'il ait à le formuler. En tout cas, le résultat était là. Il était enfermé, et pour longtemps. Elle ne pouvait compter ni sur lui, ni sur sa mère, ni sur son père, ni sur ses amies. Sur personne.

Mortagne

En l'absence de Jack, Mama N'Diaye, sa voisine, avait accepté de garder le bébé de Rome tandis qu'elle allait travailler. Mama N'Diaye en avait déjà quatre, alors un de plus ou de moins… Rome n'avait pas osé lui avouer que son mari était emprisonné et qu'elle allait être expulsée.

Rien que le dire la déchirait.

La tour Azur, qui abritait la télévision et la radio, se dressait dans le quartier Saint-Jean ; un quartier de bureaux et de sièges d'entreprises. Rome et Vivi (une ancienne ouvrière, Inutile comme elle) étaient en charge des quarante bureaux de la rédaction et du studio d'enregistrement de la chaîne officielle. Elles devaient vider les poubelles, nettoyer les tables de travail, passer l'aspirateur sur la moquette, sans oublier l'entretien des lavabos et des toilettes. Charlie, l'ex-mari de Vivi, était l'un des quatre qui présentaient le journal télévisé. Cet ancien prof de techno, ce syndicaliste militant, avait tourné casaque dès la mise en place des nouvelles lois sur l'audiovisuel. Il avait renié le syndicat et quitté l'enseignement pour entrer à la télévision où, jour après jour, il s'était taillé une place de choix, devenant un des propagandistes les plus efficaces du Conseil. Vivi l'avait rayé de sa vie et refusait de le croiser ne serait-ce que dans un couloir ou au desk.

Chaque fois qu'elle retrouvait Rome, Vivi avait une nouvelle histoire à raconter. Sa vie n'était qu'une suite d'aventures et Rome se moquait bien de savoir si elles étaient vraies ou pas.

– Mon père n'avait rien trouvé de mieux que d'acheter un cheval avec l'héritage de mon grand-père, dit Vivi en branchant l'aspirateur. C'était son rêve : avoir un cheval portant ses couleurs. Il y avait neuf concurrents pour sa première course. Trois cracks, trois moyens-bons et trois tocards, dont le cheval de mon père. Je l'avais accompagné à l'hippodrome pour l'occasion. Il ne voulait pas parier, moi si. Sinon pourquoi être là ? En râlant comme un putois, il s'est décidé à miser pour moi sur son cheval, une fois gagnant, une fois placé. C'était pas un grand risque ! Au premier tour, cinq chevaux ont refusé l'obstacle ou sont tombés, dont un dans la rivière des tribunes. Au deuxième tour, sur les quatre restants, deux ont chuté à leur tour. Au dernier tour, il ne restait plus que le cheval de mon père et un grand canasson blanc qui menait largement. Mais soudain, à la dernière haie, le canasson blanc a freiné des quatre fers devant l'obstacle et a envoyé son jockey de l'autre côté des barrières. Resté seul en piste, sous les huées du public, le cheval de mon père – à son rythme – a gagné la course et j'ai empoché un petit pactole ! Comme quoi la fortune se trouve parfois sous le sabot d'un cheval… Même si mon père m'a forcée à partager !

Rome coupa Vivi en plein élan alors qu'elle s'apprêtait à raconter comment un homme de sa connaissance était allé dîner chez des amis en se trompant de jour et comment ils n'avaient pas voulu le détromper, jusqu'au moment où…

– Mon mari a été arrêté, souffla-t-elle.

– Ah merde !

– On n'a plus rien à manger à la maison, il a voulu aller se servir directement au supermarché…

– Putain, le con ! s'exclama Vivi. Il va en prendre pour…

– J'ai faim, l'interrompit Rome. Je crève de faim.

Vivi fouilla dans une de ses poches et sortit une barre chocolatée à peine entamée qu'elle venait de ramasser dans une corbeille du desk.

– Tiens, prends ça.

Rome ne se le fit pas dire deux fois.

– Vous n'avez pas le droit de manger ! C'est interdit ! Remettez-vous au travail ! cria Mortagne, le jeune Souchien qui les surveillait.

Âgé d'à peine dix-huit ans, Mortagne avait fait discrètement retailler son uniforme pour se mettre en valeur. Il portait beau et prenait toujours le temps de se repeigner devant une vitre fumée ou un miroir. Rome marcha droit sur lui.

– Votre mère vous nourrit bien ?

Elle ne le laissa pas répondre.

– Vous savez ce que c'est d'avoir faim ? J'ai faim, je crève de faim. Mon bébé crève de faim. Mon mari crève de faim. Vous pouvez comprendre ça ou vous êtes bouché ?

Mortagne tenta de se défendre :

– Je ne veux pas discuter avec vous ! Retournez travailler !

– Je vais y retourner, répliqua Rome, la mâchoire contractée, mais vous, vous allez vous démerder pour me trouver à manger sinon je plaque tout et vous aurez autant d'emmerdes que moi.

– Je ne suis pas votre bonniche ! Si vous refusez de travailler, bredouilla-t-il, je vous signalerai.

Le regard si doux de Rome s'arma de colère.

– T'as compris ce que je t'ai dit, espèce de petit branleur ?

Fanch

À la tête des prisons, il y avait désormais un GRH (Gestionnaire des Ressources Humaines), chargé de gérer le flux des prisonniers, leurs affectations sur les chantiers ou dans les camps de travail, de procéder au dégraissage régulier des locaux quand les stocks devenaient trop importants, de traiter les condamnés. Horace Finkel, le GRH de la prison où Jack était incarcéré, avait divisé l'établissement en six secteurs de A à F, appelés « familles ». Finkel était une brute venue des commandos de parachutistes de la Légion. Il ne connaissait que la force, n'hésitant pas à cogner les prisonniers qui lui déplaisaient, voire à participer à des tabassages organisés par ses hommes. La guerre justifiait toutes les mesures prises contre les détenus : enfermement vingt-quatre heures sur vingt-quatre, suppression des promenades faute de surveillants, des douches, des télévisons et distribution d'un seul repas par jour. Toute contestation était aussi violemment – et rapidement – réprimée. Les gardiens – chefs ou patrons, selon leurs grades – étaient surnommés « tontons » par les prisonniers peut-être parce que par dérision Finkel était appelé Oncle Ho. Jack avait été enfermé en D, le pire secteur étant le F, réservé aux prisonniers jugés dangereux. En tout cas à ceux qui étaient incarcérés pour des raisons strictement politiques : pour avoir critiqué publiquement le Conseil, distribué des tracts ou posé des affiches, voire pour avoir tenté de relancer une presse qui ne soit pas aux ordres du pouvoir. La semaine précédente, un détenu de la famille F avait été passé par les armes pour avoir réussi à transmettre à l'extérieur une liste de doléances qui avait beaucoup circulé. Au nom de la dignité des prisonniers, l'homme réclamait le droit de se laver, des mesures d'hygiène et de propreté, l'arrêt de la nourriture de synthèse au profit de produits frais, de légumes, de fruits, la libre circulation des livres et la permission pour chacun d'écrire à sa famille. Refusant de n'être qu'un matricule, il n'avait pas craint de signer de son nom : Camille van der Linden, sachant qu'il signait son arrêt de mort en faisant cela.

Livré aux vigiles et aux Souchiens par les passants, Jack avait été rossé. Une manche de sa veste avait été déchirée, une poche arrachée. En prison, les tontons lui avaient confisqué sa cravate et enlevé ses lacets mais il tenait encore debout. Il s'adossa au mur et se laissa glisser pour s'asseoir. Ça lui faisait mal partout. Dans le dos, dans les côtes, mais il ne regrettait rien. Il avait bousillé une rotule à un Souchien d'un coup de pied bas et démoli la gueule à un autre. Ils étaient six dans la cellule mais il n'y avait que quatre couchettes. En tant que dernier arrivé, il devrait dormir sur un maigre matelas de mousse d'un jaune pisseux posé par terre, la tête contre la cuvette des chiottes. Quand l'un d'eux voulait chier, il accrochait sa couverture entre les deux couchages du haut et les autres se regroupaient près de la porte afin de préserver un minimum d'intimité. Ils se torchaient avec les doigts et devaient se laver à tour de rôle dans l'unique lavabo alimenté une heure le matin et une heure le soir par un mince filet d'eau. Sans papier hygiénique, sans savon, sans dentifrice, sans mousse à raser, sans pouvoir nettoyer leurs vêtements ou en changer, malgré tous leurs efforts, ils sentaient le fauve. Finkel traitait les prisonniers comme des animaux promis à l'abattoir et trouvait dans leur état une raison parfaite pour s'en débarrasser. Celui qui devait dormir de l'autre côté de la cuvette tendit la main à Jack.

– Bob…

– Jack.

– T'as dérouillé ?

– Ça ira. J'ai rendu la monnaie…, dit-il en léchant ses phalanges meurtries.

D'un regard, il désigna un type plus sérieusement amoché que lui. L'homme était affalé sur une couchette du bas, le visage marbré de bleus, de traces brunes et de sang séché. Il n'était que plaies et bosses, les lèvres terriblement enflées et sans doute le nez cassé.

– Les Souchiens ?

– Il a prévenu un déserteur… Ces sous-merdes se sont vengées.

Ils se turent.

– Faut que je me taille d'ici…, dit Jack pour lui-même.

– Pas même en rêve, répondit sombrement Bob.

– J'ai une femme et un gosse qui m'attendent, faut que je me taille, répéta Jack, observant la peinture abîmée de la porte de la cellule.

Tous ceux qui étaient passés par là y avaient donné tant de coups de pied que les marques de leurs chaussures étaient encore visibles.

Jack ironisa :

– Liberté, j'écris ton nom… à coups de pompe.

Un détenu – Jean-Pierre – descendit de sa couchette.

– On se taillera tous en même temps quand ces enculés nous enverront au champ du déshonneur toucher nos nouveaux costumes.

Jack ne comprenait pas :

– Des trucs orange ?

– Des costumes sans manches !

Jean-Pierre se tourna vers le blessé.

– Tu vois ce type, Fanch, il devrait être en F mais il n'y avait plus de place alors ils nous l'ont collé. Il paraît qu'avant il faisait des livres. Sans doute quelqu'un de bien. En tout cas, quelqu'un. Un monsieur. Maintenant c'est plus que dalle. Nous non plus nous ne sommes plus rien. Ce n'est pas pour rire qu'ils nous considèrent comme les plus inutiles des Inutiles. Plus inutiles encore que les Blacks…

Il fit une grimace en respirant profondément.

– Je ne sais pas ce que tu faisais avant mais tu ne le feras plus. C'est fini, classé, terminé. Tu peux juste espérer en finir vite, crever rapido.

Bob le rembarra :

– Ta gueule. Tu crois qu'on n'est pas assez dans la merde pour vouloir nous y enfoncer un peu plus ?

Les deux qui n'avaient rien dit s'en mêlèrent. Le plus jeune, Luciani, dévisageait Jack depuis un moment.

– Je te connais, dit-il en s'approchant. Je t'ai vu à la télé. Tu es Rossi, le cycliste…

Il lui adressa un grand salut militaire.

– Respect ! T'es un putain de champion !

Et aux autres :

– Hé, les gars ! On a touché une vedette !

Jack ne bouda pas son plaisir d'être reconnu. Ils se serrèrent la main. Il n'était donc pas qu'un déchet bon pour l'incinérateur.

– Moi aussi je veux me tailler, affirma le jeune Luciani que la présence de Jack revigorait.

Brogline, dit Mignon, un gros chauve gras comme un bœuf qui ne se voyait plus pisser depuis longtemps, ricana.

– Avant de te tailler, tu pourrais commencer par me tailler une pipe.

Luciani lui donna un coup de coude dans les côtes.

– C'est pas possible d'être aussi con…

– Je te plais pas, ma biche ?

Une voix qui semblait remonter des enfers leur ordonna, à peine audible :

– Fermez-la.

Ils se tournèrent vers Fanch. Un seul de ses yeux était ouvert, injecté de sang, l'autre disparaissait sous un renflement, une excroissance de chair qui lui faisait comme une bosse monstrueuse.

– Il faut nous organiser, murmura-t-il.

Il s'interrompit pour reprendre son souffle. Sa main se crispa sur sa couverture.

– Nous ne devons pas nous laisser tuer.

Il prit un temps avant d'ajouter :

– En prison, nous sommes tous sans distinction, ok ? Il faut que nous soyons unis. Dehors, tous doivent aussi s'unir contre la guerre qu'on leur fait mener au profit des plus riches. Ici, ce que nous voulons est très simple : dignité, égalité et humanité.

À nouveau, il s'interrompit.

– Simple comme la révolution…, reprit-il très bas.

Fanch en imposait.

Sac à dos

Salto et Débourre se retrouvèrent à la réunion hebdomadaire intermeutes dans l'ex-Bourse du travail rebaptisée Order Center. Ils se connaissaient depuis qu'ils militaient ensemble à Servir et Proclamer, un groupuscule défendant la suprématie blanche. À la tribune, le professeur Levron, de l'école des cadres souchiens, faisait un exposé :

– Nous ne sommes pas et nous ne voulons pas être des momies perpétuellement immobiles, le visage tourné vers le même horizon. Nous ne voulons pas non plus nous enfermer dans les limites étroites de la bigoterie subversive des partis et des syndicats où l'on rabâche mécaniquement les mêmes prières que dans les religions !

Salto se pencha vers Débourre.

– Tu connais Georges Orden ? demanda-t-il à voix basse.

– Le connard qui a eu le prix je ne sais plus quoi, l'année où j'ai publié…

Salto l'interrompit avant d'être englouti sous une diarrhée de ressentiments :

– Il m'a échappé ce matin.

– Merde !

– Ce putain de nigger a été prévenu avant qu'on arrive.

– Par qui ?

– Par un autre connard d'écrivain…

Salto ricana.

– Celui-là, on ne l'a pas raté ! Il a eu droit à une double ration, une pour lui, une pour l'autre… Il n'est pas près de l'oublier.

Aucun écrivain ne trouvait grâce aux yeux de Débourre : que des merdes, des prétentieux, des mégalos qui n'avaient pas le dixième de son talent. Il se considérait comme le meilleur de tous, mais maudit, ostracisé, pestiféré dans la presse et l'édition.

L'orateur conclut son discours par une envolée :

– Souchiens, nous sommes des hommes ! Des hommes vivant pour apporter notre contribution à l'histoire !

Il y eut des applaudissements. Débourre se massa le front.

– Un partout, balle au centre. Moi, je me suis fait avoir par une pute, avoua-t-il.

– Raconte.

– Un type est monté sans s'identifier dans un immeuble de mon îlot. On ne l'a jamais revu, ni d'ailleurs le fils de la gardienne parti à sa recherche…

– Tu crois qu'ils se sont tirés ensemble ?

– Possible. En tout cas une salope de l'immeuble est dans le coup. Elle a embobiné tout le monde, la mère de mon type, son chef de service au labo, moi…

Salto donna une bourrade amicale à Débourre.

– Tu te fais embobiner, toi ? Elle était belle au moins ? ricana-t-il.

– Cybèle même, persifla Débourre qui l'avait toujours mauvaise.

Salto ouvrit des yeux ronds : *Si belle que ça ?*

– Cybèle, c'est son prénom, grommela Débourre. Cybèle Lange… Gutenberg de son nom de jeune fille, une youpine.

Salto éclata de rire et fit le dos rond quand il s'aperçut que beaucoup l'observaient alors qu'un deuxième orateur montait à la tribune.

– Y a pas de quoi se marrer ! s'indigna Débourre d'une voix assourdie. C'est pas une blague. Je vais retrouver cette salope, et fais-moi confiance…

– Minute, papillon ! dit Salto, ouvrant son sac à dos. Il n'y a pas que les malheurs de la Pologne qui finiraient par me faire croire en Dieu !

Il fouilla dans la poche centrale de son sac et en sortit un livre.

– Tu connais ça ?

Débourre cracha sur la couverture de *L'Aurore*, le dernier roman publié d'Orden, entouré d'un bandeau d'accroche : « Imaginons le pire. »

– Tu lis cette merde ?

– Je l'ai piqué ce matin chez lui. J'aurais pu le faire brûler avec les autres mais j'étais curieux de voir de ce qui y avait dedans.

Il adressa un clin d'œil à Débourre.

– Je suis sûr que ça va te plaire…

– Plutôt me torcher avec ! grogna Débourre.

Salto glissa la première page sous les yeux de son ami.

– Lis, ordonna-t-il.

Débourre se massa le front douloureusement et lut : « À mon ange si beau, à ma si belle, gardienne des savoirs, mère de mon amour… »

Thor

Thor, le Grand Dominant des meutes, était l'oncle de Salto. Il acceptait de recevoir son neveu mais lui interdisait d'en faire état publiquement. Personne n'était dans la confidence. Tous croyaient que les avantages dont Salto bénéficiait étaient dus à ses exceptionnels résultats contre les dissidents, les terroristes et les déserteurs. Derrière le bureau de Thor étaient affichés les sept commandements de la milice en grosses lettres noires :

DANS LA MEUTE, L'INITIATIVE PERSONNELLE N'A PAS DE PLACE.

CHAQUE DOMINANT DOIT TOUJOURS SAVOIR CE QUE FONT SES HOMMES.

CHAQUE DOMINANT PILOTE LES INTERROGATOIRES.
CHAQUE DOMINANT EST HABILITÉ À ACCORDER DES PRIMES À SES HOMMES.
CHAQUE DOMINANT CÉLÈBRE LE CULTE DE LA PERFORMANCE.
CHAQUE DOMINANT N'ESTIME QUE LES RÉSULTATS.
TOUS LES DOMINANTS AGISSENT DE MANIÈRE IDENTIQUE.

Après avoir échangé quelques banalités sur la situation générale, notamment sur la destruction au nord de 80 % du Baltic Naval Squadron, la force maritime mixte de la Lettonie, la Lituanie et l'Estonie, Thor écouta le rapport de Salto et de Débourre, au garde-à-vous devant lui.

– Pour résumer, dit-il, vous avez établi un lien entre deux déserteurs et vous souhaitez remonter ensemble la piste jusqu'à eux ?

– C'est ça, mon commandant, répondit Salto.

Il ajouta :

– L'homme est en fuite, c'est certain… Pour la femme, on ne sait pas encore. Elle n'a pas déserté, mais il y a un risque sérieux. Elle occupe un poste sensible dans un labo.

– Je suis sûr qu'elle est complice, intervint Débourre. Je voudrais me dépayser.

– Votre Dominant est d'accord ?

– Il n'y voit pas d'objection.

Thor se leva.

– Je n'en vois pas non plus.

Et il les raccompagna à la porte de son bureau.

– Qu'importe qu'on soit dans l'une ou l'autre meute. Vous avez le champ libre. Pas de quartier ! gronda-t-il, pointant du doigt le tableau des commandements. Seuls comptent les résultats. Des résultats, c'est tout ce que je veux.

– Vous en aurez, mon commandant, affirma Salto.

Thor ouvrit la porte.

– On n'avance toujours pas avec les points rouges ?

Pour se mettre en avant, Débourre tricota une phrase ampoulée bien dans son style :

– Nous sommes patients comme des tigres à l'affût mais nous finirons par avoir ces salopards.

Le Grand Dominant leva un sourcil et fit claquer sa langue. Sa bouche ressemblait à une blessure. Il était sceptique.

– Le Conseil risque de ne pas être aussi patient que vous…

Pour Thor, les meutes n'en formaient qu'une dont il était le père, le guide. Une grande meute au service du Conseil ! Il tenait Sixtine, sa jeune femme – un mannequin de vingt-quatre ans –, à l'écart de tout ce qu'il faisait ; il l'avait épousée parce qu'elle appartenait à l'une des familles les plus riches, les Flander, qu'elle présentait bien, parlait trois langues et savait se tenir en société. Sixtine et Thor se vouvoyaient. C'était une créature distinguée, tout le contraire de sa première femme, une calamité. Thor ne voulait plus entendre parler d'elle et avait toujours refusé de répondre aux messages en tous genres qu'elle lui adressait ou lui faisait adresser par des tiers. Depuis leur divorce, il la considérait comme morte. Jamais il n'évoquait les enfants qu'ils avaient eus ensemble. Il les avait bannis de sa mémoire et de sa vie. Pour lui, ils n'avaient jamais existé. Aucun document officiel ne les mentionnait et si l'occasion se présentait, il donnerait sans hésiter l'ordre de les supprimer. Il voulait une lignée pure, sans tache. Et si, malgré leurs efforts pour assurer sa descendance, sa jeune femme ne pouvait ni ne voulait enfanter, il agirait en conséquence.

Thor relut la recommandation qu'il transmettrait à la prochaine réunion du Conseil avec copie au général Morcerf, à la tête des forces armées, et à Côme Saint-Jean, le commandant en chef de la police. Il arguait que, dans une période où le front s'élargissait entre Dresde et Nuremberg, les restrictions devenaient non seulement inévitables mais impératives. L'État ne pouvait plus prendre en charge les Inutiles, considérés comme du bétail à nourrir et à soigner. Les nationaux fidèles au Conseil étaient suffisamment nombreux pour les remplacer avantageusement. Cependant, il était imprudent de laisser les Inutiles retourner à une sorte d'état sauvage, libres d'agir à leur guise. Ils risqueraient de s'unir, de former des clans comme cela s'était déjà produit au début de la guerre, quand il y avait eu de grandes manifestations pour la paix. Pour les empêcher de se dresser contre l'autorité, il paraissait donc urgent et nécessaire de les éliminer en bloc, sans oublier les petits. Du statut d'Inutiles il fallait passer à celui d'Indésirables. Il insistait sur l'importance de prendre des décisions rapidement sans s'embarrasser de scrupules moraux ou bureaucratiques. Suivait un plan d'éradication des Inutiles devenus Indésirables mettant en œuvre les forces de police, l'armée, et bien entendu les meutes comme fer de lance du nettoyage par le vide que Thor appelait de ses vœux. Sa conclusion était claire : « Il y a ceux qui nous comprennent et adhèrent à nos idées, et les autres. Que ceux-là meurent, c'est le prix à payer pour notre survie. »

– Que meure qui doit mourir, proclama-t-il pompeusement en expédiant sa communication par mail.

Biologiste

Le ciel était comme le plafond d'une maison délabrée, d'un jaune plombé, piqueté de taches noires et d'auréoles de rouille. Une fumée noire s'élevait au loin, au-dessus d'un groupe d'immeubles. Les passants, silencieux, les yeux levés, redoutaient le signe de quelque invisible calamité. Toller n'y prenait garde. Pour lui, les jours se succédaient, routiniers, monotones en apparence. Il faisait le ménage, le ménage, le ménage… Mais ce n'était qu'une illusion, une manière comme une autre de donner le change. De faire le mort. Toller vérifia que personne ne le surveillait, et descendit au fond d'une tranchée abandonnée par la voirie dont les parois se dressaient semblables aux flots de la mer Rouge ouverte pour les Hébreux. Il trouvait ironique que l'entrée secrète des tunnels soit au cœur du quartier de l'Exode ! Toller avait renoncé à faire des films, il n'avait pas renoncé à donner une forme, une âme à l'insurrection. Il suffisait qu'il pense au scénario qu'il avait en tête pour qu'une rage l'illumine en prévision des combats qui l'attendaient. Parviendrait-il à fédérer tous ceux qui, comme lui, voulaient renverser le Conseil, proclamer la Commune et arrêter la guerre ? Les Blacks, les Fidèles qui regroupaient beaucoup de musulmans, les bandes de voyous comme celle de Tank, la plus féroce, ceux qui sous la bannière du Refus de parvenir se mobilisaient en secret dans les usines encore en activité – uniquement des usines d'armement –, les lycéens casernés dans les parkings, les citoyens libérés de la peur… rien ne devrait arrêter la foule lorsque l'attaque serait déclenchée.

Inutiles parmi les Inutiles, poursuivis, traqués, traités par les Souchiens – c'est-à-dire éliminés physiquement –, les Noirs se cachaient dans les sous-sols du métro, dans les égouts ; dans le gruyère des mille conduits, tuyaux, passages de service sous la ville où les milices n'osaient pas s'aventurer. Les Noirs s'étaient armés dès le début de la guerre après qu'une cinquantaine d'entre eux, rassemblés dans la cour d'une caserne, eurent été massacrés par les miliciens. Toller rejoignit M'Ba, un ancien tourneur-fraiseur qui avait réussi à fédérer plusieurs familles réfugiées dans les tunnels. Combien étaient-ils comme lui dans le pays ? Mille ? Dix mille ? Cent mille ? Impossible à dire, d'autant que la majorité se cachait par peur des Souchiens. M'Ba savait que la guerre ne créait pas que des héros ; que la faim, la misère excitaient le pire chez les individus ; que la mesquinerie, l'envie, la cruauté n'avaient besoin que d'un petit déclic pour s'exprimer. Leur lutte n'était pas que préparation militaire au combat, c'était aussi un combat moral, un travail sur les consciences. Pourquoi les autres ne voyaient-ils pas ce que lui voyait aussi clairement que le soleil en plein jour ? Ils n'en finiraient pas avec la guerre s'ils n'en finissaient pas aussi avec le capital ; s'ils ne rompaient pas avec cette idéologie de la concurrence de tous contre tous ; si…

– Tu connais Orden, l'écrivain ? l'interrompit Toller.

– Jamais entendu parler.

– Dommage : vaut le détour…

M'Ba se moqua :

– Tu veux ouvrir une librairie ?

– Les Souchiens sont après lui. Il a déserté son boulot et tué l'un d'entre eux mais ça, ils ne le savent peut-être pas encore.

– Il est où ?

– Chez moi.

– Au-dessus de la salle de sport ?

– Oui…

M'Ba n'en croyait pas ses oreilles.

– T'es gonflé ! Avec tous les connards qui font de la gonflette en dessous ?

Toller sourit.

– Tu connais une meilleure cachette qu'au plus près de l'ennemi ? Cybèle m'a fait lire un article d'un biologiste au nom imprononçable…

Il hésita.

– Jakob von Uexküll ou quelque chose comme ça. Il explique que certains petits oiseaux nichent dans le même arbre que leur pire prédateur et ne sont pas inquiétés par lui. Pourquoi ? Parce que pour le prédateur, et pour beaucoup d'animaux, leur territoire c'est une extension de leur corps. Eux, l'alentour, tout cela ne fait qu'un. Et les petits oiseaux dans le même arbre que leur prédateur, de fait, font alors partie de ce corps-territoire. Du coup, le prédateur n'a aucune raison de les attaquer : ils ont la même odeur que lui. Et s'il y a un endroit où les Souchiens ne chercheront pas Orden, c'est bien là, au-dessus de la salle de sport, tout près d'eux, en eux comme un cancer indécelable…

Fascistes

Les avant-bras sur ses genoux, les mains croisées, dans une attitude non d'accablement mais d'impatience réfrénée, Orden attendait Toller dans le studio au-dessus de la salle de sport. Pour s'occuper l'esprit, Orden s'efforçait de mettre par écrit la liste des guerres dont il se souvenait : guerres grecques, guerres crétoises, guerres assyriennes, guerres babyloniennes, guerre de Troie, guerres médiques, guerre gréco-punique, guerres étrusques, carthaginoises, phocéennes, guerres d'Alexandre le Grand, guerres de Rome, guerre des Juifs, guerre des Gaules, guerre des Goths, guerres de l'Islam, Reconquista, guerre des invasions normandes, croisades, guerres de Tamerlan, guerre civile anglaise, guerre des Deux Roses, jacqueries, guerres d'Italie, guerre contre les Incas, guerre contre les Aztèques, guerre des Paysans allemands, guerres de religion, guerres indiennes, guerre de Trente Ans, guerre des Trois Royaumes, guerre de succession d'Espagne, guerre des Camisards, guerre des Pommes de terre, Révolution française, guerre de Vendée, guerres d'Afrique, guerre d'indépendance américaine, guerres napoléoniennes, révolte des Cipayes, guerre du Hedjaz, guerre franco-chinoise, guerre sino-japonaise, révolte des Boxers, guerre d'indépendance grecque, guerre civile portugaise, guerre des Demoiselles, guerre de 1870, Commune de Paris, première guerre mondiale, guerre du Rif, deuxième guerre mondiale, guerre du Pacifique, guerre d'Algérie, guerre d'Indochine, révolte du Chiapas, guerre des Six Jours, guerre du Kippour, Intifada, guerre du Vietnam, révolution iranienne, guerre d'Afghanistan, guerre de Syrie, guerre de Libye, conflit nord-irlandais, guerres en ex-Yougoslavie, guerre en Tchétchénie, guerre du Yémen, guerre, guerre, guerre…

Toller entra.

Orden avait mis du riz à cuire. Ils se le partagèrent.

– Avant il y avait un président, dit Toller entre deux bouchées, un Premier ministre, des ministres, un gouvernement, un Parlement… Aujourd'hui, il y a le Conseil qui a décrété que la population devait vivre désormais dans un « isolement technocratique ». Qui le dirige ? Nous n'en savons pas grand-chose. Nous n'avons que des hypothèses. Nous ne savons pas exactement qui le compose, ni où ni comment il se réunit. Est-il national ou international ? Mystère. Le pouvoir est devenu anonyme et cet anonymat est sa force.

– Vous savez quand ça a commencé ? demanda Orden après un long silence.

Il fit lui-même la réponse :

– Ça a commencé le jour où le président de l'Union européenne a déclaré sans fard : « Je ne crains pas de le dire, je suis fasciste. Aujourd'hui, certains ont encore peur de le reconnaître. Mais qui peut contester que les fascistes avaient le sens de l'ordre ? »

– C'est celui qui avait dit : « Il ne peut pas y avoir de choix démocratique contre les traités européens » ?

– Je ne sais plus. Lui ou un de ses successeurs. En tout cas, juste avant que l'Union disparaisse.

– L'Union basée sur la concurrence ! ricana Toller.

– Il n'y a pas que l'Union qui a disparu, reprit Orden, la démocratie aussi.

– Que voulez-vous ? Elle était devenue aussi inutile que nous le sommes aujourd'hui. De quel droit le peuple aurait-il la parole alors qu'il était prouvé – parole d'experts ! – que seule une élite autoproclamée était capable de le gouverner et de le faire obéir ?

Orden soupira que la République, comme le bébé, avait été jetée avec l'eau du bain. Toller l'approuva.

– Je ne vous le fais pas dire.

Et, après un silence :

– Le reste allait de soi. Les gouvernements aux ordres de la finance ont ouvertement adhéré au fascisme et installé les dictatures que nous subissons aujourd'hui partout dans le monde.

Il précisa, mais ce n'était pas nécessaire :

– C'est leur doctrine : le fascisme du futur.

– Oui, opina Orden. Rien n'a changé depuis trois siècles : « On croit se battre pour la patrie, on meurt pour des capitalistes[1]. »

Orden s'en voulut d'avoir sorti cette sacrée citation. C'était comme s'il n'avait que des livres dans le cerveau, dont il pouvait tirer la bonne phrase selon les circonstances. Mais comment faire autrement ? Sa vie, c'étaient les livres. Lire, encore lire, toujours lire. Il ne pouvait pas faire semblant d'être le génie créatif que tout inspire, que tout rend éloquent ; un être sorti de nulle part pour briller au soleil. Il faudrait que les autres s'y fassent. C'était vrai, il n'était qu'un foutu intello ! Il n'avait ni à le renier ni à avoir honte d'écrire des romans, des poèmes, des essais. Son goût des citations n'était qu'un innocent réflexe d'honnêteté. Une frivolité, comparée à son besoin d'action. Il avala d'un trait un verre d'eau. Tout ça lui donnait soif.

– Il y avait beaucoup de signes de ce qui nous arrive mais personne n'y croyait, remarqua-t-il. Combien étions-nous à donner l'alerte ? Deux ? Trois ?

– Mais vous, vous y croyiez ?

– Oh oui, j'y croyais !

– Qu'est-ce que vous avez fait ? demanda Toller.

– Qu'est-ce que je pouvais faire ?

– Je ne sais pas, à vous de me le dire.

---

1. Anatole France.

– J'ai écrit, avoua Orden. Ça ne pesait que le poids de l'encre et du papier. Le poids d'une aile de mouche. Mais c'est tout ce que je pouvais faire…

Il prit une grande inspiration comme s'il étouffait.

– J'en veux beaucoup aux médias, dit-il en s'essuyant la bouche d'un revers de manche. Quand il existait encore des espaces de liberté, ils avaient des pudeurs de rosière. Ils refusaient d'utiliser le terme « fascisme » ou « néofascisme ». Ils voulaient bien concéder qu'il y avait des régimes « autoritaires », des « démocratures », d'autres « ultra-droitiers », voire que l'État néolibéral ou ultralibéral dérivait jour après jour dans plus de répression, plus d'interdictions, plus d'arrestations d'opposants, mais ce n'était pas du fascisme, ni du néofascisme ni du post-fascisme. Ce n'était rien que de la politique sous sa forme contemporaine. C'était ça, être moderne !

Orden se masqua les yeux, se boucha les oreilles et plaqua sa paume contre sa bouche comme si ce qu'il avait à dire ne pouvait l'être ni par la parole ni par l'écrit, seulement par le geste.

– Comme les trois singes, commenta-t-il, les médias n'ont rien voulu voir, n'ont rien voulu entendre ni rien dire.

– On peut se demander s'ils étaient naïfs ou tout simplement lâches, dit Toller. En tout cas cette cécité a duré jusqu'à ce qu'ils soient tous interdits et fermés !

Il y eut un silence comme si l'un et l'autre s'attendaient que soient dites des choses qui ne l'avaient jamais été, mais rien de neuf ne leur vint à l'esprit. Orden conclut sans pouvoir s'empêcher de citer Paxton, l'historien américain :

– Il les avait pourtant avertis : « Ce n'est pas parce que les formes du fascisme contemporain ne reproduisent pas celles du fascisme historique que ce n'est pas du fascisme ! »

Orden se tut et finit son riz.

– Vous savez, parfois je me demande si le Conseil existe vraiment, lâcha-t-il au sortir d'une longue méditation. Peut-être qu'il n'existe pas ?

– Oh si, il existe ! affirma Toller. On ne se bat pas dans le vide.

Il s'en faisait l'image d'une assemblée d'hommes aux cheveux blancs, aux lunettes cerclées d'or, aux bajoues flasques, ventripotents et satisfaits d'eux, unis par leurs intérêts, en guerre contre ceux qui entravaient leurs désirs et leurs ordres. Côme Saint-Jean, le commandant en chef de la police, en était un bon spécimen. Il avait répondu au présentateur du journal télévisé qui l'interrogeait sur les dernières mesures d'interdiction de manifester : « L'individu n'existe que tant qu'il est subordonné à nos décisions, à nos nécessités. À mesure que notre civilisation prend des formes de plus en plus complexes, il est légitime et vital que les libertés individuelles soient considérablement restreintes. »

– Vous croyez qu'il est possible de l'atteindre ? demanda Orden.

– Saint-Jean ?

– Le Conseil.

– En plein cœur, je ne sais pas, répondit sincèrement Toller.

Et, regardant Orden :

– Mais à la marge, oui, certainement.

– Comment ça ?

– Vous savez que les meutes ont à leur tête une sorte de commandant suprême…

Oui, Orden savait :

– Thor, le dieu du tonnerre des Nordiques…

– Arthus de Thorigny !

– J'ai un peu fouillé l'histoire de sa famille, dit Orden. C'est intéressant… Il est lié aux grandes fortunes, les Flander, les…

– Vous me raconterez.

Toller repoussa son assiette.

– Nous savons où est Thor, où il travaille, ce qu'il fait. Nous le marquons à la culotte jour après jour. Sans relâche.

Et, un ton plus bas :

– Nous savons même exactement où il habite…

Orden hocha la tête.

– Ce serait une cible, dit-il, raclant le riz au fond de la casserole.

Était-ce une question ? Une affirmation ? Toller préféra changer de sujet :

– Vous avez un portable ?

– Je l'ai balancé dès que mon ami Fanch m'a prévenu, répondit Orden.

– Parfait. Vous n'avez pas non plus d'ordi ?

– J'ai pas eu le temps de l'emporter, ni l'idée d'ailleurs.

– Très bien.

Orden était intrigué.

– Vous communiquez comment ?

– Avec qui ?

– Les autres.

– Tous les portables et lignes fixes sont sur écoute, et ne parlons pas du Net, expliqua Toller. Donc nous communiquons uniquement de bouche à oreille. Pas de téléphone sinon du téléphone arabe, pas de mails, pas de papiers…

– Comme dans la mafia ? ironisa Orden.

La remarque fit sourire Toller. Il ramassa la casserole, les assiettes vides et se leva pour les laver dans l'évier.

– Les Blacks sont d'accord pour vous planquer, dit-il.

Orden hocha pensivement la tête.

Que sais-tu de l'exil
Toi qui regardes le monde d'en haut ?

Que sais-tu du malheur
Qui serre le cœur des sans-rien ?

Que sais-tu de la détresse
De ceux qui n'ont que leurs yeux pour pleurer ?

Que sais-tu du nécessaire
Toi qui donnerais ta vie pour un mot ?

Que sais-tu des roses noires
Toi qui crois savoir tout ?

Nous vivons sans raison d'être
Sans savoir le pourquoi du comment
Trop occupés à faire turbiner
Notre chair à vivre
Mais pour quoi ? Pour qui ?
Le sais-tu ?
Ou n'es-tu qu'un ours savant ?

Retour

Le jour tombait mais avec la permanence de la brume, des nuées noirâtres produites par on ne savait quoi, cela ne faisait pas une grande différence de luminosité. La télévision venait d'annoncer que l'Indian Air Force, soutenue par l'aviation chinoise, venait de remporter une victoire décisive contre le

Pakistan en détruisant presque intégralement les centrales nucléaires Kanupp II et III situées au bord de la mer d'Arabie, à environ vingt-cinq kilomètres à l'ouest de Karachi dans la province du Sind. La mère de Germain éteignit le poste, tous ces trucs étrangers ne l'intéressaient pas. *Qu'est-ce que ça peut me foutre que ces salauds se fassent sauter entre eux, hein ?* Elle avait acquis la certitude que son fils avait été tué. Jamais il ne l'aurait quittée, jamais ! Lorsque Cybèle, poussée par un vent cinglant, entra dans l'immeuble, elle lui sauta dessus.

– Qu'est-ce que vous avez fait à mon fils ? cria-t-elle avec des larmes furieuses dans les yeux. Vous l'avez tué ? Je suis sûre que vous l'avez tué !

– Calmez-vous, dit Cybèle. Je n'ai pas tué votre fils, ni personne. Je ne vois d'ailleurs pas pourquoi j'aurais fait ça.

– Parce qu'il savait que vous trafiquez avec des hommes !

Cybèle se pencha vers elle.

– Et Germain, qu'est-ce qu'il trafique avec les Souchiens ?

La vieille accusa le coup.

– Pourquoi vous ne voyez jamais de femmes ?

– Et vous, pourquoi ne voyez-vous jamais personne ? répliqua Cybèle.

La gardienne recula d'un pas.

– Vous ne m'aurez pas, dit-elle en pointant un doigt menaçant. Je sais que vous l'avez tué ! Une mère sent ces choses-là. Je le sais. Mon Dieu, il est mort ! Je sens que c'est vous !

Cybèle préféra laisser un silence s'installer – *Si vous aviez de l'odorat, vous le sentiriez pourrir dans le placard !* –, avant de dire posément à la mère de Germain :

– Vous devriez vous faire soigner. Vous êtes à deux doigts du burn out.

Et, d'un air de reproche :

– Vous ne vous êtes jamais demandé si votre fils n'en avait pas marre de toujours vous avoir sur le dos ?

Locataires

Salto et Débourre retrouvèrent Cybèle chez elle, étonnés qu'elle soit encore là, apparemment calme et sûre d'elle. Au fond, peut-être n'avait-elle rien à se reprocher ? Ça leur compliquait la tâche. Ça aurait été plus simple qu'elle ait foutu le camp.

– Il faut que nous bavardions, grimaça Salto, se penchant vers Cybèle.

– Je ne crois pas, répondit-elle.

Salto pinça les lèvres. La nigger l'échauffait.

– Vous refusez de bavarder avec nous ?

La réponse le cingla.

– Il n'y a que les concierges qui bavardent.

Salto se retint de la gifler. Pour se donner une contenance, il relut ses renseignements sur son petit carnet à spirale.

– Vous connaissez Georges Orden ?

– Je l'ai connu, il y a longtemps… Pourquoi ?

– C'était lui, ce matin ?

Cybèle haussa les épaules. *Il me prend vraiment pour une conne…*

– Je n'ai pas vu Georges depuis au moins cinq ans, peut-être six ou sept, soupira-t-elle avec un sourire désolé. Ce matin, comme je l'ai déjà dit à votre collègue, je n'ai vu que Germain. Personne d'autre.

– La gardienne a vu un homme qui ne s'est pas signalé. Elle est certaine qu'il montait chez vous.

– La gardienne me déteste. Je ne sais pas pourquoi mais elle me déteste. Elle serait prête à jurer avoir vu le Christ monter chez moi s'il revenait…

Puis, avec un air de lassitude :

– Vous croyez que Germain se cache sous mon lit avec l'homme mystérieux ?

Et, fixant Débourre droit dans les yeux :

– Je vous en prie, allez voir, ne vous gênez pas. Vous connaissez la maison, je crois…

Débourre se détourna. *Elle peut se foutre de ma gueule, mais je l'aurai !*

– Ça ne vous vient pas à l'idée, reprit Cybèle, qu'un jeune homme puisse en avoir soupé d'avoir une mère comme la gardienne ?

Et, adoptant un ton plus grave :

– Sa mère le traite comme un enfant débile. Qui sait si ça ne lui a pas donné envie de s'émanciper et de prendre la poudre d'escampette ?

Salto et Débourre échangèrent un regard. *C'est vrai que la vieille…*

– N'empêche, insista Débourre, il y avait cet homme…

Cybèle l'interrompit :

– Ah oui, cet homme ! Parlons-en de ce fantôme ! Qu'est-ce qui vous prouve que la gardienne ne fait pas de l'excès de zèle ? Que c'était tout simplement un locataire ? Elle a vu passer quelqu'un – s'il y avait quelqu'un ! –, peut-être ne s'est-il pas identifié pour la seule raison qu'il habite l'immeuble.

Et, faisant la moue :

– D'ailleurs, à bien y réfléchir, si je suis la seule à avoir vu Germain, elle est la seule qui a vu un type… À se demander si l'inconnu n'existe pas que dans sa tête. S'il existe vraiment ou si c'est un fantasme, voire une manière habile de crier au loup pour cacher la désertion de son fils.

L'argument était solide.

– T'as interrogé tout le monde ? demanda Salto à son collègue, l'air contrarié.

Débourre secoua la tête, non il ne l'avait pas fait.

– Non… Non…, lâcha-t-il comme des pets.

Urgence

Débourre et Salto intimèrent à Cybèle l'ordre de ne pas bouger. Elle devait les attendre le temps qu'ils interrogent tous les locataires.

– Vous restez là, compris ?

Cybèle les raccompagna jusqu'à la porte.

– Prenez votre temps, je ne vais pas m'envoler. J'ai le droit de me préparer un petit quelque chose à manger ?

– On revient, répondit Débourre, sans daigner répondre à sa question.

Les Souchiens étaient des brutes, des assassins aussi stupides que cruels. Cybèle n'avait plus le choix. Ou ils allaient trouver Germain dans le placard ou, à leur retour, ils se vengeraient sur elle d'avoir fait chou blanc. Elle avait peur d'être au bout de son courage. S'ils la cuisinaient, s'ils la travaillaient au corps, s'ils la frappaient, elle ne tiendrait pas. Il fallait qu'elle file. Nora habitait à moins de dix minutes, c'était sa chance. Elle ramassa en vitesse vêtements, sous-vêtements, accessoires de toilette, puis elle se ravisa. Elle jeta la moitié de ce qu'elle avait dans son sac et y fourra son ange en bronze, la seule chose qui lui vienne de sa mère. Cybèle se précipita dans l'escalier. Au premier, elle abandonna sac et manteau pour courir jusqu'à la loge de la gardienne.

– Madame ! Madame !

La mère de Germain jaillit de sa cage vitrée les cheveux en bataille, la robe de chambre entrouverte. Un djinn jailli des flammes. Cybèle ne lui laissa pas le temps de se rajuster.

– Madame, répéta-t-elle, haletante, les deux messieurs vous réclament de toute urgence au sixième !

– Qu'est-ce qu'il y a ? s'affola la vieille. Pourquoi au sixième ?

Cybèle s'excusa :

– Ah je ne sais pas, pardon, ils ne m'ont dit que de vous prévenir !

En tout cas, c'était urgent.

– Je crois que c'est à propos de Germain…

La gardienne laissa échapper un cri sourd et partit dans les étages, soufflant, gémissant :

– Germain, aaaaah, Germain !

Cybèle la suivit jusqu'au premier, puis laissant la vieille continuer seule, elle attrapa son sac et redescendit vers la sortie.

Le ciel grondait d'orage ou de tirs lointains d'armes lourdes. Peut-être de bombardements. Depuis le début de la guerre, le Conseil interdisait toutes les sorties inutiles et des voitures de police patrouillaient en rappelant par mégaphone : « Restez chez vous ! » Ordre que des drones projetaient sur la chaussée ou sur les murs. Le couvre-feu était établi de vingt et une heures trente à six heures. Il ne restait pas plus d'un quart d'heure à Cybèle pour rejoindre Nora. Dans la ville engourdie, la nuit souffla sur elle son haleine de fer. Elle frissonna mais ce n'était pas le moment de faire sa frileuse. Entre les réverbères qui avaient été brisés et ceux qui fonctionnaient mal, il n'y avait presque pas d'éclairage public et le brouillard était le bienvenu, aveuglant la plupart des caméras de surveillance sur les grands axes. Par prudence, Cybèle se hâta dans les rues les plus sombres, les moins fréquentées, poussée par une urgence qui l'effrayait autant qu'elle la pressait. Elle ne croisa que de rares piétons, des ombres, des spectres filant au pas de course, aussi invisibles qu'elle voulait l'être. Les phares des voitures de patrouille trouaient l'obscurité grise.

– Restez chez vous !

Elle les ignora, comme les camions militaires et les voitures de police qui la dépassèrent, sirène hurlante. Il régnait une ambiance lugubre comme si la ville tout entière, sidérée, attendait une catastrophe. Chaque jour circulaient des rumeurs d'attaque aérienne mais personne ne savait d'où ni de qui viendraient les tirs. De l'est ? De l'ouest ? Des frappes atomiques, des missiles hypersoniques, des armes à antimatière ou des bombes conventionnelles ? Ce n'étaient que suppositions, incertitudes, hypothèses.

Dressing

La résidence comptait six bâtiments d'un grès très brun. Nora habitait un petit immeuble de quatre étages dont huit appartements étaient occupés. Pour ne pas se faire repérer par le gardien ou la surveillance vidéo, Cybèle, plaquée contre le mur dans l'ombre d'un auvent, chuchota laconiquement à l'interphone :

– C'est moi.

La porte s'ouvrit immédiatement. Trois étages plus haut, Nora la fit entrer chez elle.

– J'en étais sûre ! fulmina-t-elle en refermant rapidement.

– Sûre de quoi ?

– Sûre que tu avais fait une connerie ce matin ! Dans quoi t'as encore été te fourrer ?

Cybèle laissa tomber son sac à ses pieds.

– Sois gentille, geignit-elle, ne m'engueule pas et prends-moi dans tes bras. J'ai besoin d'affection…

Elles se serrèrent l'une contre l'autre, sans bouger, sans parler, le temps que le cœur de Cybèle s'apaise. Quiconque faisait remarquer à Nora que perdre quelques kilos ne lui ferait pas de mal s'attirait la réplique : « Je ne suis pas grosse, je suis dodue ! »

Cybèle, triste, désemparée, se pelotonnait contre Nora la dodue, sa douce amie au visage heureux. Elle sentait descendre en elle une grande clarté, se collait contre ses seins, contre son ventre, s'agrippait à son dos. Si elle avait pu, elle aurait plongé dans ces chairs généreuses et tendres, s'y serait enfouie jusqu'à disparaître. À cette heure, dans son appartement, la gardienne devait triompher devant la preuve de sa défection : « Je vous l'avais dit que c'était pas normole ! » et les Souchiens la maudire en la traitant de « salope, enculée, nigger ». Remarqueraient-ils que l'ange de bronze n'était plus là ? Qu'il y avait une marque blanche sur le parquet à la place du tapis ? Trouveraient-ils son cadavre dans le placard du palier ? Ce n'était plus son problème. Elle avait eu chaud, elle avait eu froid, elle avait craint que cette fois-ci son compte soit bon, qu'il en soit fini de sa liberté, voire de sa vie… mais elle s'en était sortie.

Elles se lâchèrent.

– Merci, murmura Cybèle, sans savoir si c'était Nora qu'elle remerciait ou le destin qui l'avait épargnée.

Plus tard, Cybèle refusa de raconter.

– Demain, au labo, tu peux être sûre d'être interrogée. Vaut mieux que tu ne saches rien. C'est facile : tu ne m'as pas vue, d'ailleurs tu ne me fréquentes pas en dehors du boulot. Tu ne comprends pas pourquoi j'aurais déserté, tu n'as jamais rien remarqué d'anormal dans mon attitude…

– Je fais la conne ?

– Tu fais l'innocente…

Nora baissa la tête.

– Je ne suis pas si innocente que ça, dit-elle, lissant le coton blanc de sa longue chemise de nuit. J'attends quelqu'un…

– Ah merde ! Qui ?

– Un Souchien.

Et, prenant la main de Cybèle dont le visage avait pâli :

– Un jeune. Ses parents habitent au-dessus. Quand il rentre, souvent, il vient me faire plaisir en passant…

– Il va s'amener ?

Nora hocha la tête en regardant sa montre. Elle se leva.

– Viens, tu vas te planquer. Mais t'inquiète, je vais m'arranger pour qu'il dégage rapidement…

Le placard de Nora était un grand dressing où Cybèle découvrit une incroyable garde-robe. Nora éteignit la lumière.

– Courage !

Cybèle sortit l'ange de son sac. Sa mère lui soufflait de se tenir prête à répéter le geste d'Orden, au cas où… Elle s'installa au milieu d'une forêt de robes, de corsages, de vestes et d'écharpes à l'odeur légère. Cybèle n'avait pas peur du noir, elle aimait ne faire qu'une avec l'ombre, se sentir protégée par elle. Elle ôta ses chaussures pour ne pas faire craquer le plancher et ferma les yeux, réglant son souffle à presque rien, pour ne pas se trahir ; pour faire le vide, ne plus bouger, ne plus parler, apprendre du silence. Elle se revoyait fillette, cachée avec son cousin dans l'armoire de sa chambre aux heures les plus chaudes de l'été. Pas question de se coucher pour la sieste. Ils jouaient à faire cochon, à s'agacer, à se toucher devant comme derrière. Elle avait chipé une vieille culotte à sa mère, trois fois trop grande pour elle. Une matière douce, soyeuse. Sous le linge, son cousin lui chatouillait la fente. Il lui pinçait ses seins en boutons, la bécotait. Tout ça la troublait autant que lui. À son tour, il mettait la culotte. Elle devait déguiser son petit robinet en poupée. Un bébé qu'il fallait soigner, gronder, bercer, embrasser jusqu'à le faire disparaître dans sa bouche. C'était joyeux. Ils riaient à s'étouffer, jouaient à pan-pan cul-cul, se pissaient dessus pour décupler le plaisir. Cybèle avait aimé beaucoup d'hommes dans sa vie mais – à part Orden peut-être – aucun ne l'avait connue comme son cousin. Elle partageait avec lui une intimité absolue. Tout les excitait, le délicat et le répugnant, l'innocent et le cruel, le propre et le sale. Rien de l'autre ne leur était étranger. Pourquoi avait-il disparu de sa vie alors qu'elle se gardait pour lui ? Il était mort à neuf ans avec ses parents dans un accident de voiture. Restait l'odeur de l'enfance, de l'obscurité, la senteur du bois, celle d'un bouquet de lavande…

Soudain Cybèle entendit frapper à la porte. Trois coups, comme au théâtre. Nora accueillit le jeune Mortagne d'un retentissant « Salut, beau gosse ! » qui le flatta.

– Putain, j'ai cru que je n'y arriverai jamais !

– Qu'est-ce qui se passe ?

– Une conne au boulot m'a fait courir partout pour lui trouver à bouffer…

– T'as trouvé ?

– Bien obligé, sinon elle ne voulait rien foutre, avoua-t-il à regret. J'ai quand même piqué ça pour nous !

Mortagne avait apporté une demi-bouteille de champagne trouvée dans le frigo d'un journaliste.

– On se la descend ? proposa-t-il, faisant sauter le bouchon.

– D'accord, mais vite fait, bâilla Nora. Je suis crevée, je veux me coucher.

Nora redoutait la journée qui l'attendait au labo. Il y aurait des questions, des demandes. Elle devait répéter ce qu'elle dirait le lendemain lorsque la disparition de Cybèle serait actée. Les Souchiens mèneraient la danse peut-être avec l'aide de la police ou de l'armée. On la cuisinerait… Elle devait choisir ses mots, penser à ses attitudes, à ses gestes, à ses regards.

– On a bien le temps de se faire un petit câlin, roucoula Mortagne, admirant les formes de Nora qu'il devinait sous le coton blanc de la chemise de nuit.

– Pas ce soir, j'ai mes affaires, l'interrompit-elle.

– Ah merde !

Le jeune Souchien regrettait d'avoir apporté du champagne pour rien. Mais, jamais battu, il proposa en grimaçant :

– Comme dit mon père : « Si la salle de jeu est en peinture, on peut passer par l'entrée des artistes »…

Nora répliqua, l'œil rieur, le menton relevé :

– Tu tiens à tremper ton pinceau dans le cambouis ?

D'abord, Mortagne ne comprit pas. Puis quand enfin il percuta, il rougit jusqu'au sang. C'était dégueulasse ! Cette salope voulait qu'il mette sa… Mortagne chercha à contrer Nora d'une méchante vanne mais rien ne lui vint à l'esprit. Elle lui avait coupé le sifflet. Il avala son verre de champagne pour se donner une contenance.

– Je crois qu'il vaut mieux que je monte, dit-il d'un ton brutal. C'est pas mon jour…

Nora se fit chatte.

– Tu ne m'en veux pas, chéri ? demanda-t-elle, caressant sa poitrine et laissant sa main glisser jusqu'à son entrejambe. Ce sera pour une autre fois…

Mortagne la joua grand seigneur :

– Comme tu le dis : c'est moi l'homme, c'est moi qui dois comprendre.

Et il se laissa pousser vers la sortie.

Sommeil

Nora attendit que la porte du quatrième s'ouvre et se referme pour tirer le verrou de la sienne, laissant la clef dans la serrure. Puis elle alla délivrer Cybèle, lui faisant signe de parler bas. Cybèle reposa son ange de bronze qu'elle tenait à deux mains, comme une massue.

– Qui c'est, ce connard ?

– Il a dix-huit ans…

– C'est du Souchien pur porc ! Il en trimballe une sacrée couche.

– Tu sais, soupira Nora avec fatalisme, un Souchien à poil, c'est un homme. Et un homme, même si c'est un porc…

Il valait mieux en rire.

Quand Nora riait, une onde semblait la parcourir des joues jusqu'aux orteils. Ses bras ronds et tout son corps tremblotaient. Elle hoquetait, serrait les cuisses et devait vite courir au petit coin avant d'inonder le parquet… Quand elles eurent fini de rire, elles s'assirent au bord du lit et terminèrent le champagne à la santé de Mortagne. Puis elles se couchèrent très vite, Nora dans sa grande chemise de nuit, Cybèle dans une nuisette d'un orange du plus parfait mauvais goût. Elle avait vraiment mis n'importe quoi dans son sac ! Nora se moqua, faussement admirative :

– Waouh ! Ça en jette !

Il y avait un napperon au crochet sur la table de nuit, une couette à grosses fleurs mauves et colibris sur le lit. Nora éteignit la lampe entortillée dans la rose en tissu que sa mère avait cousue pour elle.

– Il fait quoi, ton Souchien ? demanda Cybèle, les yeux au plafond, dans l'obscurité laiteuse de la chambre.

– Il surveille le nettoyage des bureaux à la télé…

– C'est la gloire !

– Ne m'en parle pas. Il râle sans arrêt. Commander des malheureuses qui doivent tout briquer, ça lui « met la honte », comme il dit.

La surveillance des Inutiles incombait aux Souchiens. Aucune absence n'était autorisée sans un motif valable, approuvé et contrôlé. Surveiller les Inutiles revenait à ceux qui étaient au plus bas dans l'échelle hiérarchique des meutes. Mortagne l'avait en travers de la gorge. Il rongeait son frein, certain qu'un jour quelqu'un reconnaîtrait sa valeur véritable. Qui ? Un homme, une femme ? Il l'ignorait. Quand ? Il l'ignorait aussi. Celui ou celle qui rendrait justice à ses talents l'ignorait aussi pour le moment mais il avait la conviction que c'était en marche.

– Tu sais, avoua Nora, tu peux te marrer, mais au fond je suis comme lui. Moi aussi j'attends quelqu'un. Un homme ou une femme, je m'en fous. Je veux être caressée, je veux être embrassée, je veux être baisée. Je veux sentir un autre corps que le mien quand je me couche.

Nora était une bombe d'énergie et de désir, une rondeur brune et joviale, blessée en secret d'être stérile. Deux larmes de dépit brillaient dans ses yeux.

– Niche-toi là, dit Cybèle. Moi aussi je veux qu'on me touche.

Nora se glissa dans ses bras.

– Ton revenant ? demanda-t-elle.

– Oui, Orden. Pour moi il était mort la dernière fois que nous nous sommes quittés.

– Ce n'était pas la première fois ?

– Oh non ! Mais cette fois-là, c'était fini pour toujours.

Cybèle se tut un instant avant de reprendre :

– Quand quelqu'un meurt, jour après jour, on a l'impression qu'il s'éloigne très loin de nous jusqu'à s'effacer, à se fondre dans l'air, mais pas lui. Dès le lendemain de son départ, j'ai eu comme un éblouissement. Je l'ai vu devant mes yeux comme je te vois, un éclair violent, passionné. Ce fut très bref, très puissant, comme si j'avais reçu une balle dans la gorge ou un coup de couteau dans le bas-ventre. Soudain, j'étais en eau et pleine de chaleur. Chaque nuit, je me suis mise à rêver de lui. D'abord sans même être sûre que c'était bien lui puis avec plus d'intensité, de force, parfois de douleur. Depuis, je n'ai jamais cessé de sentir sa présence. Il se rapprochait inexorablement de moi, c'était un point qui partait de l'horizon et qui s'avançait, s'avançait…

Cybèle l'imaginait comme si elle voyait le héros d'un film arriver du fond de l'image jusqu'au gros plan.

– Et voilà qu'il frappe à ma porte, soupira-t-elle, relevé d'entre les morts, menacé d'y retourner. Et d'un coup, ma vie part en tempête…

Ni l'une ni l'autre ne parvenaient à trouver le sommeil.

Finalement, Germain avait vu juste. Tous les « trucs » et les « machins » que Cybèle avait laissés derrière elle, ses tableaux, ses bibelots, ses livres, ses vêtements, son linge, ses photos, les poèmes d'Orden dont elle n'avait mémorisé que « Retour à la bien-aimée » : « De toi je sais que je vivrai / De tes erreurs, de tes errements / Du mal qui sonne à ton clocher », tout ça n'était que du passé cristallisé. Il s'effriterait et disparaîtrait sans bruit. Il redeviendrait poussière hors du temps. Elle ne devait penser qu'à l'avenir. Désormais, elle était à égalité avec Orden. Ils n'avaient plus que leur amour à mettre en commun. Heureusement, son ange veillait sur elle. Sa lampe venait des États-Unis, de Baltimore. Pour payer son séjour, sa mère travaillait chez les Morton-Smith comme baby-sitter. Une famille upper-middle-class. Elle n'avait jamais su ce que le mari faisait vraiment. Mais un jour, Mme Morton-Smith était rentrée affolée en plein milieu de la matinée. Son mari était en danger de mort, elle et les enfants aussi. Ils devaient fuir. Elle avait dit à la mère de Cybèle de foutre le camp immédiatement : « Get out quickly ! » Elle ne pouvait rien lui donner. Qu'elle emporte ce qu'elle voulait et qu'elle s'en aille avant qu'il soit trop tard. La mère de Cybèle avait attrapé la lampe en bronze et était partie sans se retourner. Cet ange l'avait suivie partout. Quand sa mère était morte, c'était la seule chose que Cybèle avait voulu garder… Les Morton-Smith avaient fui, Orden avait fui, elle aussi avait fui et l'ange de la fuite couvrirait la sienne comme il avait protégé sa mère.

– Embrasse-moi, supplia Nora en se blottissant contre Cybèle.

Et, lui attrapant un sein :

– Embrasse-moi.

Blacks

Toller avait attendu qu'il fasse nuit noire pour conduire Orden dans un tunnel abandonné du métro où M'Ba avait établi son camp. Le sol, gravillonné par endroits, était plein de bouillasse et mieux valait ne pas savoir ce qui se faufilait à vos pieds dans l'obscurité.

– Quel décor ! Vous n'avez jamais pensé à filmer ici ?

– Non. Je ne fais pas de photos non plus.

– Personne n'en fait ?

– À quoi ça servirait ? À diffuser nos portraits à la police ou aux Souchiens ? Ils les connaissent déjà.

– Pour mémoire…

– Pas besoin d'images pour ça, c'est trop dangereux. La tête suffit pour se souvenir…

Et, moqueur :

– Un écrivain devrait savoir ça, non ?

Ils étaient une dizaine en pleine discussion politique.

– La lutte des classes, c'est une guerre civile, expliquait M'Ba. Par définition, une guerre c'est le contraire du pacifisme, de la non-violence. Pendant trop longtemps, nous avons été bercés par l'idée d'un changement démocratique, d'une transformation en douceur de la société. Les autres, l'oligarchie, les fascistes, n'ont jamais eu ça en tête.

– C'est sûr qu'ils méditaient de nous écraser depuis un sacré bout de temps, dit Méthode, assis tout au fond sur une grosse malle en ferraille, son saxophone sur les genoux.

Le grand Léopold trouvait qu'ils avaient été trop naïfs avec leurs belles idées sur le bien commun, le partage des richesses, les efforts de la nation pour une plus grande égalité, une justice qui ne soit pas une justice de classe.

– Ils s'en foutaient du bien commun et de toutes ces conneries ! s'exclama Méthode.

– Sûr qu'ils voulaient le pouvoir et rien d'autre, trancha M'Ba. Maintenant qu'ils l'ont pris, ils ne l'abandonneront jamais. Il faudra le leur arracher. Et pour ça, nous n'avons pas le choix : nous devrons non seulement les battre mais les abattre.

Sous son air bonhomme, une colère vibrante le faisait vivre. Il ajouta avec une certaine solennité :

– Je veux que tout le monde ait bien conscience qu'on ne s'engage pas seulement pour sauver notre peau mais pour construire un monde plus juste.

Orden intervint :

– Si vous permettez, il faut distinguer deux guerres, commença-t-il, observé de loin par Toller. La guerre que mènent les États impériaux, front contre front jusqu'à l'anéantissement du plus faible ; la guerre extérieure si vous préférez. Et il y a la guerre intérieure, celle où nous sommes engagés ; celle des peuples insurgés contre l'oligarchie, sa fortune et sa domination. J'ai manifesté plusieurs fois, comme vous sans doute, sous le slogan « Guerre à la guerre ! » mais j'approuve M'Ba. Aujourd'hui s'indigner ne suffit plus. Il faut s'insurger contre ceux qui ne nous veulent que comme chair à travail ou à canon.

Léopold ironisa :

– Sans violence, il n'y a que du carnaval et des flonflons.

Méthode en profita pour souffler dans son saxophone.

Au milieu des rires, Orden lança :

– À l'intérieur, nous devons ouvrir dix, cent, mille fronts !

– Facile à dire mais comment faire ? persifla Méthode.

– On a mis dans la tête de chacun que le choix des Puissants et des Possédants était le seul possible, répondit Orden. Souvenez-vous : « Il n'y a pas d'alternative ! » Une vérité révélée. Mais cette vérité est un mensonge aussi gros que le capitalisme ! Comme disait Goebbels : « Plus c'est gros, plus ça passe ! » Notre premier combat est de penser que nous sommes capables de vaincre le capitalisme, qu'il soit néo, ordo ou ultralibéral. Pas de l'amender, pas de l'aménager : de le *vaincre.* Ceux qui nous livrent à la mort et au désespoir trahissent, paradoxalement, leur faiblesse. Une faiblesse à la mesure de la violence qu'ils déploient contre nous à l'intérieur comme à l'extérieur du pays. Ils se réjouissent de la peur qu'ils ont réussi à nous inoculer mais en réalité ils ont beaucoup plus peur que nous !

M'Ba sourit, Orden lui plaisait.

– Tu vois, lança Toller en partant, j'avais raison, vous êtes sur la même longueur d'onde !

Orden le salua d'un geste de la main.

– Vous savez, dit-il, rendant son sourire à M'Ba, j'étais affecté à la démolition. Quand on entre dans une baraque ou dans un atelier, on peut rester la journée entière à regarder les murs et à se demander par quoi commencer. On peut aussi prendre une masse et tout faire tomber. Et quand tout est par terre, ça ouvre un espace et d'un seul coup on voit ce qu'on peut faire.

Il nuança :

– Ce qu'on *doit* faire.

– Toi, tu sais ce que tu dois faire, mon frère ? demanda le grand Léopold qui se tenait à la droite de M'Ba.

– La même chose que vous : me battre. Lutter contre la misère, le manque de justice, les insupportables inégalités…

Et, baissant les yeux :

– Prendre les armes, dit-il d'un ton plus bas.

Ils se turent. M'Ba scruta les visages comme s'il interrogeait un à un tous ceux qui étaient là.

– Toller t'a dit ce qu'on préparait ? demanda-t-il à Orden.

– Non, il ne m'a rien dit.

M'Ba opina : c'était prudent.

– Mais j'ai une idée de ce que ça pourrait être, précisa Orden. Et si c'est ce que je crois, je veux en être.

– Tu as beaucoup d'imagination ! s'amusa Méthode en venant se placer devant lui, se contentant de le regarder de ses grands yeux fixes, noirs et secrets.

– Je n'ai aucune imagination, répliqua Orden. Mon père disait : « Il n'y a que les yeux qu'ont peur. » Je n'ai aucune imagination mais je n'ai pas peur.

Méthode sortit de son blouson un Beretta dernier modèle.

– Tu sais te servir de ça ?

Sans un regard pour le pistolet, Orden le dévisagea.

– Pour abattre Thor ?

De quoi parlons-nous ?
De la montagne mélancolie et ses brumes glacées ?
Du légitime secret des chambres d'hôtels ?
Du train de nos jours et celui de nos nuits ?
Des lignes de la main où le livre s'écrit ?
Des joies qui sont comme des blessures ?
D'être ou ne pas être progéniture de la mort ?
Du regard hygiénique qui lave tout mystère ?
De l'ombre pourchassée par le droit et le fer ?
De l'épaisseur des mots contre les évidences ?
Du grand poumon marin, de son souffle d'orage ?
De la bourgeoise obésité et sa peur sacrée ?
De l'aigle d'Alexandre, la croix de Constantin ?

De la colombe de Noé, de celle de Picasso ?
De l'Amérique bigote, esclavagiste et tueuse ?
Des femmes musulmanes condamnées de naissance ?
D'un signe dans le ciel brillant par son absence ?
De l'hypocrisie cléricale, la vertu révolutionnaire ?
De l'amer silence de la colère froide ?
De ce qu'il faut faire pour mourir en riant ?
De la puanteur capitaliste monopoliste d'État ?
De la véhémence des paysages métallurgiques ?
D'une lettre morte et d'une autre bien vivante ?
Des larmes qui s'enfuient dans la nuit promise ?
Des fraternités dangereuses des foules insurgées.

Questions

La nuit n'avait pas été calme. Il y avait eu trois attentats à la bombe attribués automatiquement aux Fidèles, le pillage d'un supermarché par une bande de punks à chiens et la destruction de dix appartements soupçonnés de servir de refuge aux réfractaires du travail obligatoire. Au Zimbabwe, les combats contre les troupes d'occupation de l'Afrique du Sud faisaient rage et les morts se comptaient par milliers. En Turquie, le Mardan Palace d'Antalya, l'hôtel le plus cher du monde, avait été pris d'assaut par la population et entièrement saccagé. À Copenhague un groupe de Vikings occupait l'hôtel de ville dont ils avaient massacré le personnel aux cris de : « Danois d'abord ! » À Sydney, Melbourne, Canberra, c'était l'enfer : l'Australie tout entière était en feu, la température dépassait 47 °C sur la majeure partie du territoire et continuait de monter sans que personne sache comment arrêter les flammes… Après avoir éteint la radio, Nora partit de chez elle en avance sur son horaire habituel, laissant Cybèle cachée dans son appartement. Il était encore très tôt. Comme presque tous les jours maintenant, une brume jaunâtre voilait la lumière. De ce côté du monde, il pleuvait comme jamais, des bourrasques, des rafales, parfois des éclairs. Nora grelottait mais elle ne s'en plaignait pas. Elle aimait entendre le vent ululer, les averses renchérir les unes sur les autres. Elle puisait dans la violence des éléments la force nécessaire pour affronter ce qui l'attendait. Une véritable charge atomique. Elle aurait voulu qu'il y ait de l'orage, peut-être même une tornade et une inondation pour être encore plus sûre d'elle-même, plus déterminée à ne pas se laisser faire.

À peine arrivée au labo, Nora, trempée des pieds à la tête, dut faire face à trois Souchiens en uniforme – Débourre, Salto et Boulogne – qui l'attendaient dans le bureau. Sans lui laisser le temps d'enlever son imper ni de se sécher les cheveux, ils lui désignèrent une chaise d'un geste impératif. Nora s'ébroua en s'asseyant. Elle éprouvait un sentiment de grande absurdité devant ce tribunal improvisé. *Pour qui ils se prennent, ces trois clowns ?*

– Vous étiez chez vous hier soir, attaqua Salto.

– Oui, pourquoi ?

– Vous avez eu de la visite.

– Ça ne vous regarde pas.

– Je le répète gentiment mais c'est la dernière fois : vous avez eu de la visite.

– Moi aussi, je vous le répète gentiment : ça ne vous regarde pas.

Salto la gifla à la volée.

– Écoute-moi bien, nigger, quand je te pose une question, tu y réponds et si t'y réponds pas je te défonce la gueule.

Nora le dévisagea en se caressant la joue. Il lui avait fait mal, cet abruti.

– J'ai le droit de savoir pourquoi vous m'interrogez, dit-elle en respirant péniblement.

Boulogne empêcha Salto de la frapper à nouveau.

– Arrête, dit-il, le visage agité d'un tic d'agacement.

Il expliqua à Nora :

– Mme Lange n'est pas à son poste.

– Elle est peut-être simplement en retard ?

– Elle a disparu, répondit Boulogne. Nous sommes sans aucune nouvelle d'elle depuis hier soir et nous voulons savoir si vous l'avez vue. Vous n'habitez pas loin de chez elle…

Les choses sérieuses commençaient. Nora prit une grande inspiration.

– Vous savez, avec Mme Lange, on se retrouve au travail, on partage nos recherches puisque nous sommes sur le même programme. Mais on ne se fréquente pas au-dehors…

– Elle n'était pas chez vous hier soir ? insista Boulogne.

– Non.

– Des voisins ont entendu des voix…

– La voix de Cybèle ?

Salto approcha son visage du sien. Les niggers ne comprenaient que la force.

– Tu tiens vraiment à ce que je te défonce la gueule ?

– Mme Lange n'était pas chez moi, affirma Nora, le regardant droit dans les yeux.

Elle pensait à la Bible, quand Caïn répond à l'Éternel : « Suis-je le gardien de mon frère ? » *Qu'ils aillent se faire foutre !* Elle n'était pas la gardienne de Cybèle. Elle était la pluie, elle était le vent, elle était le fracas des nuages, le feu du ciel, l'orage.

– Qui y était ? demanda Salto, lui agitant son poing sous le nez.

Nora fit mine de réfléchir.

– Ça ne va pas vous plaire.

Salto perdit ses nerfs.

– Qui ? postillonna-t-il.

Nora sursauta puis elle savoura sa réponse :

– Un Souchien comme vous, mon amant. Il habite juste au-dessus… Je pense qu'il sera content d'apprendre que les voisins nous épient et que ses collègues le surveillent.

Deux heures plus tard…

Comme l'avait pressenti Nora, Mortagne était trop vantard pour admettre qu'il ne s'était rien passé entre elle et lui. Au contraire, il laissa entendre qu'il ne fallait pas en promettre à Nora et qu'elle l'avait quasiment essoré de plaisir. Salto et Débourre repartirent de chez lui avec le sentiment d'avoir plutôt reculé qu'avancé dans leur enquête.

– Ça fait trois disparitions, récapitula Salto, la mâchoire serrée.

– Quatre, corrigea Débourre, qui ne savait plus à quel saint se vouer.

Il se massa le front, se gratta le nez, toussa avant d'énumérer :

– L'inconnu, Orden, Lange et le fils de la gardienne…

– L'inconnu et Orden, c'est peut-être une seule et même personne.

– Oui, admit Débourre, en supposant que la vieille ne se soit pas berlurée. S'il n'y a pas d'inconnu – donc pas d'Orden –, restent Lange et Germain, et ce n'est plus du tout la même histoire.

Salto y croyait moyennement.

– Tu m'as dit que c'était un gros puceau !

– Ça aurait été d'autant plus facile pour une pétasse de le manipuler.

– Quel intérêt ?

– Ses recherches s'embourbent d'après son chef. Elle a déjà reçu un premier avertissement. Au second, cette conne risque d'être renvoyée chez les Inutiles. Elle aura pris les devants avec un des nôtres en bagage accompagné pour passer tous les contrôles.

– Putain de nigger, quand on pense qu'hier on l'avait sous la main !

– Oui, putain de putain…

Dressing

Cybèle s'était établie dans le dressing de Nora. Une chaise pour s'asseoir, une autre en guise de table, de quoi boire, trois biscuits secs à grignoter, de quoi écrire et une lampe nue pour l'éclairer. Pour que rien ne filtre, elle avait jeté un manteau au bas de la porte, éteint toutes les lumières dans l'appartement, tiré les rideaux. Personne ne devait soupçonner sa présence. Devant le seau en plastique qui lui servirait de toilettes jusqu'à ce que son amie revienne, Cybèle jugeait qu'être dans une chambre d'hôpital psychiatrique ou dans une cellule de prison ne serait pas très différent. Elle ferma les yeux un instant, se souvenant du *Journal* d'Anne Frank, de son enfermement, du long supplice de l'attente…

– J'en suis là, murmura-t-elle, les épaules tombantes, découragée.

Il y avait une fêlure, un trouble qui la saisissait soudain sans qu'elle puisse l'expliquer. C'était invisible mais toujours présent. Une lune froide pesait sur elle. Cybèle était fébrile, énervée, émue sans parvenir à identifier ce qui lui glaçait le cœur. Elle se secoua. Elle ne devait pas perdre la tête, agir sans réfléchir. Elle se répéta : *Ne pas faire de bruit, ne pas bouger, vivre comme un fantôme…* Si au moins Orden était là ! Mais elle ne savait pas où il était, ni ce qu'il faisait ; si Toller avait pu lui porter secours et le mettre à l'abri. À peine l'avait-elle retrouvé qu'à nouveau il avait disparu. C'était trop injuste. Leur amour ne serait-il que les retrouvailles de deux oiseaux qui se heurtent en plein vol et se séparent aussitôt dans un grand fracas de plumes ? Elle ne voulait pas s'y résoudre. Mentalement, elle listait les choses à accomplir d'urgence : la première, retrouver Orden ; la deuxième, ne plus jamais le quitter ; sauver sa peau, éviter qu'on les retrouve, échapper au sort qui leur était promis ne venait qu'en troisième position. Cybèle caressa la tête de l'ange posé à ses pieds. Plus que jamais sa mère lui manquait. Une sorcière, une amazone, une folle affrontant à mains nues le capital et le pouvoir. Une femme de tête, une femme de corps, de tête-à-tête, de corps-à-corps, n'ayant jamais reculé devant l'autre, pour le combattre ou pour l'aimer. Cybèle avait hérité d'elle une beauté qui parfois l'embarrassait. Les hommes craignaient cette fille trop belle qui les rendait impuissants et dont ils méprisaient l'intelligence pour se venger. Orden était le seul à l'avoir toujours traitée d'égale à égal, sans peur et sans dédain. Elle entreprit de lui écrire mais à peine eut-elle tracé « Mon amour » en haut de la page qu'elle resta la main en suspens. Pourquoi écrire ? Orden avait raison. Qui lirait cette lettre ? Peut-être même pas celui à qui elle était destinée puisque Cybèle ignorait où Orden se cachait, qu'elle n'avait pas d'adresse où la lui envoyer. Qui d'autre ? Quelqu'un peut-être dans cent ou cent cinquante ans qui découvrirait cette feuille tachée et abîmée par le temps et la considérerait comme un trésor. Mais d'ici là ? Rien, personne ne pouvait s'y intéresser. Elle renonça et, par défi, traça des bâtons, rien que des bâtons, là où elle aurait dû exprimer son désir profond d'appartenir tout entière à Orden, d'être à lui sans réserve ni limite.

Mon am… I I I I I I I I I I I I I I I I I I I I I I I I I I I I I
I I I I I I I I I I I I I I I I I I I I I I I I I I I I I I I I I I I I
I I I I I I I I I I I I I I I I I I I I I I I I I…

Fuite

Les prisonniers pouvaient entendre le passage des avions de chasse et les tirs de défense de l'artillerie, parfois ceux d'armes automatiques qui claquaient comme des fouets. Contre qui ? Personne ne pouvait le dire, pas plus les tontons que les taulards. Les rumeurs de la ville parvenaient en prison à la fois comme une promesse de liberté et comme une menace qui subrepticement se rapprochait. Jack s'en voulait terriblement d'avoir laissé tomber Rome ; le jeune Luciani s'imaginait au bord de la mer, se jetant dans les vagues avec une copine aussi nue que lui ; Bob ruminait l'erreur qu'il avait faite en retournant sur le chantier où il était affecté après avoir traité un Souchien de « sous-chien et vrai con » ; le gros Mignon somnolait comme Jean-Pierre ; et Fanch, par crainte que sa mémoire soit lésée après les coups qu'il avait reçus, se récitait mentalement la Déclaration des droits de l'homme et du citoyen, surtout l'article où il est question du droit à l'insurrection qui « est, pour le peuple et pour chaque portion du peuple, le plus sacré des droits et le plus indispensable des devoirs ». La porte de la cellule s'ouvrit.

– À la bouffe ! cria le tonton de service, et il leur jeta le carton de nourriture.

L'unique repas quotidien des prisonniers consistait en une sorte de flan de protéines grisâtre produit avec des insectes et des vers de terre, une barre nutritive par personne et du lait en poudre à délayer dans de l'eau qu'ils stockaient dans une bouteille commune. À l'aide d'une petite règle en bois qu'il utilisait comme couteau, Bob effectua le partage et ils mangèrent sans parler. Tous préféraient ignorer qu'ils ingurgitaient des déchets recyclés, une « punition », selon Fanch, trop faible pour avaler la moindre bouchée. Bob le força à boire le lait dans lequel il avait émietté la barre chocolatée.

– Tu l'as dit toi-même : « Nous ne devons pas nous laisser tuer. »

Ils avaient eu une longue conversation pour tenter de déterminer comment ils pouvaient agir. Tous les moyens avaient été évoqués : grève de la faim, refus de s'habiller, refus d'utiliser les toilettes et replâtrage des murs avec les excréments, mutilations volontaires… mais rien de tout cela ne paraissait efficace dans leur situation. S'ils cessaient de s'alimenter, Finkel les laisserait crever avec plaisir, et s'ils barbouillaient leur cellule de merde, il ne ferait même plus ouvrir la porte pour leur jeter à manger. Ils devaient trouver autre chose que se taillader les veines, vivre nus ou dans les ordures. Quelques questions avaient suffi à Jack pour apprendre qu'aucun de ceux qui étaient avec lui en D n'était passé en jugement ni même n'avait été présenté à un juge. Les tribunaux condamnaient en l'absence des prévenus, sans avocat de la défense, pas même commis d'office. Le jour venu, la sentence était signifiée aux prisonniers par un tonton et appliquée sur-le-champ : prison, camp de travail, envoi au front, exécution… L'acquittement comme les circonstances atténuantes n'existaient plus et aucun recours n'était admis.

– Avant, certains se plaignaient que la justice était trop lente et trop laxiste. Maintenant ils peuvent féliciter le Conseil : Avec Finkel, ça dépote ! rigola Jean-Pierre, toujours prêt à sortir une connerie pour se faire remarquer.

Le gros Mignon avait patiemment équipé une boîte de nourriture de séparations, comme les lignes de nage dans une piscine. À l'une des extrémités, une barre horizontale posée à cheval sur les lignes créait de petites cases comme sur un hippodrome des box retiennent les pur-sang. Mignon posa son installation sur la cuvette des WC et tous l'entourèrent. Mignon récupéra alors les six cafards qu'il tenait prisonniers dans un vieux pot de yaourt et en plaça un par case. Luciani s'amusa à donner des noms aux concurrents :

– N° 1 Tornado, n° 2 Prince Noir, n° 3 Jumper, n° 4 Frisette, n° 5 Rose Pompon, n° 6 Pamplemousse…

Avec soin, Mignon déposa un peu de barre chocolatée dans chacun des couloirs à l'autre extrémité de la boîte. Les cafards agitèrent leurs antennes. La course pouvait commencer.

Même si les prisonniers n'avaient rien, ils firent comme si et les paris fusèrent. Dix gagnant sur celui-là, vingt placé sur tel autre, etc. Mignon claqua des doigts pour donner le signal du départ et releva d'un coup la barre horizontale qui retenait les cafards. Ils s'élancèrent aussitôt, attirés par la nourriture et encouragés par les cris des spectateurs.

– Vas-y !

– Fonce !

– Attaque !

Le n° 2 parut l'emporter, puis le n° 3, mais finalement c'est Rose Pompon qui gagna la course sous les applaudissements de Jack et Luciani qui avaient misé sur lui. Mignon récupéra le vainqueur qu'il remit dans le pot de yaourt, fit tomber les perdants dans la cuvette des WC et profita qu'il y avait de l'eau pour tirer la chasse. Luciani protesta :

– T'es dingue ! Pourquoi tu les tues ? On aurait pu faire la revanche !

– Vae victis, grogna Fanch. C'est la prémonition de ce qui nous attend…

– C'est pas moi qui l'ai dit ! fit remarquer Jean-Pierre qui, pour une fois, ne l'avait pas ramenée.

Bob fit signe qu'il ne voulait plus rien entendre.

– Si vous fermiez vos gueules, pour une fois !

Il s'allongea sur son matelas en mousse et leur tourna le dos.

– Putain ça fuit ! jura-t-il en se relevant d'un bond.

De l'autre côté de la cuvette, Jack fit le même constat.

– Merde, là aussi !

Ils colmatèrent la fuite tant bien que mal avec une serviette et épongèrent tandis que Luciani cognait sans relâche contre la porte pour appeler un tonton. Soudain, Jack attira leur attention :

– Regardez ça !

Le WC était fixé au sol par des vis. En débordant, l'eau venait d'entamer l'enduit et d'en dégager une…

Bob fronça les sourcils.

– Et alors ?

– Alors, dit Jack, ça veut dire qu'on peut démonter la tinette, récupérer les vis et la faïence pour s'en faire des armes.

Fanch le félicita sans bouger de sa couche :

– Bien vu, camarade. Avec ça on peut assommer un tonton et se faire la belle.

Pour la première fois depuis longtemps, il sourit.

– De la fuite à la fuite…

– Au cinéma, peut-être, modéra Bob, mais ici c'est une autre histoire. Admettons qu'on puisse se faire un tonton et sortir de la cellule, après qu'est-ce qui se passe ?

– Si on se fait un tonton, répondit Jack sans hésiter, on récupère son arme et surtout ses clefs ! Une fois dehors on libère tous les autres et on se bagarre pour sortir. On peut même…

Un tonton fit coulisser le judas.

– C'est vous qui tapez comme ça ? demanda-t-il à Luciani. Vous êtes malade ou quoi !

– Ça fuit, chef, répondit Luciani, désignant la cuvette des WC d'un geste de danseuse.

Et, obséquieux, battant des cils :

– Faudrait que vous refassiez les joints…

Le gardien le toisa. Luciani se foutait ostensiblement de lui.

– Vous ne voulez pas aussi que je vous repeigne la cuisine ? lança-t-il avant de refermer.

Aspirateur

Rome et Vivi se démenaient sur les moquettes des bureaux de la tour Azur, fidèles au principe « Plus vite on a fini, plus vite on s'en va ». Tout en passant l'aspirateur, Vivi racontait l'histoire d'une de ses copines à qui un couple d'amis avait prêté leur appartement pour le week-end en échange de la garde du chien. Quand elle était arrivée, comme prévu, la copine avait trouvé la clef dans la boîte à lettres et le chien dans l'appartement mais allongé dans l'entrée, apparemment raide mort. Prise de panique, elle avait téléphoné aux pompiers, à la police, aux encombrants avant de trouver une association de secours aux animaux prête à s'occuper du cadavre. Faute d'avoir de quoi s'offrir un taxi, après avoir mis le chien dans la plus grande valise qu'elle avait pu trouver, elle s'était décidée à prendre le métro. Avec le chien mort, la valise pesait une tonne. Sur le quai, un type s'était proposé pour l'aider à monter dans la rame. La copine l'avait remercié mais, à l'instant où les portes se fermaient, le type avait sauté sur le quai, embarquant la valise sans savoir ce qu'il avait volé. La copine était alors retournée chez ses amis, anxieuse d'avoir à annoncer la mort de leur chien et la disparition de son cadavre. Soudain, elle avait entendu du bruit à la porte. Intriguée, elle était allée ouvrir : le chien était là, qui lui faisait la fête ! De saisissement, elle s'était évanouie. Vivi s'apprêtait à raconter comment sa copine avait appris plus tard que le type avait ouvert la valise derrière une palissade et que le chien, seulement tombé en catalepsie, s'était réveillé et lui avait sauté dessus, le mordant furieusement, quand Mortagne appela Rome près de lui.

– Qu'est-ce que vous voulez ?

Après un rapide coup d'œil pour s'assurer que Vivi ne regardait pas, il lui tendit un sac en papier kraft.

– J'ai ça pour vous…

Rome n'en croyait pas ses yeux. Il y avait trois pommes, un gros morceau de fromage et deux tubes de lait concentré sucré.

– Merci, bredouilla-t-elle. Mais pourquoi ?

– Parce que je ne suis pas aussi obtus que vous le croyez…

Il lui fit signe de reprendre son travail.

– Maintenant magnez-vous, j'en ai marre d'être ici.

Mortagne la regarda s'éloigner, serrant contre elle le précieux paquet. Sûr qu'elle n'avait pas ce qu'il fallait là où il fallait comme Nora, mais elle avait quelque chose de plus, une promesse dans les yeux, une grâce androgyne qui l'excitait. Il avait réfléchi. Si elle voulait à manger, il lui trouverait à manger, et s'il voulait… elle serait bien obligée de se laisser faire. Après tout, ses collègues qui surveillaient des Inutiles ne se privaient pas, il n'y avait pas de raison qu'il n'y ait pas droit lui aussi.

Rome brancha l'aspirateur dans le dernier bureau. Elle chuchota :

– Il m'a filé de la bouffe !

– Il veut te baiser, affirma calmement Vivi, vidant une poubelle.

– Tu crois ?

– T'es conne ou quoi ? Tu crois que cet enculé ferait ça par bonté d'âme ?

– Je ne sais pas…

– Ah, c'est pas possible d'être aussi cruche !

Rome passa un dernier coup d'aspirateur autour d'elle et

alla le débrancher. Vivi l'accompagna jusqu'au réduit où l'on rangeait le matériel.

– En tout cas, fais gaffe à tes miches, souffla-t-elle en fermant la porte d'une bourrade.

Mortagne les attendait. Elles devaient signer leurs cartes de travaux et recevoir leurs bons pour la Ration. Vivi signa la première.

– Vous voulez me baiser ? demanda Rome à Mortagne en lui tendant à son tour sa feuille.

Mortagne bégaya :

– Qu'est-ce que vous racontez ?

Rome sourit, yeux de biche et cœur de loup.

– Pour me baiser, pas de problème, j'ai les idées larges, dit-elle en posant le sac en papier kraft devant Mortagne, mais il faudra un peu plus que trois pommes dans un sac et de la gomina sur les cheveux…

Rome et Vivi quittèrent la tour Azur avant l'arrivée du personnel. Vivi riait encore.

– J'aurais voulu prendre une photo ! T'aurais vu sa tête quand tu lui as balancé : « Vous voulez me baiser ? » J'ai cru qu'il allait tourner de l'œil ou tout lâcher dans son froc !

– Je ne déconnais pas, dit Rome. S'il veut me baiser, il me baisera. Je n'ai plus le choix, mais il faudra qu'il y mette le prix…

– Tu ne peux pas faire ça ! gémit Vivi. T'es pas une pute !

– Qu'est-ce que tu veux que je fasse ? Jack est en prison, j'ai mon bébé sur les bras, je risque d'être expulsée et il n'y a personne pour m'aider. Ma mère est chez les dingues, je n'ai pas vu mon frère depuis des lustres et mon salaud de père préférerait me voir morte. Reste mon cul à vendre. T'as autre chose à me proposer ?

Vivi n'osa pas répondre. Elles s'embrassèrent. Vivi s'étrangla pour dire :

– À ce soir.

Et elle se sauva en vitesse pour ne pas montrer ses larmes.

Vivi partit vers la gauche, Rome vers la droite. Plus tôt, Vivi lui avait raconté l'histoire d'une de ses cousines qui n'avait joui qu'une fois dans sa vie, dans des circonstances peu banales. Elle faisait l'amour dans un pré avec un marin en permission quand un prototype d'avion de ligne supersonique était passé au-dessus d'eux à basse altitude. Était-ce la vision du monstre volant ? Les vibrations qu'il provoquait jusqu'au plus profond de la terre ? L'incroyable chaleur qu'il dégageait ? En tout cas, elle avait quasiment explosé de plaisir et jamais plus n'avait retrouvé une telle sensation, bien qu'ensuite elle se soit mariée avec son amant de ce jour-là… Les histoires de Vivi amusaient Rome, lui remontaient le moral. Vivi l'étourdissait d'un monde disparu qui d'ailleurs n'avait peut-être jamais existé mais elle s'en fichait. C'était bon d'entendre que des couples pouvaient s'aimer, s'envoyer en l'air, profiter de la vie sans penser au lendemain ; sans penser à la guerre. S'il y avait un paradis, il devait ressembler à cela, et s'il y avait un enfer, elle n'avait pas besoin de le chercher plus loin que ce qu'elle endurait.

Piste

Nora la dodue avait hâte de retrouver Cybèle la trop belle, aux rires sonnant comme ceux de son enfance, aux gestes savoureux, aux yeux épargnés par le temps. Elle prétendit souffrir de terribles maux de tête à cause de la gifle que Salto lui avait donnée et se déclara incapable de travailler une minute de plus. Boulogne, son chef de service, la comprenait. Il ne dirigeait pas un centre de détention mais un laboratoire de recherche, il ne faudrait pas l'oublier ! S'il ne condamnait pas ouvertement les méthodes des Souchiens, Boulogne refusait qu'elles soient appliquées à son personnel. Salto avait peut-être des objectifs de police à remplir mais lui avait des objectifs scientifiques tout aussi importants. *Non mais pour qui il se prend ?* Il autorisa Nora à quitter le labo avant l'heure.

– Je compte impérativement sur vous demain, dit-il de sa voix nasillarde, sans quitter son bureau tandis que Nora se dirigeait vers la porte.

Partie sous la pluie, Nora rentra sous la pluie comme si le Dieu de la Bible se plaisait à répéter : « Je ferai tomber la pluie sur la terre pendant quarante jours et quarante nuits. J'exterminerai ainsi de la surface du sol tous les êtres que j'ai créés. » Le ciel d'un gris glacé donnait aux rues un air lugubre. Arrivée chez elle trempée comme une serpillière dans un seau, elle gratta à la porte du dressing avant même de se déshabiller.

– C'est moi, murmura-t-elle.

Cybèle l'attendait. Nora se débarrassa de son imper et lui fit signe de se taire. Elle alla mettre en marche la radio qui diffusait la *Sérénade* de Schubert interprétée par un grand orchestre. À nouveau, Nora recommanda le silence à Cybèle et d'un geste l'invita à la rejoindre dans la cuisine. Cybèle sortit de sa cachette sur la pointe des pieds. Nora enclencha la touche « départ » de sa machine à laver qui faisait un bruit infernal et enfin elles purent se parler.

– Ça a été dur ? demanda Cybèle à voix basse.
– Je me suis pris une sacrée baffe…
Nora fit une petite grimace en tournant le visage pour que Cybèle constate la marque du coup.
– Mais Bulldog m'a défendue !
Leur chef de service n'était peut-être pas aussi minable qu'il en avait l'air. Cybèle annonça qu'elle n'allait pas rester.
– C'est trop dangereux pour toi.
– Il n'y a rien à craindre tant que…
– Si, il y a tout à craindre, trancha Cybèle, forte d'une sombre résolution. Le bureau qui ne va pas te lâcher, ton Souchien au-dessus, les voisins… Il vaut mieux que je parte.
– On pourrait…
Nora s'interrompit : Cybèle avait raison, elle ne pouvait pas la garder indéfiniment cachée dans le dressing.
– Tu sais où aller ? demanda-t-elle à regret.
– J'ai une piste.
– Et si tu te fais prendre ?
Dehors, le déluge se conjuguait à la brume qui désormais ouatait les rues en permanence. Cybèle caressa la joue meurtrie de Nora encore toute mouillée. Elle l'embrassa.
– T'inquiète, la pluie est avec moi…

Souhaits

Quitter l'appartement de Nora fut un véritable parcours du combattant. Cybèle sortit de la résidence sous un parapluie, habillée avec des affaires de Nora trop larges et trop courtes pour elle, mais « à la guerre comme à la guerre », comme disait souvent sa mère. Au pire, la vidéo de surveillance n'enregistrerait qu'une silhouette aux couleurs familières. Avec ce qu'il tombait, ça pouvait « faire la farce », aurait affirmé feu son ex qui s'était recyclé dans le spectacle après la fermeture de son agence de voyages.

Une meute avançait dans sa direction, regards durs, mentons levés, chaussures cirées claquant sur le trottoir. Cybèle leur céda respectueusement le passage. Sans lui accorder un regard, ils défilèrent devant elle. Au passage, un grommela « sale pute » mais ce fut tout. Cybèle attendit qu'ils s'éloignent avant de traverser le carrefour. Elle laissait derrière elle un point rouge sur un mur nu.

Bénissant le déluge, dissimulée autant que possible sous son parapluie, Cybèle gagna au plus vite la salle de sport où, à cette heure-là, les Souchiens ne s'entraînaient pas.

– Personne ne t'a vue ? s'inquiéta Toller, la faisant entrer chez lui, à l'étage.

– J'ai croisé une meute. Ces abrutis ont dû me prendre pour une pute mais c'est tout.

Cybèle éternua.

– À tes souhaits ! dit Toller, lui tendant un mouchoir en papier.

Cybèle le remercia et se moucha bruyamment.

– Je ne peux plus tenir, dit-elle.

Toller avait compris.

– Tu veux rejoindre Orden ?

Elle s'amusa.

– T'es jaloux ?

Et éternua une deuxième fois.

– À tes amours ? glissa Toller avec un sourire moqueur.

Cybèle éternua une troisième fois.

– Qu'elles durent toujours ! lança-t-elle, pour avoir le dernier mot.

Elle n'avait pas d'autre souhait.

Toller et Cybèle, c'était de l'histoire ancienne, mais une belle histoire. Ils s'étaient rencontrés lors du tournage d'une série documentaire sur la science que Toller réalisait pour une chaîne publique. Un seul regard avait suffi, ils ne voyaient quasiment que pour sceller entre eux un pacte d'amour. Toller était marié, Cybèle aussi. Au hasard de la promotion des films ou des visites de laboratoires, c'était toujours en province qu'ils se retrouvaient pour se voir et « voir du pays », comme disait Cybèle en riant. En réalité, des villes où ils allaient, ils ne voyaient quasiment que la chambre d'hôtel, ils plaisantaient sur l'anthologie du papier peint qu'ils éditeraient un jour, la litho de Bram van Velde au-dessus de la commode, les gros rideaux de velours bleu et les six ou dix coussins posés sur le lit selon la catégorie de l'établissement. Toller parlait du cinéma qui, pour lui, devait être inventeur d'images, de formes et créateur de sens. « Sinon il mourra de n'être qu'une distraction dans le pire sens du terme. »

Bien sûr, il reconnaissait que le cinéma était une industrie mais il le considérait d'abord et avant tout comme un art. Filmer, c'était le geste critique par excellence. Cybèle l'écoutait avec plaisir s'emporter contre les cinéastes des nouvelles générations qui sortaient, dans la majorité des cas, des écoles de cinéma, de l'université, de la petite et la grande bourgeoisies. Peu d'entre eux avaient l'expérience du salariat et d'un emploi autre que celui qu'ils pouvaient occuper sur les plateaux. C'est dire que le réel ne les concernait pas ou peu. Toller en avait aussi contre les progrès techniques considérables qui, paradoxalement, auraient dû pousser la création d'images vers le haut – le jamais-vu – or, au contraire, on assistait à un équarrissage par le bas où le plus médiocre de la télé devenait la norme universelle : même cadre, même lumière, mêmes actrices, mêmes acteurs… « Tu comprends, disait-il avec véhémence, le cinéma n'a plus d'esthétique, partant il n'a plus de morale. Là comme ailleurs, la quête du profit (qu'il soit financier ou artistique) prime sur toute autre considération ; et de ce point de vue, c'est le terme "gagne-petit" qui me vient aussitôt à l'esprit. Alors que l'illusion du petit monde pour soi occupe tous les écrans ; que gloire et beauté sont données comme les sommets indépassables de la destinée humaine ; que Narcisse apparaît comme la figure tutélaire de tous les films, il est vital d'affronter le réel, c'est-à-dire ce qui ne va pas. »

Quand le Conseil était arrivé au pouvoir, l'urgence d'affronter le réel était devenue impérative. Toller avait renoncé à faire des films. Il avait entrepris d'organiser la résistance comme on organise un tournage, avec un plan de bataille, des chefs de poste, des acteurs et des techniciens. C'est-à-dire des femmes et des hommes capables de faire circuler les informations, d'assurer les transports, de trouver les planques et de collecter des armes, voire d'entraîner les volontaires à s'en servir. Cybèle avait été mobilisée dès le premier instant. Même si à ce moment-là Toller et elle ne se fréquentaient plus beaucoup, il avait suffi qu'il lui adresse leur signal habituel, BURMA (Be undressed and ready, my angel), pour qu'elle le rejoigne sans attendre. Il ne s'agissait plus de s'offrir quelque plaisir secret mais de combattre.

Armoire

Une puanteur, des kilomètres de galeries souterraines, des puits dangereux s'enfonçant profondément, des câbles électriques courant partout, des bas-fonds fétides, des rats et des tas d'autres bestioles qu'on ne voyait plus en surface : l'endroit n'était pas le lieu de retrouvailles flamboyantes, mais Orden et Cybèle en avaient vu d'autres. Ils s'embrassèrent du bout des lèvres. Un baiser furtif échangé par deux adolescents craignant de se faire surprendre par un pion dans la cour du collège.

– Ça va ? demanda timidement Cybèle.

– Je me maintiens, répondit-il.

Cette formule rituelle entre eux la fit rire. Ils s'installèrent sur des caisses faisant office de chaises.

– Ce n'était pas tenable ?

Cybèle montra un minuscule espace entre son pouce et son index.

– J'étais à ça d'y passer.

– Tu t'en es sortie comment ?

– Je me suis planquée chez Nora, ma collègue du labo.

Cybèle jeta un coup d'œil circulaire sur la voûte noire du métro, les meubles dépareillés, le grand tag MERDE, J'AI PAS PIED, les installations hétéroclites, les armes posées un peu partout.

– C'est moche, hein ? s'excusa Orden.

Cybèle n'attendait pas d'excuses. Elle ferma les yeux et prit une profonde inspiration.

– Je m'entraîne…, dit-elle tout doucement.

– À quoi ? À vivre en sous-sol ?

– Nous sommes comme des vers ici, expliqua-t-elle avec un léger sourire. Or les vers de terre n'ont pas d'yeux, donc ils doivent tout faire sans voir. Eh bien, nous devons faire comme eux, vivre aveugles.

– Vivre sans voir ce qui se passe ici ou ce qui se passe dehors ?

– On ne sait pas ce qui se passe dehors et ici notre horizon est un mur pourri de crasse mais nous avons d'autres sens comme les vers qui ont des récepteurs chimiques près de la bouche. Donc qui sont capables de détecter ce qui est bon pour eux et ce qui est mauvais. Ils utilisent leur sens olfactif. Ils se guident à l'odeur.

– Ça sent quoi ici, madame la géodrilologue ? ironisa Orden.

– Ça sent la merde, donc ça sent la vie et ça sent l'amour, si tu veux savoir ce que le lumbricus terrestris en moi détecte. N'est-ce pas ce que tu voulais ? Ce que nous voulions ?

Orden lui prit les mains.

– Si tu le dis…

Et, forçant son enthousiasme :

– Tu as raison. Nous sommes sous terre comme des vers mais nous sommes tous les deux et être tous les deux, c'est ce que nous voulions !

Cybèle regarda à nouveau autour d'elle.

– L'agence m'avait prévenue, plaisanta-t-elle. « C'est un peu humide, il y a des travaux à prévoir mais un bel espace à aménager selon votre goût… »

Orden fit un grand geste circulaire.

– C'est un décor, dit-il en désignant tout ce qui les entourait.

– Un décor de quoi ?

– Nous jouons dans une pièce, expliqua Orden, mais le

régisseur a oublié de nous distribuer le texte. Nous devons découvrir nos répliques en même temps que nous découvrons où et comment l'action se développe.

Il sourit.

– C'est comme remplir une grille de mots croisés où les cases noires ne sont pas indiquées. Nous devons non seulement trouver les mots, percer l'énigme de leur définition et prendre le risque de les écrire sans être sûrs de rien ; ni de leur longueur ni de leur justesse.

Et, péremptoire :

– Cette grille, c'est notre vie.

– Nous sommes aveugles comme des vers…, répéta Cybèle.

– Non, protesta Orden, nous ne sommes pas des…

– Promets-moi que nous vivrons perpétuellement dans l'incertitude et l'inconfort, le coupa-t-elle sans quitter son regard.

Orden la récompensa d'un baiser sur la joue.

– Promis, juré.

Puis :

– Tu sais pourquoi les gens aiment tellement le cinéma ?

– Parce que c'est un art fondamentalement rassurant, répondit-elle mécaniquement.

Elle soupira.

– Toller m'a exposé sa théorie. Et pas qu'une fois !

– Tu ne crois pas qu'il a raison ?

– Si. Tout se déroule au fil de la projection sans à-coups ni surprises.

– Plus exactement, les surprises – les coups de théâtre si tu préfères – sont si bien balisées que tu sais inconsciemment qu'à la fin tout s'expliquera !

Elle se pencha vers lui.

– Tu crois qu'en ce moment nous sommes en train de jouer un rôle ? Que tu joues Orden et que je joue Cybèle ?

– Oui, à ceci près qu'on ignore comment ça va finir. On connaît la fin ultime – la même pour tout le monde – mais ce qui nous conduit au cimetière, les mots, les gestes qui nous y mènent, nous les ignorons. Le scénario n'est pas écrit.

– On fait de l'impro ?

– Pire que ça : on parle, on agit sans jamais savoir si nous prononçons les bons mots, si nous faisons les bons gestes…

Cybèle posa un doigt sur les lèvres d'Orden pour l'empêcher de continuer ses élucubrations. Il parlait pour ne rien dire ; pour accrocher des guirlandes de fleurs sur les murs gris qui les cernaient ; pour les masquer aux yeux de Cybèle, lui faire oublier où ils étaient, ce qui les menaçait.

– Tu dors où ? demanda-t-elle soudain.

D'un mouvement de menton, Orden désigna un coin derrière une armoire métallique.

– Là-bas.

Cybèle vint s'asseoir sur ses genoux. Elle lui récita à l'oreille un de ses poèmes qu'elle connaissait par cœur :

Je dis tant de moi
Que je suis chat d'angoisse
Et chien de mon chagrin
Seules les souris savent
Prononcer mon nom
Seules les souris savent
Ce qui se brise en moi

Elle s'amusa :

– J'ai dit ce qu'il fallait dire ?

– Oui, répondit Orden, baissant les yeux.

Cybèle susurra :

– Reste à trouver les bons gestes ?

L'ange de bronze, posé près d'eux, veillait sur Orden et Cybèle si tendrement enlacés derrière l'armoire métallique que leurs deux corps semblaient se fondre en un seul, poli et huilé de plaisir. Que pouvaient-ils demander d'autre à la vie ? Ils avaient connu l'exaltation et la délivrance d'un même souffle ; mais plus encore ils avaient atteint cet état mystérieux qui dépasse la volupté. Ils vibraient à l'unisson, épaule contre épaule, hanche contre hanche. Les mots n'étaient plus nécessaires. Ou alors comme un dais protecteur posé au-dessus de leurs têtes. Une décoration. L'unique ampoule qui éclairait au loin projetait de hautes ombres sur les murs. Elles s'élevaient en frou-frou bleuâtre, s'abaissaient agitées d'une houle invisible. Des ténèbres mouvantes, marines, qui les encerclaient.

– Nous sommes sur l'océan, murmura Cybèle, sur un radeau. Aucune terre n'est en vue mais nous sommes saufs !

Orden joua le jeu, sans bruit, presque sans bouger :

– Nous sommes les seuls rescapés d'un naufrage. Un requin-baleine vient de nous frôler, des poissons volants sautent au-dessus de nous, la mer rugit…

– Nous n'avons rien. Rien à boire, rien à manger.

– Bientôt, il faudra tirer au sort qui mangera l'autre !

Cybèle l'embrassa furieusement. Elle était affamée, prête à le dévorer.

– C'est moi qui te mangerai !

Ils rirent. C'était bon de dire n'importe quoi, simplement pour entendre la voix de l'autre. Puis Cybèle redevint sérieuse.

– Tu as remarqué qu'il n'y a plus de religion ?
– Comment ça ?
– C'est la guerre, dit-elle, les yeux tournés vers le plafond. Il devrait y avoir des messes tous les jours, des processions, des prières… Eh bien non. Toutes les églises, les mosquées, les synagogues sont fermées ou transformées en prisons, en dépôts d'armes ou de vivres. Il y a parfois un type ou une femme qui se met à crier dans la rue que Jésus sauve et qu'il faut se repentir, jusqu'à ce qu'un sniper l'allume pour le faire taire.
– Tu sais ce qu'on dit : toute croyance est une fêlure. Pas étonnant que ça produise des fêlés !
Cybèle bascula vers Orden.
– Tu peux me dire où sont les prêtres, les rabbins, les imams ?
– Ben…
– Tu n'en sais rien. Et moi non plus…
– Cela ne veut pas dire que la religion a disparu.
Cybelle était sûre de ce qu'elle avançait.
– Au moins la guerre nous aura apporté ça. À part une poignée d'illuminés, plus personne ne croit en Dieu, affirma-t-elle. L'Église, toutes les Églises se sont tuées elles-mêmes, folles de leur pouvoir, de leurs turpitudes. Madrassahs, yeshivas, séminaires : viols d'enfants, tortures, blanchiment d'argent de la drogue, spéculations éhontées, étalage de richesses indécent, j'en passe et des meilleures. Musulman, juif, chrétien, il n'y en a pas un pour relever l'autre. Si les chrétiens voyaient Jésus revenir aujourd'hui, ils le foutraient illico en prison ! Pareil pour Mahomet ou Moïse. Dieu est vraiment mort…
– Ce serait trop beau.
Orden embrassa sa poitrine, gardant longtemps le téton dans sa bouche.

– J'aime mieux avoir affaire à tes seins qu'au bon Dieu !
– Que t'es con !
Elle rit quand à nouveau il se pencha sur elle.
– Arrête ! Ça me chatouille.
Dieu, la religion, les Églises… Orden n'avait pas envie d'avoir ce genre de discussion. Elle ne menait à rien. C'était du temps et de l'intelligence perdus. Jamais il n'avait cru, jamais il ne croirait. Il n'y avait jamais eu de dieu pour lui, il n'y en aurait pas au dernier instant. Il n'y avait rien avant, il n'y aurait rien après. Seulement l'oubli. Lucrèce le savait déjà de son temps : nous ne sommes que des atomes qui transitent d'une forme à l'autre. Poussière, Orden redeviendrait poussière ou n'importe quoi, une pomme de terre, un cerf-volant. Ses molécules migreraient vers une autre histoire. Orden admettait croire à la force des mots, à la puissance de l'écriture, mais c'était tout. Aucune divinité n'y trouvait place.
– Ne me dis pas que tu crois ? demanda-t-il à Cybèle pour la taquiner.
Impériale, elle se redressa sur le matelas et exhibant sa nudité, très doctement, déclara en caressant son sexe :
– Ça dépend de toi.

Portes

Rome passa devant l'affiche placardée par le Souchien référent au bas de l'escalier de sa tour : « En cas d'attentat terroriste, évitez la foule. Gardez la nourriture non périssable à la maison, par exemple du pain grillé, du lait en poudre, du riz, au moins trois litres d'eau par adulte et par jour, stockez aussi les couettes, les vêtements chauds, les bougies et les allumettes. » Signé : Vauxhall. Elle grimpa à pied les onze étages jusqu'à son appartement. Elle était si épuisée qu'elle ne sentait plus la fatigue. Ses jambes montaient pour elle. Rome n'avait pas confiance dans l'ascenseur. Elle craignait la coupure de courant imprévue qui la laisserait prisonnière peut-être pendant des heures. Elle devait récupérer son bébé chez Mama N'Diaye mais avant cela elle voulait prendre le temps de se doucher, de se laver de toutes les saletés qu'elle avait dû remuer. Rome s'énervait devant sa porte. Sa clef n'entrait plus dans la serrure. Elle la regarda avec perplexité quand un militaire en bras de chemise ouvrit d'un geste brusque.

– Qu'est-ce que vous voulez ?

Rome recula d'un pas.

– Qui êtes-vous ? Qu'est-ce que vous faites chez moi ? dit-elle, stupéfaite.

– Chez vous ? Première nouvelle ! s'amusa l'homme en haussant les sourcils.

Il cria vers l'intérieur :

– T'entends ça, Chantal ?

– Qu'est-ce qui se passe ?

– Une bonne femme prétend que c'est chez elle ici !

– Mais c'est chez moi ! protesta Rome.

Elle voulut entrer de force mais l'homme l'en empêcha.

– Vous êtes sûre que vous ne vous trompez pas d'étage ?

– Vire-la, cria la femme. C'est une pute qui fait de la retape ! Elles font ça maintenant…

Rome, décontenancée, jeta un rapide coup d'œil circulaire. « Onze » était peint sur le mur. Elle était bien au onzième étage, devant sa porte. Elle tenta de se maîtriser.

– C'est chez moi, confirma-t-elle.

Le militaire souffla, elle l'emmerdait.

– Mes affaires sont à l'intérieur…, insista Rome. Vous n'avez qu'à…

– Qu'est-ce que c'est que ce délire ?

– Mes affaires ? Où sont mes affaires ?

– Si vous ne le savez pas, c'est pas moi qui vais vous le dire !

– Vous n'avez pas le droit de…

L'homme lui claqua la porte au nez.

– Me fais pas braire !

Qu'est-ce que c'était que cette histoire ? Rome se précipita chez sa voisine.

– Mama ?

Elle frappa. La porte s'ouvrit toute seule.

– Mama ?

Étonnée de ne pas recevoir de réponse, Rome entra.

– Madame N'Diaye ?

L'entrée, le salon étaient vides. Rome fit un pas vers la cuisine et recula avec effroi en découvrant une flaque de sang sur le carrelage qui s'étendait jusqu'à la fenêtre. Un ciel rouge tombé sur la terre. Elle s'appuya au chambranle, craignant de tourner de l'œil. Tremblante, livide, elle retourna dans le salon où il ne restait plus que le canapé aux coussins crevés et le petit meuble qui supportait la télé. Tous deux tachés de sang.

– Mama ?

Une main plaquée sur les lèvres, Rome s'aventura dans les chambres où les lits, la commode, l'armoire avaient disparu. Là aussi, il y avait du sang sur les murs et sur le sol. Un massacre avait eu lieu…

Épouvantée, Rome retourna tambouriner à la porte en face, le souffle court, les yeux fous.

– Vous allez nous faire chier encore longtemps ? demanda le militaire qui occupait son appartement.

– Mme N'Diaye…

– Qui ça ?

Rome désignait la porte ouverte de sa voisine sans arriver à parler. La femme cria, toujours sans se montrer :

– Fais chier ! Appelle les flics !

– La voisine…, bredouilla Rome, mon bébé… Il y a du sang partout !

– Chez la négresse ?

– Mon bébé ! Mme N'Diaye !

L'homme ne comprenait rien de ce qu'elle disait.

– Vous êtes bourrée ou quoi ?

Il pointa son index sur son front.

– Il n'y a pas marqué « Agence de renseignements » ici. Je ne suis pas la concierge ! Arrêtez de me gonfler et adressez-vous au gardien si vous avez besoin de quelque chose !

À nouveau, il lui claqua la porte au nez. Rome gémit, incapable de faire un pas.

– Mon bébé…

Rome, la tête en feu, dévala les onze étages.

– Mon bébé ! Mon bébé !

Au pied de l'immeuble, elle repéra Vauxhall, le Souchien de référence, qui s'éloignait comme s'il ne l'avait pas vue.

– Où est Mme N'Diaye ? cria-t-elle, avant même de le rejoindre.

– J'en sais rien, répondit-il sans se retourner. Je ne m'occupe pas des niggers.

Rome le dépassa et se planta devant lui.

– Elle est où ?

Vauxhall gloussa. Elle voulait savoir où étaient la grosse du onzième et ses gosses ? Elle n'allait pas être déçue…

– Je vais vous le dire puisque vous voulez le savoir : votre négresse a été traitée, répondit-il.

Rome s'emporta :

– Traitée ? Qu'est-ce que ça veut dire, traitée ?

– Ça veut dire qu'il n'y a pas de place ici pour les négros.

– Mon bébé était avec elle !

– Eh bien voilà ce qui arrive quand on fricote avec cette merde noire.

– Mon bébé a été traité lui aussi ?

Vauxhall étendit le bras d'un geste énervé pour la tenir à distance.

– Barrez-vous. Vous n'avez plus rien à foutre ici. Vous étiez prévenue. Votre logement a été affecté à d'autres.

Il ricana, découvrant ses dents chevalines.

– Des vrais, de souche, pas des Rossi…

Et il tourna les talons, content de lui. Rome s'accrocha à son bras.

– Qu'est-ce que vous avez fait de mes affaires ? demanda-t-elle, prête à trouver n'importe quoi pour le retenir.

– Lâchez-moi la grappe !

Elle hurla, le visage écarlate :

– Qu'est-ce que vous avez fait à mon bébé ?

– Tu vas voir, on va t'apprendre à rester à ta place, grogna Vauxhall en s'assurant que tout le monde l'entendait.

Rome s'avança tout près de lui.

– Salaud ! Ordure ! Assassin !

Vauxhall allait faire un exemple. Il attrapa son sifflet pour réclamer du renfort.

– J'appelle ma meute. Je vais t'apprendre à…

Rome fut plus vive. Elle bondit sur lui, lui délivra une rafale de coups de poing, de coups de pied comme dix diables en furie sans qu'il puisse riposter. Rome frappa à la poitrine, elle frappa à l'estomac, à la tête et d'un shoot violent à l'entrejambe, elle le plia en deux puis se sauva sans demander son reste.

Quand elle se sentit assez loin de Vauxhall, Rome ralentit le pas, surtout ne pas se faire remarquer. Elle regarda à droite, à gauche pour s'assurer de n'être ni suivie ni surveillée et adopta une allure mesurée comme si elle savait où elle allait et comment elle devait y aller. En réalité, elle errait, espérant sans se l'avouer qu'au terme de son errance, son bébé réapparaîtrait miraculeusement au coin d'une rue. Il se mit à neiger. Quelques flocons voletèrent autour d'elle. Ça ne tiendrait pas. Quand elle était petite, sa mère lui disait que c'étaient des âmes. Des âmes froides et légères que l'on pouvait laisser fondre dans sa main. Elle tenta d'en attraper une, puis une autre, mais toutes lui échappèrent comme si elle n'avait plus de mains pour les saisir. Elle était impuissante à en retenir une qui puisse la réchauffer, la consoler. *Mon bébé, mon bébé…* Rome se sentait comme amputée, tourmentée par un membre fantôme. Qu'on lui coupe un bras ou une jambe ne l'aurait pas fait plus souffrir. Rome n'était plus qu'un immense chagrin, un corps de douleur. Marcher était douloureux, voir était douloureux, penser plus encore. Si elle ne pouvait prendre son enfant dans ses bras, l'embrasser, le cajoler, ses gestes n'avaient plus de sens. Pas plus que tenter d'attraper des flocons. Si elle cessait de penser à lui, une aiguille lui transperçait le crâne pour la ramener à la raison. Si son bébé était mort, elle ne pouvait plus vivre…

Ses affaires étaient perdues, sans doute jetées à la décharge. Rome n'avait que ce qu'elle avait sur le dos. Rien d'autre. Plus de logement, plus de mari, plus d'enfant, tout lui échappait et pourtant elle se surprit à penser avec force : *Je n'ai pas peur.* Elle vivait le pire du pire mais elle n'avait pas peur ! Gamine, quand elle se battait avec son frère – il était plus fort qu'elle –, elle éprouvait le même sentiment d'invincibilité et plus d'une fois elle avait réussi à prendre le dessus. Elle n'en avait pas l'air mais Rome était une guerrière. Elle se redressa, sans qu'elle puisse empêcher deux traînées de larmes de couler sur ses joues. Son cœur cognait. Elle voyait le sang de Mama N'Diaye et de ses enfants partout sur les murs, sur le capot des voitures, sur le visage des passants. Elle ferma les yeux pour chasser de son esprit l'image de son bébé lancé contre un poteau en béton ou jeté par la fenêtre comme les Souchiens avaient l'habitude de le faire avec les petits des Noirs ou des étrangers. Ces monstres s'amusaient, riaient de leurs crimes, rappelant à qui voulait les entendre que « Dieu le veut ! » et qu'ils ne faisaient que ce que les croisés avaient fait aux enfants musulmans lors de la conquête de Jérusalem : « Ils les embrochaient sur leurs lances pour faire un barbecue ! »

Les Souchiens se voulaient les nouveaux croisés. Rome savait que son frère et sa bande féroce de zonards se battaient contre eux. *Souchiens, vraies merdes !* Elle irait les rejoindre. Rome voulait venger son malheur œil pour œil dent pour dent. Tous les salauds en uniforme, les Souchiens et les autres, devaient payer.

Plus tard…

Dans le parking du -1, Rome aurait pu se croire tombée dans une fosse, un gouffre sans fond et sans lumière où elle cherchait en vain une paroi où s'accrocher, des prises pour remonter. Elle ne voyait rien, ne sentait rien, comme si sa tristesse avait annihilé tous ses sens ; comme si elle n'était plus qu'un vide dans un autre vide où elle se perdait. Elle intercepta Vivi avant qu'elle emprunte l'escalier réservé au personnel d'entretien de la tour Azur.

– Qu'est-ce que t'as ?

– Mon bébé…, marmonna Rome, sonnée, le visage raviné de larmes.

Elle ne faisait que répéter depuis des heures : « Mon bébé », comme un mantra, sans être capable de penser autre chose, de dire autre chose que : « Mon bébé, mon bébé, mon bébé… »

Vivi la secoua par les épaules.

– Arrête avec ça ! Explique-moi !

– Mon bébé…

– Quoi, ton bébé ?

– Je ne sais pas où il est, avoua Rome, sortant de sa torpeur.

Et, d'un coup :

– J'ai été expulsée de chez moi, ma voisine qui le gardait a été traitée par les Souchiens. Il y avait du sang partout…

Elle sanglota.

– Mon bébé…

– Keep cool. Tu ne sais pas où il est mais ça ne veut rien dire d'autre, dit Vivi pour tenter de la rassurer.

Elle ajouta :

– Ils traitent les Blacks, les rebeus et les chinetoques, pas les Blancs.

– T'es sûre ?

– J'ai entendu raconter qu'ils volaient les enfants pour les donner à des couples de dignitaires qui ne pouvaient pas en avoir.

– C'est une de tes histoires ou c'est vrai ? demanda Rome, accablée de tristesse.

– Je ne déconne pas. C'est une frangine de la chorale qui m'a balancé ça…

Rome renifla et s'essuya les yeux du dos de la main.

– Tu crois qu'il pourrait savoir ? dit-elle, le regard tourné vers les hauteurs.

– Qui ?

– Le Souchien qui veut me baiser.

Vivi dit que oui, peut-être qu'il…

– En tout cas, tu ne risques rien à lui demander, grimaça-t-elle.

Mortagne avait préparé un sac de provisions pour Rome. Il voulait l'apprivoiser comme on apprivoise un chien ou un cheval. Ce serait donnant-donnant. De la bouffe contre du cul. Ce serait amusant de lui faire faire la belle pour un fruit ou du jambon ! Rome le devança. Elle alla à sa rencontre avant même qu'il ait eu le temps de la convoquer.

– Tu t'appelles comment ?

Le Souchien n'imaginait pas qu'une Inutile puisse le tutoyer. Il bafouilla :

– Mortagne…

– Ton petit nom ?

Il se surprit lui-même à répondre sans hésiter :

– Joël.

Rome riva son regard au sien.

– Écoute-moi Joël, tu veux me baiser ? Très bien. Je ferai tout ce que tu voudras. Mais il va falloir que tu fasses quelque chose pour moi…

Mortagne tendit son sac de provisions.

– J'ai pris ça. Il y a du jambon et…

– Je ne te parle pas de bouffe, l'interrompit Rome. Je te parle de mon bébé.

Mortagne, soudain frappé d'idiotie, écarquilla les yeux.

– Quel bébé ?

– Je te la fais courte, répondit Rome d'un ton tranchant. Mon mari est en prison, j'ai été expulsée de chez moi, ma voisine black et ses gosses ont été traités. Tu vois ce que je veux dire ? Elle gardait mon bébé pendant mes heures. Il a disparu. Je veux que tu te renseignes pour savoir où il est.

– Comment je peux faire ça ?!

Rome serra les dents.

– Je sais que des bébés sont enlevés pour être confiés à des dignitaires de chez vous dont les femmes ne peuvent pas avoir d'enfant. Ne me dis pas que tu n'es pas au courant.

– Si, mais…

– Alors démerde-toi pour faire ce que je te demande : enquête auprès de ton Dominant, de son chef, du chef de son chef, auprès de n'importe qui mais ne perds pas de temps. Mon bébé n'a que cinq mois…

Elle ajouta :

– Quand tu sauras, tu me diras où te retrouver. Je ne veux pas baiser ici.

Une heure après…

Vauxhall débarqua sur le plateau de la tour Azur avec son Dominant et cinq hommes de la meute Poignard et Fusil à laquelle il appartenait.

– Elle est où ?

– Qui ça ? demanda Mortagne, qui s'était porté au-devant d'eux.

– Rossi, une pute à qui faut que je parle, s'agita Vauxhall, regardant autour de lui.

Hennequin, son Dominant, expliqua :

– Elle lui a remonté un coup de latte dans les burnes ! s'esclaffa-t-il, et les autres l'imitèrent.

Vauxhall écarta Mortagne, les poings serrés.

– T'es où, salope ? cria-t-il en avançant dans le couloir des bureaux, pendant que la meute se dispersait à la recherche de Rome.

– Pourquoi elle a fait ça ? s'enquit Mortagne.

Entre colère et humiliation, Vauxhall fit volte-face.

– Elle cherche son môme et elle pourra le chercher encore longtemps, lui aboya-t-il au visage.

– Vous l'avez traité ?

– T'es con ou quoi ? Les Blancs, on les traite pas.

Il cracha.

– On l'a donné à quelqu'un qui le mérite !

Mortagne fit une grimace d'approbation alors qu'ils entraient dans le grand bureau de la rédaction.

– À qui ? risqua-t-il du bout des lèvres.

– À notre chef, si tu veux tout savoir, gros malin.

– Pas à moi, corrigea le Dominant, au grand manitou.

– À Thor ?

– Oui, mon gars, à Thor lui-même... Ça te la coupe, hein ?

La meute clama : « Poignard et fusil ! » et ils s'arrêtèrent devant Vivi qui passait l'aspirateur.

– Elle est où l'autre ?

– Rome n'est pas venue, répondit Vivi d'une petite voix, cherchant Mortagne du regard. Je ne sais pas où elle est...

Mortagne dévisagea Vauxhall.

– Si elle t'a mis un coup dans les couilles, dit-il d'un ton sarcastique, je comprends pourquoi elle ne s'est pas présentée.

– Putain de merde ! Elle n'est pas là ?

Vauxhall plaqua Vivi contre le mur.

– Regarde-moi : tu sais où elle est ?

– Non...

– Tu ne le sais vraiment pas ?

– Je vous dis que non !

Il lui retourna le bras.

– Tu ne sais pas où elle est ? Hein ? Tu ne sais pas ou tu ne veux pas le dire ?

Vivi gémit. La douleur la fit tomber à genoux.

– Lâchez-moi ! Vous me faites mal !

– Je vais te péter le bras, ça va te réchauffer la mémoire ! dit-il en forçant la torsion. Alors, tu ne sais toujours pas où est l'autre pute ?

– Aaaah !

Mortagne s'interposa. Son uniforme retouché mettait en valeur ses épaules, ses pectoraux, sa taille d'athlète.

– Arrête tes conneries, tu vas me l'abîmer. Elle a du boulot à finir et elle est toute seule.

Les deux hommes se mesurèrent du regard. Vauxhall

céda. Le jeune avait l'air d'être bien bâti. Il repoussa Vivi du bout du pied.

– Dis plutôt que tu la baises et que ça te fait chier qu'on soit là.

– Je te répète qu'elle a du boulot, insista Mortagne, faisant face.

– Tu te la joues mais tu ne vas pas te la jouer longtemps. Je t'ai calculé.

Le Dominant donna le signal du départ avant qu'ils en viennent aux mains :

– Arrêtez ces conneries, on décoince. Ta pute est pas là, on va la chercher ailleurs. Poignard et fusil !

La meute reprit en chœur :

– Poignard et fusil !

Vivi se releva en s'appuyant contre la paroi vitrée d'un bureau. Elle tremblait de tout son corps, elle pleurait.

– Reprenez votre travail ! ordonna Mortagne, assez fort pour que les autres l'entendent.

Quand elle fut sûre qu'ils étaient bien partis, Rome sortit de l'armoire basse où elle s'était cachée.

– Ça va ? demanda Mortagne, croyant voir Lazare sortir du tombeau.

Et, comme elle ne répondait pas, il ajouta :

– Vous savez maintenant ce que vous vouliez savoir, non ?

– Oui, je sais, haleta Rome, très pâle, tentant de maîtriser ses nerfs.

Elle parlait d'une voix blanche, sans accent ni éclat. Presque une voix artificielle ou celle d'une somnambule. Elle embrassa Vivi pour la consoler et se tourna vers Mortagne.

– Si tu veux le faire, on n'a qu'à se mettre là. Après tout, je m'en fous, dit-elle en dégrafant sa blouse. Mais vite, je suis pressée…

Mortagne refusa d'un non bref.

– On verra, dit-il, peut-être un autre jour.

– T'as plus envie ?

Mortagne, saisi d'une intense perplexité, secoua la tête comme s'il se parlait à lui-même. Trop d'idées tourbillonnaient sous son crâne. Il ne contrôlait plus rien, ne comprenait plus rien.

– Pourquoi j'ai fait ça ? souffla-t-il, l'air ahuri. Je suis le roi des cons ! Il suffisait que je vous donne et j'aurais eu de l'avancement. Mais il a fallu que je tienne tête à l'autre taré…

– Merci, murmura Vivi, il allait me casser le bras.

Mortagne, le menton en l'air, ne put s'empêcher de fanfaronner :

– Tout dans les bras, rien dans la tête !

Rome murmura :

– Le taré, c'est le Souchien de mon immeuble. Une vraie merde. Il ne compte pas. C'est un assassin tout juste capable de tuer une mère et ses enfants.

Et, après avoir pris une grande inspiration :

– Maintenant, c'est entre Thor et moi.

La remarque arracha un petit rire à Mortagne.

– Entre Thor et vous ! Beau challenge…

Et, en se repeignant :

– Si j'étais vous, je me méfierais. Thor, c'est le dur des durs. C'est notre Grand Dominant…

– Et alors ?

– On voit que vous ne le connaissez pas !

Tank

Les consignes étaient strictes et s'imposaient à toutes et tous. De même qu'ils se transmettaient les informations de bouche à oreille, ils avaient pris l'habitude de se déplacer à pied. Rouler en vélo, en mobylette, voire en scooter, c'était s'exposer aux regards et risquer d'être contrôlé par des Souchiens désœuvrés. Trop dangereux. Quant à la voiture, faute d'essence, ce n'était même pas la peine d'y penser. Toller s'en accommodait sans mal. S'il le fallait, il ne craignait pas de parcourir cinq ou dix kilomètres pour rencontrer quelqu'un ; un jour, il en avait parcouru plus de dix-huit ! Il était heureux de marcher, de sentir la vigueur de ses jambes, la régularité de son souffle malgré son âge. Il fonçait droit devant lui comme un homme déterminé à affronter son destin ou à se rendre chez sa maîtresse. Les mains dans les poches, la tête en avant, l'air farouche, il décourageait d'emblée ceux qui auraient été tentés de l'interroger sur le but de sa course. C'était ce qu'il voulait. Marcher seul et vite sans laisser d'autre souvenir dans les mémoires qu'une forme filante, sans identité ni visage. Sa solitude était son bien le plus précieux.

Toutes sortes de brumes plombées et sales s'entremêlaient sur un rythme de valse lente. Les torsions du ciel faisaient apparaître des bouches, des chevelures, des corps enlacés dans un bal de débutantes qui laissait Toller indifférent. Il avait la tête ailleurs. La résistance s'organisait, des actions se mettaient en place. Il avait rendez-vous avec Tank, chef d'une bande de pillards et de voleurs, ennemis jurés des meutes. Tank n'avait aucune conscience politique mais lui et les siens répondaient toujours présent pour faire le coup de poing si ça pouvait leur rapporter quelque chose ou pour le fun s'il s'agissait de démolir des Souchiens. Ils devaient se retrouver dans une piscine promise à la démolition, dans une zone où il ne passait plus grand monde depuis qu'une marée de bulldozers avait emporté usines, fabriques, logements et habitants. Le Conseil avait fait remplacer tous les noms de rues par des chiffres et des lettres quasiment incompréhensibles. Toller traversait une ville fantôme peuplée de fantômes et il était l'un d'entre eux. Heureusement qu'il avait grandi dans Deutéronome et s'orientait naturellement. Il se revoyait enfant jouant au ballon sur la chaussée, courant à la bibliothèque lire des bandes dessinées, guettant les filles qui répétaient le spectacle de fin d'année en petite tenue au gymnase. Pourtant, même en faisant un effort de mémoire, il regrettait de ne pas parvenir à revoir l'emplacement de tous les magasins, l'agencement des vitrines qu'il avait si souvent regardées, la couleur des portes des immeubles où ses copains habitaient et cela provoqua chez lui une incroyable montée de tristesse. Un sentiment indigne qu'il ressentit comme une faiblesse mais qu'il mit du temps à dissiper. Il savait que le monde qu'il avait connu et aimé ne renaîtrait pas après la guerre, mais il devait être sans nostalgie. C'était simple : ou la nature reprendrait ses droits et tout – y compris l'espèce humaine – disparaîtrait sous la végétation d'une nouvelle ère, ou, avec d'autres, ils seraient capables de faire sortir de terre une société nouvelle, écartant à jamais l'idée de concurrence entre les êtres. Toller se répéta mentalement ses maîtres mots : *Égalité, coopération, partage…* Les mots du discours qu'il prononcerait lorsqu'ils auraient vaincu le Conseil et son ordre libéral-fasciste. Il récapitula les points sur lesquels il devrait insister : tant que la société fonctionnerait sur un modèle exaltant la consommation, protégeant les privilèges des nantis, organisant le chômage endémique, acceptant l'aggravation programmée des inégalités entre les pauvres et les riches, il n'y aurait de futur pour personne.

– No future ! dit-il à voix haute, serrant le poing.

Dans son cœur, Toller avait dix-sept ans !

Il traversa une esplanade battue par le vent, jonchée d'ordures et de débris. Un eldorado pour les rats sortis des tunnels et des cavités. Tout avait été démoli alentour. Il restait au mieux des carcasses d'immeubles semblables à des coquillages vides abandonnés sur une plage. Toller sourit intérieurement : Orden y était peut-être pour quelque chose. Il longea une interminable palissade peinte en vert. La piscine, bizarrement épargnée par les bulls, les pelleteuses et les marteaux-piqueurs, était nichée dans un décrochement. Toller s'arrêta devant l'entrée. Il fit mine d'uriner pour vérifier d'un coup d'œil qu'il n'avait pas été suivi et se glissa entre les deux battants de la porte en fer. Tank l'attendait, entouré de ses hommes, armés jusqu'aux dents.

Ils se saluèrent rapidement.

– C'est pour quand ? demanda Tank sans préambule.

– Patience. Nous ne sommes pas encore tout à fait prêts. Ceux du Refus de parvenir non plus…

– Alors, qu'est-ce qu'on fout là ?

– On réfléchit, laissa tomber Toller.

Il y eut des rires.

– On réfléchit à quoi ?

Toller les dévisagea.

– Au moyen de régler son compte à Thor et démanteler les meutes.

– Effacer Thor, ce sera le signal pour tout déclencher ?

– Oui.

– Good. Où est le problème ?

– Thor ne se déplace qu'en voiture blindée, expliqua Toller, c'est le premier problème. Il utilise trois véhicules aux vitres noires. Il peut être dans la première, dans la deuxième ou dans la troisième. On ne le sait jamais et impossible de le prévoir. C'est toujours lui qui décide au dernier moment de monter dans telle ou telle. Il peut aussi n'être dans aucune de ces voitures et circuler autrement. Nous avons pu repérer où il habite. Ça n'a pas été facile car il y a trois entrées possibles, mais nous avons son adresse.

Tank lui adressa un clin d'œil.

– Confidence pour confidence, nous aussi.

Toller accusa le coup. Comment les gars pouvaient-ils connaître l'adresse du chef des Souchiens alors qu'eux avaient eu tant de mal à la trouver ?

– Alors vous savez aussi qu'il prend d'énormes précautions, dit-il sans montrer son étonnement. Deuxième problème : dans l'immeuble où il habite, deux étages lui sont réservés, le quatrième et le cinquième ; deux appartements exactement identiques. Il peut être dans l'un ou dans l'autre. Dur de le coincer là ou de le faire exploser. Toutes les vitres sont à l'épreuve des balles et munies de volets intérieurs en acier. Les portes sont en fer elles aussi et dotées de caméras de surveillance. Troisième problème : sa garde personnelle – sa meute domestique – compte douze personnes, jamais les mêmes d'une semaine sur l'autre, parfois d'un jour sur l'autre, toujours en civil pour ne pas se signaler à l'extérieur. Cinquante hommes environ qui tournent sans arrêt. Inutile de chercher à savoir qui sera là et quand. Ils font comme nous : ni portables ni ordinateurs. Les consignes se transmettent de vive voix, de bouche à oreille. En résumé : on ne peut pas l'atteindre chez lui, ni dans ses déplacements ni dans son bunker de commandement. Alors à nous de trouver la solution pour le faire sortir du bois…

– Vous voulez qu'on s'en charge ?

– Vous croyez en être capables ?

Tank sourit.

– Ça nous rapportera quoi ?

Piscine

Rome ne reconnaissait rien dans Deutéronome. Elle était pourtant venue plusieurs fois dans le coin, mais depuis que tous les bâtiments avaient été rasés, la terre damée et goudronnée, que se dressaient des palissades, des palissades, des palissades… impossible de s'y retrouver. Après avoir tourné en rond, fait deux fois demi-tour, s'être égarée, sur fond de ciel gris tamisé de larmes, Rome aperçut au loin le toit de l'ancienne piscine municipale. Pour l'instant, elle avait échappé à la destruction même si sa façade n'était plus qu'une charpie de béton, de plâtre et de ferraille. De PISCINE, il ne restait plus que PIS qu'un tag avait complété d'un *s* et d'un *e* : PISSE, comme un avertissement. Rome passa entre les battants de la porte en fer en faisant attention où elle mettait les pieds. Le souffle lui manqua. C'était vrai, l'entrée puait horriblement la pisse et la merde ! À l'intérieur, les carrelages étaient tagués, les portes des cabines arrachées et des herbes poussaient entre les faïences disjointes. Peu à peu, la nature reprenait ses droits au milieu de ce qui avait été un stade nautique et était devenu un dépotoir. Les yeux de Rome se plissèrent. Les rayons puissants de deux gros projecteurs traversaient l'obscurité. Ils l'éblouirent. Elle repéra Tank trônant dans un fauteuil de coiffeur, entouré de sa bande au fond du grand bassin depuis longtemps vidé de son eau. Il serrait de près Mikael, son amant, dont le blouson s'ornait de deux grosses lettres rouges : TM. Tank et Mika…

TM aimait Tank et ne s'en cachait pas. Il se voulait son giton, sa femme, son amour, sa vie. TM était prêt à faire tout ce que lui commanderait Tank. De tous les loubards de la bande, TM était le plus audacieux, le plus fou, le plus théâtral aussi. Il opérait toujours à l'arme blanche et aimait mettre en scène ses crimes. Plus d'une fois il s'était filmé au moment de donner la mort, la caméra dans une main, une machette ou un rasoir dans l'autre. Quand ils montaient en opération, rien ne pouvait l'arrêter. Sa cruauté était sans limite. Il s'était fait tatouer deux larmes bleues au coin des yeux car, disait-il, « personne ne pleurera ma mort. Autant prendre les devants et la pleurer moi-même ».

TM avait l'âme sud-américaine :

El que no sabe de amores, Llorona
No sabe lo que es martirio
El que no sabe de amores, Llorona
No sabe lo que es martirio[1]…

Chaque soir, avec ce qu'ils avaient ramassé, volé, arraché de force à des passants ou à des commerçants, Tank et sa bande

1. « Celui qui ne connaît pas l'amour, Pleureuse / Ne sait pas ce qu'est le martyre… »

se réunissaient au fond de la piscine, allumaient un grand feu, mangeaient, buvaient, baisaient, s'engueulaient jusqu'à ce qu'ils tombent abrutis d'alcool, de médocs, de dope, de fatigue ou de désespoir. Il y avait des bagarres jusqu'au sang, parfois à mort. Pour Tank et les siens, la vie n'avait comme horizon que la minute à venir. Rien de plus. Les filles n'étaient pas les moins féroces. Surtout celles dont un amoureux ou une amoureuse, un frère, une sœur, une mère, un père avaient été traités par les Souchiens et leur cadavre exhibé à la télé. Globule, une grande et grosse asiate teinte en blond, aux fesses aussi larges qu'un arrière d'autobus, repéra Rome.

– Qu'est-ce tu fous là, pétasse ? Tu viens te faire choucrouter ?

Rome l'ignora.

– Faut que je te parle, cria-t-elle à Tank, se penchant au-dessus du bassin.

– C'est ma frangine, annonça Tank à la cantonade pour calmer sa troupe déjà les mains sur les armes.

Et à Rome :

– Tu descends toute seule ou je te lance une bouée ?

Toute la bande attendit avec gourmandise que Rome se décide. Tank savait faire jongler les pouffes qui venaient s'encanailler.

– Accouche, dit-il quand Rome le rejoignit.

Rome et Tank ne se voyaient plus ; ou très rarement. Jack n'aimait pas Tank. « Un pédé, une petite crapule sans foi ni loi, disait-il à sa femme. Moins tu le vois, mieux je me porte. »

Tank s'adressa à TM :

– Ma frangine ne pense à moi que pour me demander quelque chose… Pour elle, je suis le Frère Noël.

Ils rirent. Mais l'affaire devait être grave pour que Rome désobéisse à son mari et se pointe ici, songea Tank.

– Alors, petite sœur, t'as besoin de quoi ? D'argent ou d'un câlin ?

Rome hésitait à parler devant tout le monde. Puis elle décida d'oublier les maigres, les gros, les maquillés, les tatoués, les déguisés, les visages pâles, les bronzés, les feujs, les rebeus, les chinetoques qui lui faisaient face. Elle raconta trop vite, en bafouillant, Jack en prison, l'expulsion, les voisins traités par les Souchiens, la disparition du bébé, son vol, son kidnapping.

– Je sais où il est, dit-elle, avalant ses mots pour masquer son désarroi.

– Tant mieux ! rigola Tank, amusé de voir sa sœur blêmir.

Il fit l'andouille pour amuser la galerie :

– Où c'est qu'elle crèche, la chair de ta chair ?

Rome répondit d'un cri :

– Chez papa !

Tank bondit de son fauteuil.

– L'enculé !

Rome et Tank étaient les enfants d'Arthus de Thorigny, nés de son premier mariage. Suzanne Thomas, leur mère, n'avait jamais accepté leur séparation. Elle avait poursuivi Thor, l'avait harcelé, interpellé publiquement jusqu'au jour où Thor était parvenu à la faire interner. Depuis, recluse dans un asile d'aliénés, folle à lier, elle ne pouvait qu'attendre la mort pour être délivrée. Rome et Tank haïssaient leur père pour ce qu'il lui avait fait ; pour son remariage avec Sixtine Flander ; pour son rôle à la tête des Souchiens. Depuis que Rome savait que c'était sur son ordre que son bébé avait été enlevé, sa haine atteignait des sommets.

– Sa femme doit être stérile comme une vieille capote et ce salaud lui a donné mon bébé !

– Ou il ne peut plus baiser, grinça son frère, les pommettes rouges de colère.

– Je me fous qu'il soit impuissant ou pas. C'est une ordure !

– T'as raison, mais ça se comprend.

– Ça se comprend ? S'il ne peut plus bander, il pouvait adopter…

– Tu rigoles ? Dans sa logique, pas question que sa taupe hérite d'un bâtard inconnu. Il voulait une descendance qui flatte son orgueil de mâle, mais nous ne faisions pas l'affaire ni toi ni moi, dit Tank avec une profonde expression de dégoût.

Il prit sa sœur par les épaules pour être certain qu'elle écoute bien ce qu'il allait lui dire.

– Ton môme a un peu de son sang. Ton sang, c'est son sang ! Et si tu pouvais te foutre en l'air de désespoir, ce serait encore mieux. Pas de trace, pas de témoin, rien, le néant. Une branche neuve sur son arbre généalogique. Je l'entends d'ici parler d'une « lignée pure et droite ». Ah la lignée ! Qu'est-ce qu'il a pu nous bassiner avec sa lignée !

Il y eut un long silence. Personne de la bande n'osait broncher.

Rome fixa son frère.

– Je veux que tu ailles chercher mon bébé, exigea-t-elle, les dents serrées.

Et, ne pouvant plus retenir ses larmes :

– Si t'y vas pas, je vais crever !

Tank hocha la tête.

– Arrête de chialer. Je vais y aller…

Et, l'air goguenard :

– Tu sais, c'est marrant que tu viennes me raconter ça maintenant.

– Ça te fait rire ? s'étrangla Rome, prête à lui arracher les yeux.

Tank leva les mains en signe de paix.

– Mollo, frangine ! Je comprends que tu sois vénère, je le suis aussi, mais je ne disais pas ça pour ton môme. Ce qui est marrant, c'est que tu viennes me parler de l'autre pourri alors que pas plus tard que tout à l'heure quelqu'un est venu m'en parler aussi…

– Qu'est-ce qu'il voulait ? demanda Rome, sur la défensive.

Tank lui envoya un baiser du bout des doigts.

– Que je le tue.

Papa

Thor habitait un immeuble cossu que rien ne distinguait de ceux qui l'entouraient sur une des grandes avenues du quartier Saint-Paul. Un quartier chic, bourgeois. En descendant de sa voiture blindée, il remarqua immédiatement le point rouge en bas à droite sur sa porte cochère et rentra chez lui fou de rage.

– Ils vont voir s'ils peuvent se foutre de moi ! s'emporta-t-il en s'observant dans le grand miroir au-dessus de la cheminée.

Thor aimait son image. Cet air farouche qu'il affichait en toutes circonstances avait été particulièrement bien rendu par le peintre à qui il avait commandé un portrait. Il faudrait qu'il songe à le faire diffuser largement…

Sixtine arriva en toute hâte dans le salon.

– Chhhhut ! Parlez moins fort, le bébé dort ! Qu'est-ce que vous avez ?

– Vous savez ce qu'ils ont fait ?

– Qui ?

– Les chiens qui laissent des points rouges un peu partout comme, pardonnez-moi l'expression, des merdes dans les rues… Eh bien, ils viennent d'en peindre un dans notre entrée !

Sixtine porta la main à sa poitrine.

– Ah mon Dieu ! C'est dangereux ? s'affola-t-elle.

– C'est de la provocation, comme les gosses qui appuient sur les sonnettes.

Mais Sixtine ne l'écoutait pas.

– Il faut déménager, dit-elle en s'énervant. J'appelle papa. On ne peut pas rester ici. Personne ne doit savoir où nous habitons !

– Calmez-vous, ma chère. Laissez votre père tranquille, il a assez à faire avec le Conseil. Nous ne craignons rien. Pour eux, ce doit être une grande victoire d'avoir notre adresse mais qu'est-ce que vous voulez qu'ils en fassent ? Everything is under control. Vous pouvez me faire confiance et faire confiance à mes hommes.

– Pourquoi ils font ça ? À quoi ça leur sert ?

– À me narguer !

Thor ricana.

– Ils devraient savoir que ce genre d'imbécillité n'est pas sans frais.

– Qu'allez-vous faire ?

Thor ne répondit pas. Inutile qu'il fasse part de ses plans à Sixtine. Ça ne la concernait pas. Il enleva son ceinturon et sa casquette.

– Comment va bébé ? demanda-t-il pour changer de conversation.

– J'ai eu beaucoup de mal à l'endormir…, dit-elle avec un léger soupçon de reproche dans la voix.

Elle se sentait vidée de toutes ses forces. L'enfant ne lui avait pas laissé une seule minute de répit. Le distraire, lui donner le biberon, lui chanter des… Thor l'attira contre lui.

– Vous devez être patiente. Vous êtes sa mère maintenant.

Il sourit.

– Sa maman…

Elle leva les yeux vers lui.

– Et vous son papa !

Sixtine songeait à la dizaine de cartes de félicitations qu'ils avaient reçues et auxquelles il faudrait répondre. Une vraie corvée. Son mari n'avait pas perdu de temps. Pourquoi se précipiter à annoncer au ban et à l'arrière-ban du Conseil l'arrivée du bébé ? Chacun savait que ce n'était pas une naissance. Pourquoi faire semblant ? Parce qu'il fallait respecter les convenances ? Parce que c'était flatteur pour Thor ? Pour Sixtine les choses étaient claires : cet enfant était celui de son mari, pas vraiment le sien. Elle acceptait de s'en occuper parce que cela faisait partie de ses devoirs d'épouse et que c'était distrayant en ces temps où les sorties étaient rares. Le bébé se mit soudain à crier. Un cri qui les figea sur place.

– Ça recommence, se plaignit Sixtine avec une moue de contrariété.

Ils allèrent dans la chambre.

Sixtine ne savait plus que faire.

– Je lui ai donné du sirop Théra je ne sais pas quoi mais…

Dans le berceau où il avait été déposé, visage rouge, bras et jambes largement écartés, le bébé hurlait, s'agitant d'un bord à l'autre au risque de se cogner la tête ou les mains. Sixtine se pencha vers lui mais Thor l'empêcha de le prendre dans ses bras.

– Si vous le prenez chaque fois qu'il pleure, il ne voudra plus autre chose.

– Je ne peux pas le laisser comme ça.

– Bien sûr que si. Tous les bébés pleurent. Ils se font les poumons, c'est normal.

Sixtine n'était pas convaincue.

– Je devrais peut-être le changer ?

Thor persifla :

– Vous savez mettre une couche ?

– J'apprendrai, répondit Sixtine en prenant d'autorité l'enfant qui criait toujours. Ça ne doit pas être sorcier.

Et, se tournant vers Thor :

– J'avais raison, dit-elle en le reniflant.

Thor appela le Souchien de service en faction devant la porte de la chambre, un ancien policier de la Mondaine, Claude Démule, surnommé la Mule.

– Vous avez des enfants ?

– Oui, mon commandant, trois.

Thor prit le bébé des bras de Sixtine et le tendit à la Mule.

– Eh bien changez celui-là. Ça pue.

Thor regrettait que ses hommes aient manqué l'occasion de traiter sa fille et qu'ils n'aient pas eu l'idée d'emporter au moins ses vêtements pour que l'enfant se calme en retrouvant l'odeur de sa mère. Il ne prononçait jamais son nom et n'avait pas la moindre idée de la façon dont elle vivait avec son cycliste de mari. D'ailleurs, il y avait si longtemps qu'il ne l'avait pas vue qu'il n'était pas certain de la reconnaître si par hasard il la croisait. Il avait oublié son visage, la couleur de ses cheveux et même, ce qui paraissait impossible, celle de ses yeux. Pour lui, c'était un ectoplasme doté d'un utérus. Rien d'autre. Il avait obtenu d'elle ce qu'il voulait pour assurer sa lignée. Fin de l'histoire.

Secret

Tous rideaux tirés, toutes fenêtres fermées, porte close, Mortagne et Nora avaient fait l'amour mais ni l'un ni l'autre n'y avait vraiment trouvé son compte. Mortagne s'inquiétait. La défection de Rome allait lui retomber sur le dos et ce n'était pas demain qu'il serait promu. Nora se tourmentait. Elle n'avait pas de nouvelles de Cybèle et craignait de ne pas en avoir de sitôt. Un fossé de secrets les séparait. Aucun des deux ne pouvait faire part à l'autre de ce qui le préoccupait.

– Tu n'as jamais eu d'enfant ? demanda abruptement Mortagne en se rhabillant.

– Non, répondit Nora encore au lit.

Elle le provoqua :

– Tu comptes m'en faire un ?

– Je ne disais pas ça pour ça…

– Pour quoi alors ?

– Une des Inutiles que je dois surveiller prétend que son bébé a été volé par quelqu'un de chez nous. Et tu sais par qui ?

– Comment veux-tu que je le sache ? Par toi ?

– Par Thor, notre Grand Dominant.

– Elle est sûre de ça ?

– Si sûre qu'elle a déserté pour retrouver son gosse et que je vais avoir un tas d'emmerdes. Et je ne te dis pas ce qui m'arriverait si elle réussissait à s'approcher de Thor.

– Si on me prenait mon enfant, je ferais exactement comme cette femme. Je serais féroce. Quelle maman peut accepter de vivre une seconde sans son bébé ?

– Elle pourrait être contente que l'enfant soit en de bonnes mains, argua Mortagne, mollement convaincu. Il sera bien nourri, bien soigné, alors qu'elle, elle crève de faim.

– C'est à elle que tu donnais de la nourriture ?

– Oui. Je suis bien mal récompensé.

– Tu la baisais ?

Mortagne mentit :

– Elle ne demandait que ça.

Nora fit semblant de le croire. Mortagne n'avait pas dû coucher avec beaucoup d'autres femmes qu'elle. Il baisait comme un ado qui a tout à apprendre. Sans doute avait-elle été la première et – elle était prête à le parier – la seule pour l'instant.

– Tu repasses après ton service ?

– T'as envie ?

– Pas toi ?

Nora ne se leva pas pour le raccompagner à la porte. Après son départ, elle resta songeuse. Cette histoire d'enfant la travaillait. C'était tellement injuste qu'elle n'ait pas pu en avoir. Ses seins, ses hanches, son ventre, tout en elle était fait pour qu'elle enfante et elle demeurait stérile. Ce n'était pourtant pas faute d'avoir multiplié les occasions de tomber enceinte ! Elle en savait plus sur les hommes que bien des femmes plus âgées qu'elle, mariées et mères de familles nombreuses. Elle aurait pu écrire un traité sur tous les endroits où elle avait fait l'amour, des plus confortables aux plus raides. Elle pouffa en se souvenant des films où l'on voyait des couples s'étreindre sur de la paille ou sur une plage, comme si c'était agréable de se faire piquer les fesses ou s'ensabler l'entrejambe ! Nora s'observa sous la couette. Dans quelques années sans doute serait-elle un peu plus grosse, moins dodue, plus épanouie comme on dit d'une rose dont les pétales s'ouvrent avant de tomber. Pour l'heure, elle se sentait avant tout chaude, opulente, désirable. Nora rêvait d'un homme, pas d'un Mortagne plus amoureux de lui-même que de quelqu'un autre. Cybèle avait de la chance d'avoir retrouvé son poète. Nora, ça lui aurait plu d'être la femme d'un poète, d'un homme avec de l'imagination… Un poète, ça console les femmes de bien des choses, songea-t-elle, s'abandonnant à la douceur du lit.

Enfer

Trois coups discrets frappés à sa porte firent penser à Nora que Mortagne revenait se mettre au chaud. À peine eut-elle ouvert que le poing de Débourre la cueillit en pleine face. Nora bascula à la renverse. Elle s'étala les quatre fers en l'air sur le plancher. Débourre, Salto et deux autres Souchiens entrèrent et refermèrent derrière eux. Nora voyait des étoiles fixées sur un écran. Elle entendait des sons, des bruits, pas vraiment des paroles. Elle ne savait plus où elle était. Aucune pensée ne venait à son esprit. Elle coulait au fond d'une piscine où le regard se trouble, où le monde disparaît. Débourre lui donna un coup de pied.

– Debout, nigger.

Et, plissant le nez :

– Je t'avais dit que je t'aurais…

Les deux Souchiens forcèrent Nora à se relever, lorgnant ses seins, son ventre, son sexe.

– Tu te promènes toujours le cul à l'air, nigger ? ricana Salto.

Nora, tout étourdie, ne répondit pas. Elle saignait du nez. La langue collée au palais, les yeux vagues, embrumés, tout lui semblait étrange, confus. Ses oreilles bourdonnaient, elle étouffait.

– Bon, grommela Débourre, on n'est pas là pour rigoler. Tu nous as pris pour des cons, mais c'est fini.

Il se massa le front.

– Tu vas commencer par nous dire où est l'autre salope que tu planquais.

Nora reprit conscience.

– Lâchez-moi, ordonna-t-elle d'une voix claire.

Elle les méprisait et ne s'en cachait pas.

Salto fit signe à ses hommes de la lâcher. Ils obéirent. Leurs doigts avaient laissé des traces sur les bras de Nora. Elle essuya un peu de sang qui avait coulé de son nez et se tint face à eux sans chercher à protéger son intimité. Elle faisait face, armée sans honte de sa nudité.

– Faut que vous me cogniez pour arriver à bander ? demanda-t-elle à Débourre.

– Ta gueule, nigger, ou je t'en remets une.

– Faudrait que tu sois un homme pour me mettre quelque chose, rétorqua Nora, décidée à lui tenir tête.

Les autres ricanèrent : elle en avait la connasse ! Débourre vit rouge. Il la frappa, gifles, coups de poing, coups de pied, continuant à s'acharner sur elle alors qu'elle était au sol. Salto le retint.

– Laisse-moi faire, dit-il en le tirant en arrière.

Il se plaça à califourchon sur Nora et ordonna :

– Aidez-moi.

Un Souchien lui tint les jambes, l'autre et Débourre les bras. Salto lui serra le cou.

– Je t'explique, nigger, tu ne vas pas me mentir et je ne vais pas te mentir. Si tu nous dis ce qu'on veut savoir ça se termine vite, mais si tu fais ta maligne l'enfer s'ouvrira sous tes pieds. Je t'écoute.

Il desserra son étreinte.

– Lange, l'autre pute, celle qui est partie de chez toi avec un vrai déguisement de carnaval, elle allait où ?

Nora se débattit en vain. Elle eut la force de répliquer :

– J'en sais rien.

Salto recommença à l'étrangler.

– T'as perdu la mémoire ? Dépêche-toi de la retrouver avant que je m'énerve.

Débourre aboya, postillonnant :

– Elle allait où ? Où ?

Nora cligna des yeux. Salto la laissa répondre. Elle toussa, cracha, reprit son souffle. Son cœur battait, mais elle ne s'affolait pas.

– Où vous pouvez aller vous faire foutre, dit-elle en se forçant à sourire.

Salto sourit lui aussi.

– Ah, tu veux la ramener ?

Il se tourna vers Débourre.

– Elle l'aura voulu.

Arrestation

Mortagne fut appréhendé dès qu'il sortit de l'ascenseur à l'étage de la rédaction où il venait prendre sa garde. Le serrant de près, Vauxhall et sa meute le conduisirent dans le grand bureau. Hennequin, leur Dominant, les attendait. Mortagne eut le temps d'apercevoir Vivi, recroquevillée dans un coin de la pièce, le visage tuméfié, le nez en sang, secouée de spasmes qu'elle ne parvenait pas à contrôler. Sa bouche tremblait, ses mains tremblaient, ses yeux papillotaient, son corps tout entier s'agitait comme sous un courant à haute tension.

– Ça t'amuse de nous faire des cachotteries ? demanda le Dominant.

– Ce n'est pas votre secteur, objecta Mortagne.

Vauxhall lui donna un coup de coude dans le ventre qui lui arracha un cri.

– L'autre tarée a tout raconté, dit-il en désignant Vivi.

– C'était pas malin de nous cacher une déserteuse, ajouta le Dominant.

Mortagne se redressa.

– Qui vous dit que je savais où elle se planquait ?

Hennequin vint se coller face à lui.

– T'es vraiment le plus con des plus cons des Souchiens, dit-il. Tu croyais qu'on n'enquêterait pas ? Ça n'a même pas été compliqué. Une pute déserte, une certaine Lange… qui lui fournit un alibi ? Toi, ma caille. Une Inutile déserte et qui la planque ? Encore toi, mon mignon…

– Tu fais moins le beau maintenant, ricana Vauxhall.

– Je n'ai rien à vous dire. Faites-moi passer au trapèze si ça vous amuse. Je me défendrai…

– Pas besoin, on sait tout. Et ce qu'on ne sait pas encore, on va le savoir dans pas longtemps, quand nos collègues auront fini de s'occuper de l'autre chienne en dessous de chez toi.

Mortagne protesta :

– Nora n'a rien à voir là-dedans !

– Tu ferais mieux de fermer ta gueule, lui conseilla le Dominant. Lange, ta Nora, l'Inutile, tout ça c'est la même engeance et cette pourriture, nous devons l'éradiquer.

Il sourit.

– Il faut aussi éradiquer les rats qui transmettent cette peste.

Un quart d'heure plus tard, Salto, Débourre et les deux autres Souchiens rejoignirent la tour Azur en faisant beaucoup de bruit.

– Alors ? leur demanda Hennequin.

– C'est à pas y croire. Elle était à poil !

– Putain de nigger, pas moyen de lui arracher un mot ! s'exclama Salto. On a pourtant fait ce qu'il fallait…

– On peut même dire qu'on n'y a pas été de main morte !

La remarque de Débourre les fit rire. Ils repensaient aux cigarettes allumées écrasées sur ses seins, aux coups de ceinturon, au tonfa qu'ils lui avaient enfoncé dans le trou du cul…

Hennequin réclama des précisions.

– Vous l'avez laissée là-bas ?

Salto ouvrit les mains à la manière d'un prêcheur.

– Qu'à Dieu ne plaise, susurra-t-il avec onctuosité. Elle ne nous servait plus à rien. Débourre a eu une bonne idée : il a ouvert la fenêtre et on l'a balancée trois étages plus bas, le cul à l'air !

Salto se mit à battre des bras comme un oisillon tombant du nid et les rires redoublèrent.

Nora

Nora n'était pas morte immédiatement en s'écrasant sur le sol durci par l'hiver. Avant de fermer les yeux pour toujours, elle avait gardé un instant de lucidité. Son corps était meurtri, fracassé mais, étrangement, elle ne ressentait aucune douleur. Son cœur ne battait pas en tumulte et son souffle s'éteignait doucement. Il pleuvait. Une petite pluie glacée servie par un grand vent. Chaque goutte qui tombait sur elle sonnait comme une note de clavecin et les bourrasques soufflaient un chœur bouche fermée. Un allegretto funèbre que sa tête accompagnait d'imperceptibles mouvements. Dans un espace gris entre le rêve et la réalité, Nora-la-dodue se voyait sortir d'elle-même avec la légèreté d'un elfe. Elle ne remontait pas sa vie en un éclair comme trop de légendes le colportaient. Elle ne voyait pas non plus un grand tunnel de lumière blanche jusqu'à l'éblouissement final. Non. Dans la nuit qui la cernait, le froid, la pluie, nue, abandonnée de tous, Nora éprouvait une seule et unique sensation. Avec une incroyable force, alors que sa conscience s'enfuyait, elle ressentait la même chose que la première fois que le sexe d'un garçon l'avait pénétrée un soir d'été. *C'est ça la mort ?*

Vivante !

Mortagne ne saurait jamais si le Dominant qui lui avait mis une balle dans la tête était celui qui aurait pu le conduire au sommet ; ou si c'était cette Inutile au regard si prometteur ;

ou la joyeuse Nora avec qui il avait fait l'amour pour la dernière fois. Tout avait été trop rapide pour qu'il ait eu le temps de s'interroger ; de reconnaître le visage de celui ou celle qui devait rendre justice à ses talents. Alors qu'il était tenu fermement par Vauxhall et un autre Souchien, Hennequin avait brusquement sorti son arme et tiré. C'était top ! Ça les avait réjouis d'être arrosés de sang, de bouts de crâne et de cheveux gominés si soigneusement peignés. Cela n'avait pas amusé Vivi, plus terrifiée par son impuissance que par eux. Elle les observait le regard plein d'une haine calme quand ils étaient partis, clamant : « Poignard et fusil ! », la laissant seule à côté du cadavre. Au loin, elle entendait des explosions, elle crut même discerner des tirs d'artillerie lourde et le tac-tac-tac de mitraillettes dans un combat de rue. Mais peut-être n'était-ce que son imagination. Vivi ne pouvait pas rester là, dans l'odeur du sang, de la merde ; dans l'odeur de la mort. Elle devait partir avant que la guerre la rejoigne et la tue. Par prudence, avant de se relever, elle inspira profondément et expira longtemps comme elle l'avait appris en cours de gym. Ensuite, elle bascula sur le côté puis se mit à quatre pattes, le temps d'apaiser les battements de son cœur et de calmer son souffle. Enfin, s'appuyant sur le mur, elle se redressa et se tint debout sans bouger. L'entrejambe de son jean était trempé. Elle s'était fait pipi dessus mais elle s'en foutait. Ça sécherait.

Il régnait un calme lugubre dans le bureau. Un silence troublé par le seul bourdonnement d'un compteur électrique ; une note tenue, irritante. Tout flottait autour de Vivi : les tables, les fauteuils, les ordinateurs, les téléphones. Elle demeura un instant les yeux mi-clos pour reprendre des forces. Puis, s'encourageant d'un « Allez ! », elle enjamba le cadavre de Mortagne, direction la sortie, faisant attention à ne pas marcher dans le sang. L'idée lui vint, une illumination ! Revenant sur ses pas, elle s'accroupit et fouilla le mort. Dans son portefeuille, elle trouva une carte d'accès au supermarché et dans une de ses poches un carnet presque neuf de bons de nourriture que les Souchiens donnaient comme récompense aux Inutiles qui travaillaient pour eux ou se prostituaient. Vivi venait de toucher le gros lot, une fortune !

Rencontre

Le front se rapprochait chaque jour davantage, des combats avaient lieu en République tchèque, en Autriche et même en Suisse où l'extrême droite (alliée aux Autrichiens et aux Tchèques partageant la même idéologie) entendait profiter de la guerre pour éradiquer tous les étrangers, quels qu'ils soient, d'où qu'ils viennent. Les Polonais, les Hongrois, les Turcs avaient ouvert la voie, la « purification ethnique » était à l'œuvre partout désormais, en Italie, en Espagne, en Australie, en Israël, dans tout le Moyen-Orient, en Afrique, aux États-Unis… Jusque-là seuls les vents mauvais, le tonnerre lointain, l'écho des batailles parvenaient à l'arrière. Soudain, sans que rien de particulier se manifeste, les foules étaient prises de folie. Et cette folie contaminait les militaires qui se déployèrent sur tout le territoire, manœuvrèrent, bâtirent des redoutes, creusèrent des tranchées. Toller, mi-amusé mi-effaré, trouvait qu'il y avait soudain un climat érotique dans l'air. *Oui, érotique.* Aucun autre mot ne lui venait à l'esprit pour qualifier cette frénésie d'activité qui semblait animer chacun et chacune. Cela lui évoquait les premiers chrétiens persuadés de connaître la fin des temps de leur vivant et qui ne pensaient qu'à festoyer, s'enivrer, copuler jusqu'à l'instant ultime. Derrière les volets clos, toutes lumières éteintes, dans le secret des familles, il soupçonnait de grandes fêtes, des noces, des orgies où ni la perversion, ni l'adultère, ni l'inceste n'étaient tabous. Les Souchiens eux-mêmes désertaient la salle de sport. À quoi bon se muscler, faire des exercices de force, transpirer s'il fallait se battre et mourir demain. Autant profiter de la vie tant qu'elle était là, que la bière était bonne et les filles aussi désorientées qu'ils pouvaient l'être.

Toller demanda à Orden et Cybèle de l'accompagner. Avec M'Ba et les siens, par les égouts, ils gagnèrent les anciens réservoirs d'eau désormais à sec, une véritable cathédrale souterraine. Tank et sa bande quittèrent la piscine et firent le même chemin par d'autres voies. Quatre autres délégations étaient présentes à la rencontre : ceux du Refus de parvenir, les Fidèles, le groupe Kropotkine, les Rebelles de la liberté. Toller fit rapidement les présentations et enchaîna sans attendre :

– Nous devons répondre à deux questions : quand et comment ?

Rome prit la parole, devançant Tank et les autres :

– Cet enculé de Thor a fait tuer une mère et ses enfants sur mon palier et ils ont volé mon bébé pour le donner à sa femme. Alors quand ? Tout de suite. Comment ? De toutes nos forces !

Son regard croisa celui d'Orden qui la fixait depuis un moment. Elle ne croyait pas connaître cet homme qui semblait chercher à dépasser les limites de son corps. À la toucher en profondeur. Quand l'aurait-elle connu ? Où ? Dans quelles circonstances ? Qu'espérait-il ou que craignait-il en la dévisageant ? Appelait-il à l'incandescence du feu ou à l'incendie des cœurs ? Comment savoir ? Troublée, de question en question, Rome se sentait comme l'oiseau qui volette dans une pièce close et ne trouve pas par où s'échapper. Tank prit les devants.

– Autant tout déballer avant que ma sœur le fasse, dit-il en adressant un clin d'œil à TM, qui l'approuva d'un hochement de tête.

– J'aime mieux que vous le sachiez, soupira Tank comme s'il regrettait ce qu'il allait dire. Thor est notre père, à Rome et à moi…

La surprise était de taille. Pendant quelques secondes tous se dévisagèrent, cherchant quoi dire dans le regard les uns des autres. Orden intervint pour briser le silence qui les figeait sur place :

– J'ai fait des recherches sur Thorigny, commença-t-il, le front soucieux. Nulle part il n'est fait mention d'enfants. Il a un neveu…

Tank l'interrompit :

– Sagamore de Thorigny, dit Salto. Le fils caché de ma tante Marthe, la sœur de Thor. Une pourriture de Souchien né de père inconnu, à qui je veux régler rapidement son compte.

Rome, frémissante comme une herbe dans l'eau, précisa :

– Pour notre père, nous n'existons pas. Pour lui, nous sommes morts et rien ne lui ferait plus plaisir que nous le soyons vraiment.

– Et votre mère ?

– Internée à vie, répondit-elle précipitamment. Poussée hors du monde…

Tank mit fin à la conversation de façon abrupte. Il ne voulait pas qu'on parle de sa mère ni en entendre parler.

– On ne va pas faire le réveillon là-dessus, trancha-t-il. J'ai dit ce qu'il y avait à dire, pas la peine d'en rajouter. Il n'y a qu'une chose qui m'intéresse : comment ne pas le rater ?

Il interrogeait Toller mais il s'adressait aussi à tous les autres. Fallait-il envisager séparément l'exécution de Thor et la récupération du bébé de Rome, ou les considérer comme un seul et même combat ?

– T'as un plan ?

Sourire

La porte de la cellule s'ouvrit brusquement et quatre tontons bousculèrent Jack qui leur barrait le chemin pour se précipiter sur Fanch. Ils l'arrachèrent à sa couchette et l'embarquèrent avant que quiconque ait eu le temps de réagir. Juste au moment où la porte se refermait, Bob aperçut Finkel sur la coursive. Le GRH de la prison avait l'air pressé.

– Qu'est-ce qui leur prend ? demanda Jack, étourdi d'avoir été projeté contre le mur.

– Mais quel con ! s'emporta Jean-Pierre.

Il détacha ses mots :

– Ils vont buter Fanch ! Tu peux piger ça ? Le buter !

Ils se turent, baissant la tête, n'osant se regarder.

– Je suis peut-être con, reprit Jack, contrit, mais j'ai sorti les quatre vis de la tinette.

Il ouvrit son poing. Quatre vis de neuf centimètres de long. Quatre poignards pour qui saurait s'en servir.

– Souvenez-vous de ce que disait Fanch : « Nous ne devons pas nous laisser tuer »…

Il avait les mains glacées.

Les tontons conduisirent Fanch menotté dans une petite cour de promenade où plus personne ne se promenait. Ils l'adossèrent à un mur gris surmonté d'une frise de barbelés. Au-dessus d'eux, le ciel avait la couleur d'un métal poli. Finkel s'énervait tout seul. Il n'avait pas que ça à faire, sa femme l'attendait pour acheter un nouveau canapé. Il prononça la sentence à toute allure :

– Pour traîtrise, intelligence avec l'ennemi, rébellion et offense au Conseil, etc., etc., vous êtes condamné à mort.

Les quatre tontons prirent position face à Fanch. Finkel jeta un coup d'œil rapide sur sa montre.

– En joue !

Fanch ne baissa pas la tête, ne gémit pas. Il ne prononça aucune parole définitive ni n'entonna un chant de guerre ou de vengeance. Son visage, encore bruni des coups qu'il avait reçus, s'illumina. Fanch se sentait parfaitement à l'aise, comme s'il assistait à une sauterie mondaine où il devait faire bonne figure et se distraire de la faune qui se pressait autour de lui. Fanch narguait le peloton d'un sourire vainqueur. Il défiait ses tueurs, renversait les rôles. L'ange du dernier jour, soudain c'était lui. Leur ignorance l'amusait. En le tuant, ils signaient leur arrêt de mort. Son sourire exaspérait Finkel qui, boudiné dans son uniforme, congestionné, le menton tremblant, enrageait sans parvenir à commander le peloton. Il soufflait, la poitrine écrasée par un corset de fer. Au prix d'un grand effort sur lui-même, les yeux rouges de colère, plus comme un râle d'agonie que comme un ordre, il hurla en se cassant en deux :

– Feu !

Fanch tomba sous les balles sans jamais avoir cessé de sourire. Un an plus tôt, Orden lui avait dédié un poème qui se terminait ainsi :

Ci-gît celui
Qui ne fut rien d'autre
Que ce qu'il fut
De toutes ses forces

Le bruit des détonations déclencha immédiatement un énorme raffut dans toute la prison. Ce fut un tohu-bohu général, les uns criaient, les autres cognaient les couchettes contre les murs, tous tapaient du pied contre les portes, faisaient le plus de bruit qu'ils pouvaient avec ce qu'ils avaient sous la main. Ceux du F entonnèrent *L'Internationale*. Et les autres familles firent chorus.

– Debout les damnés de la terre !...

Finkel aurait voulu murer les cris, les noyer d'ombre pour les faire disparaître. Il s'époumonait devant le cadavre de Fanch :

– Vos gueules ! Je vous ordonne de fermer vos gueules ! Fermez-la, tas de merdes !

Mais rien ne parvenait à faire taire les prisonniers.

Groupe

Fanch était mort !

Depuis l'appel qui l'avait sauvé, Orden était sans nouvelles de lui. Et là, ce qu'il redoutait venait d'arriver. Avant la guerre, avec Fanch et d'autres écrivains, ils formaient un groupe qui se réunissait régulièrement pour parler de littérature, se lire les œuvres en cours, commenter les dernières parutions, établir et signer des textes en commun. Un groupe d'action littéraire qui ne craignait pas d'intervenir dans les domaines politique, social ou économique. La guerre avait fait exploser leur solidarité. Soudain la défense des intérêts individuels s'était mise à primer sur toute autre considération, révélant à Orden que ce groupe qu'il croyait homogène ne l'était d'aucune manière. Quand le Conseil avait décrété les nouvelles règles de vie en société – code vestimentaire, interdiction de la musique et de la danse, fermeture des théâtres et des cinémas, interdiction des réunions publiques dans les cafés et autres lieux ainsi qu'obligation de soumettre tous les écrits à la commission de l'Ordre Moral avant publication –, il ne s'était trouvé que Fanch et lui pour protester ouvertement, sans penser à eux-mêmes. Par peur des ennuis, la plupart des autres avaient souscrit aux injonctions du Conseil : le vieux Tavel, qui se disait anarchiste, craignant pour ses économies, avait aussitôt prêté allégeance ; Jabert avait expliqué qu'il comprenait les raisons du Conseil en raison de la guerre et les acceptait ; le grand Jean Long s'était retiré de toute manifestation publique, souhaitant se consacrer exclusivement à son œuvre désormais couronnée d'un prix officiel ; Soizic d'Arteuse et sa maîtresse Lilith ainsi que d'autres, moins connus, s'étaient montrés aussi lâches. Le plus répugnant d'entre eux, dont Orden ne voulait plus évoquer le nom, avait fait circuler une lettre dans les médias où il sous-entendait que l'homosexualité de Fanch le disqualifiait comme écrivain et qu'Orden n'était bon qu'à ressasser la doxa marxiste ; ce qui le discréditait non seulement comme écrivain mais aussi comme politique. Comment Orden n'avait-il pas senti que le narcissisme des uns, la mégalomanie des autres, la couardise de la majorité transpiraient dans leurs écrits ? Cela avait été très douloureux de constater que beaucoup de ceux qu'il considérait comme des amis n'étaient que des médiocres, des pleutres et des vieillards incontinents. Comment lui qui se prétendait bon lecteur n'avait-il rien lu de ce qui, aujourd'hui, lui sautait aux yeux ? Parce qu'il était trop heureux de partager avec d'autres ses doutes et ses joies à propos de la littérature ? Quelle naïveté ! Quel aveuglement ! Quel manque de lucidité, d'esprit critique ! Il n'en finissait plus de dresser la liste de ses faiblesses coupables. Du groupe, il n'avait gardé de relations qu'avec Fanch. Ils avaient continué de publier des textes malgré les interdits, de rédiger des tracts, placarder des dazibaos contre le Conseil et son ordre nouveau, ce qui avait fait d'eux des cibles de choix pour les Souchiens.

– Je sais que c'était un ami à vous, dit Toller en posant une main sur son épaule.

Orden se détourna sans pouvoir retenir ses larmes.

Plus tard…

Selon le plan que Fanch avait établi, en son nom et en sa mémoire, l'attaque eut lieu à l'heure du repas. Quand le tonton de service ouvrit la cellule pour leur jeter le carton de nourriture : « À la bouffe ! », Bob lui saisit le bras et le tira à l'intérieur. Le gros Mignon lui planta une vis dans le bas-ventre, tandis que Luciani l'atteignait à la gorge et que Jack en faisait autant. Crachant le sang, le tonton tomba à genoux et Bob, soulevant la tinette comme un roc, l'abattit sur son crâne. Très vite, ils fouillèrent le mort.

– Ses clefs d'abord ! ordonna Jack.

Bob s'empara de son arme et passa à Jean-Pierre la

matraque que le tonton avait à la ceinture avec une bombe lacrymo et des menottes.

– Ça pourra servir.

Jack agita triomphalement les clefs.

– On fout le feu et on s'en va !

Ils se précipitèrent sur la coursive.

La cellule voisine fut rapidement ouverte, la suivante aussi. La sirène d'alarme retentit. Un *tut-tut-tut* affreux, terriblement aigu, qui semblait ne devoir jamais cesser. Ils étaient une douzaine quand deux tontons se précipitèrent sur eux, matraques et bombes lacrymo à la main pour les faire rentrer en cellule. Le premier fut cueilli par Jack qui, esquivant sa matraque, répliqua d'un coup au tibia suivi d'un crochet du droit qui l'assomma. Le deuxième se fit cerner par quatre types qui le maîtrisèrent facilement malgré ses menaces et ses hurlements.

– Continue d'ouvrir les cellules ! ordonna Bob au jeune Luciani.

Et, désignant les deux matons :

– Avancez et faites marcher ces deux-là devant !

Les hommes désarmèrent les tontons et, menottés, les propulsèrent à leur tête comme boucliers. Jean-Pierre s'époumonait :

– Foutez le feu ! Foutez le feu dans toutes les cellules !

Ils enflammèrent les sommiers, ils enflammèrent les matelas de mousse, ils enflammèrent les vieux cartons de nourriture, les couvertures, les serviettes, ils enflammèrent tout ce qu'ils purent et très vite un épais nuage gris les entoura. La fumée les protégeait et les aveuglait à la fois. Les hommes disparaissaient dans le brouillard. C'était la cohue. Ils n'y voyaient plus, toussaient, pleuraient, se bousculant pour atteindre au plus vite l'escalier et rejoindre le rez-de-chaussée.

– Dépêchez, merde ! Avancez !

Ils se précipitèrent. En bas, trois rangs de tontons en tenue de combat leur firent face, disposés en quinconce. Le gros Mignon avait pris le pistolet d'un maton. Il le pointa sur la tempe d'un autre.

– Reculez ou je lui fais sauter la tête !

Aziz, un prisonnier maghrébin, l'imita.

– Reculez, merde ! Vous voulez qu'on les bute ?

Il y eut du flottement chez les tontons et toujours le tut-tut-tut infernal de la sirène qui leur vrillait les tympans. Bob gardait la tête froide.

– Ne vous arrêtez pas ! cria-t-il. En avant !

Au milieu de la fumée de plus en plus épaisse et irritante, les prisonniers chargèrent les tontons qui leur interdisaient le passage. La bataille fut brève. Il y eut des coups de feu, des coups de matraque, des coups de poing, de pied, des morsures, des coups de tête, des épaules brisées, des crânes fracassées et les matons battirent en retraite, laissant plusieurs d'entre eux au sol, blessés ou morts.

– Repliez-vous ! En carré !

Bob avait été touché dans l'affrontement mais pas suffisamment pour ne plus être en état d'agir. Claudiquant, un bras raide, de nouveau il cria pour les encourager :

– Attaquez ! Deux portes ! Encore deux portes et on y est !…

Après

Tous s'étaient regroupés devant la télévision. Finkel, sanglé dans son uniforme de GRH, intervenait en direct avec une jubilation fanfaronne :

– Que cela soit clair pour tous les terroristes qui seraient tentés de remettre en cause la loi et l'ordre de notre société : force demeurera toujours au Conseil, à ses chefs, à sa hiérarchie.

Filmé devant la prison, face à la caméra, il se vantait d'avoir maté l'émeute avec l'aide des groupes de choc appelés en renfort. Qu'importe si on dénombrait plusieurs morts parmi les prisonniers et les gardiens.

– Il faut que chacun apprenne que quel que soit le prix à payer, nous ne laisserons jamais l'anarchie s'installer.

Il serra le poing.

– Jamais !

Orden éteignit le poste. C'était insupportable.

– Si j'ai bien compris, dit-il, ils avaient réussi à sortir de leur cellule et à en ouvrir d'autres à leur étage…

– Oui, c'est ça, confirma Toller.

– Et ensuite ?

– Les prisonniers ont pris plusieurs matons en otages. Ils les faisaient marcher devant eux pour se protéger quand ils sont tombés sur les commandos qui bloquaient la sortie. Les militaires ont fait feu aussitôt, sans sommation ; sans chercher à épargner les tontons. On ne sait pas combien il y a eu de morts. Au moins quinze ou vingt dont quatre gardiens…

– On sait qui ?

– Qui quoi ?

– Qui est mort ? demanda Rome. Qui s'est rendu ? Qui étaient ceux qui ont fait le coup ? Qui…

– Non, on n'en sait rien, avoua Toller.

Rome baissa la tête.

– Mon mari est incarcéré là-bas…, murmura-t-elle.

Cybèle passa son bras autour de ses épaules mais elle préféra garder pour elle ses idées sombres. Les morts étaient morts et les survivants condamnés. Elle le savait. Il y eut un silence de plus d'une minute. Tous redoutaient d'apprendre qu'un ami ou un frère comptait parmi les tués. Tant qu'ils ne savaient pas, les mots étaient vains. M'Ba, le premier, s'ébroua.

– Il faut boire !

Il remplit les gobelets de chacun d'une mixture de sa composition fortement alcoolisée.

– Que nos femmes ne soient jamais veuves ! tenta-t-il de plaisanter, mais ça tomba à plat.

Orden buvait rarement. Il n'avait jamais réussi à avaler assez de vodka ou de whisky pour être vraiment saoul. Dès qu'il se sentait partir, il s'arrêtait. L'idée de perdre le contrôle de lui-même lui déplaisait, voire l'effrayait.

– Leur révolte est admirable, dit-il en vidant son verre d'un trait pour s'en débarrasser.

Il s'étrangla, toussa.

– Pardon de dire ça, reprit-il, la révolte pour la révolte est une impasse. C'est *après* que tout se joue. Et, aussi terrible cela soit-il, nous devons constater qu'ils n'avaient pas pensé sérieusement à l'après. Qu'est-ce qu'ils devaient faire une fois sortis de leurs cellules ? C'est là-dessus que nous devons travailler. Ok, nous parvenons à déclencher l'insurrection. Ok, nous gagnons la rue. Ok, nous armons le peuple. Et après ? Que faisons-nous après pour ne pas laisser nos ennemis reprendre la main ?

Mutation

Le monde se couvrait d'un suaire d'une étrange transparence glaireuse. Il semblait que la pluie ne cesserait jamais, ni le froid. L'espèce humaine entrait dans une nouvelle ère. Vivi se hâtait, comme si le fantôme de Mortagne la poursuivait. Elle redoutait de se faire arrêter par une patrouille et livrée au bon plaisir des Souchiens comme c'était arrivé à tant de femmes isolées. Elle fila chez elle, la tête sous sa capuche, les mains dans les poches de sa doudoune. Vivi se tenait aux aguets, prête à s'enfuir à la moindre alerte. Plus d'une fois elle remarqua un point rouge au coin d'une rue ou en bas d'un immeuble, mais cela ne signifiait rien pour elle.

Depuis son divorce, Vivi logeait dans une tour semblable à celle où habitait Rome avant d'être expulsée. Un ordre de mission des Souchiens l'attendait, collé sur la porte de son studio : elle était mutée au service nettoyage d'un hôpital. Elle devait impérativement s'y présenter dès le lendemain à la première heure. Avant la guerre, Vivi travaillait comme retoucheuse dans une usine qui fabriquait des machines à laver. Elle était chargée de vérifier la qualité de l'émail sur tous les capots qui sortaient et d'effectuer les corrections nécessaires partout où elle décelait un manque de matière ou une tache. L'usine avait fermé et le bâtiment avait été rasé, comme beaucoup d'autres à cette période où la finance avait définitivement pris le pas sur l'industrie. Pour survivre Vivi avait fait de l'aide à la personne, de la plonge dans un restaurant, des ménages ; elle avait promené des chiens, attendu des bambins à la sortie de l'école, vendu des assurances par téléphone, mais elle n'avait pas réussi aux tests. Déclarée Inutile, elle devait obéir aux ordres des Souchiens « sans hésitation ni murmure », comme dans l'armée. Bonne à rien, elle était devenue bonne à tout faire. Sans doute Hennequin et les autres ne tenaient-ils pas à ce qu'elle retourne travailler dans la tour de la télévision. Ils devaient s'assurer que la mort du jeune et la disparition de Rome demeureraient sans autres témoins que la meute qui était intervenue.

Vivi laissa la douche couler longtemps sur elle comme si l'eau pouvait laver de son esprit l'image de Mortagne baignant dans son sang. Plus encore que la mort du Souchien, c'était la disparition de Rome qui l'inquiétait. Où était-elle ? Que faisait-elle ? Allait-elle pouvoir échapper à ceux qui criaient vengeance ? Elle l'aurait volontiers hébergée, cachée, mais Rome s'était envolée sans même un au revoir, un oiseau de feu. Vivi ferma les yeux, le souffle lourd, son cœur battant la chamade comme dans une vieille chanson. Son ex avait fait partie d'une organisation qui avait pour objectif la destruction du capitalisme : le groupe Makhno. Des têtes brûlées, des grandes gueules, des bagarreurs mais aussi des types qui ne mettaient pas leurs convictions dans leur poche. À l'époque, Vivi était trop craintive pour se mêler à leurs actions. Elle le regrettait aujourd'hui. Elle avait eu tort. Si tout le monde s'était mobilisé, jamais le Conseil n'aurait pu s'établir et gouverner exclusivement au profit des plus riches. Jamais il n'aurait pu soutenir la guerre pour enrichir plus encore ceux qui avaient déjà tout. Jamais il n'aurait pu nommer « vérité » les mensonges débités à longueur de journée par les télévisions. Jamais les Souchiens n'auraient bénéficié d'une impunité telle qu'ils pouvaient voler le bébé d'une femme et la traquer comme une criminelle à abattre. Vivi s'énervait toute seule. Elle s'indignait, enrageait, proclamait à voix haute qu'elle était peut-être une Inutile mais qu'elle allait trouver le moyen d'agir pour tous ceux qui ne pouvaient plus supporter le sort qui leur était fait. Elle pissa pour soulager la tension qui l'oppressait. Le mort, Rome, son ex, le capitalisme, la guerre, l'impunité, tout cela pressait ses tempes dans un étau de glace. Elle aurait voulu revenir en arrière, discuter jusqu'à pas d'heure avec des amis, y voir clair, trouver les moyens de se battre. Charlie et elle ne s'étaient pas quittés sur un désaccord politique. Ils s'étaient quittés parce qu'ils avaient cherché ailleurs ce qu'ils ne trouvaient pas ensemble. « Nous sommes une erreur l'un pour l'autre », avait dit son ex, d'accord avec elle pour engager la procédure de divorce.

Il ne croyait pas si bien dire !

L'erreur de Vivi, c'était d'avoir cru en lui, en ses convictions, en sa volonté d'affronter l'hégémonie capitaliste, l'impérialisme. Et ce syndicaliste plus battant que les autres était devenu porte-parole du Conseil dont il annonçait chaque décision sans la moindre réserve ni la moindre critique. Cette trahison la brutalisait. Comment avait-il pu renier à ce point ce qu'il avait été ?

Vivi sortit de la douche, entortillant ses cheveux dans une serviette, râlant toute seule contre l'ironie qui désormais lui faisait faire le ménage dans la tour où son mari se pavanait dans un studio. Elle alluma machinalement la télé. Un journaliste – heureusement, pas Charlie ! – annonçait que les meneurs de la révolte à la prison avaient été identifiés et arrêtés. Ils seraient jugés sans délai. Vivi éteignit le poste. Tout le monde savait ce que valaient aujourd'hui les jugements des tribunaux aux ordres du Conseil, toujours à huis clos, toujours conclus par des condamnations.

Après s'être soigneusement séchée, Vivi enfila son grand pyjama une pièce. Son ex-mari le surnommait le « tue-l'amour » mais c'était pure malveillance car il y avait deux boutons bien placés qui permettaient une heureuse ouverture… Elle se replia sur elle-même, les mains sous la couette. Ce n'était pas à elle qu'on pouvait raconter des histoires ! Ce n'était pas le pyjama molletonné qui tuait l'amour, c'était le reste, tout le reste.

Folles

Vivi hésita un instant avant d'entrer dans l'hôpital, un bâtiment gris avec de hautes fenêtres grillagées dont les vitres étaient peintes en blanc. Elle sortit de sa poche l'ordre des Souchiens et relut l'adresse pour être sûre qu'elle ne s'était pas trompée. Non, c'était bien là. Qu'est-ce que c'était que cet hôpital construit comme une caserne ? Aucun bruit n'en parvenait et il ne semblait y avoir personne à l'intérieur. En lisant les derniers mots visibles de la plaque verdâtre fixée à gauche de l'entrée : « … de santé mentale », Vivi réalisa soudain qu'elle était mutée dans un asile d'aliénés. On l'envoyait chez les fous ! Une petite porte avait été taillée dans la porte monumentale dont les deux énormes battants devaient demeurer fermés. Vivi s'approcha à pas timides mais la porte s'ouvrit aussitôt devant elle. Une déchirure noire. Instinctivement, elle leva la tête : deux caméras de reconnaissance faciale surveillaient les accès. Son cœur se serra. Elle devait entrer comme aspirée par ce tunnel dont elle ne voyait pas le bout. Impossible de reculer malgré son envie de tourner les talons et de partir en courant. Santé mentale ! Elle allait travailler derrière des barreaux, des vitres aveugles, des portes capitonnées et cadenassées, au milieu de femmes démentes, hurlantes, incontrôlables. Le Souchien de garde referma derrière elle et d'un petit mouvement de tête lui désigna un bureau sous le porche.

– Allez vous présenter là.

Vivi obéit, saisie par l'odeur du couloir où se mêlaient des relents de cuisine, de latrines, de pharmacie et de détergent. Il faisait très chaud, ce qui rendait l'odeur encore plus désagréable. Elle frappa à la porte du bureau et entra sans attendre. Le capo, le contrôleur du personnel hospitalier, prit son ordre de mission.

– Écoutez et retenez bien ce que je vais vous dire, ordonna-t-il en le fourrant dans un dossier sans lui accorder un regard. Je suis le contrôleur Moreno. Vous êtes ici sous mon commandement. Vous devez laver tous les sols des dortoirs et des couloirs, ceux des salles communes, les WC et les douches, servir à la cantine des malades et aider les infirmières pour les toilettes si elles vous le demandent. Vous avez compris ?

– Oui, murmura Vivi.

Il lui tendit une clef avec un numéro.

– Le vestiaire, c'est la première porte à gauche en sortant. Vous avez le casier n° 27. Vous y trouverez une blouse bleue et des chaussons que vous devrez impérativement porter dans l'établissement. Vous avez compris ?

– Oui, répéta Vivi.

Il la prenait pour une idiote.

– Votre service est de six heures à vingt-deux heures. Il y a un réfectoire pour le personnel où vous toucherez la Ration.

– J'ai compris, affirma Vivi avant qu'il lui pose la question.

Moreno continua comme accablé d'ennui :

– Vous devez me remettre votre clef tous les soirs en sortant avant de signer votre fiche d'activité.

– Très bien, dit Vivi pour couper court et quitter le bureau au plus vite.

Avec son gros nez, ses grosses lèvres, ses mains potelées, ses cheveux gras plaqués, ce type la dégoûtait.

Une heure plus tard, vêtue d'une blouse bleue, chaussons aux pieds, coiffée d'une charlotte en tissu non tissé, armée d'un balai, d'un seau et d'une serpillière, Vivi entrait dans un grand dortoir où il y avait une quinzaine de femmes. Certaines observèrent son arrivée avec curiosité : « Tiens, une nouvelle ! », d'autres demeurèrent parfaitement indifférentes, comme cette vieille femme aux poignets bandés qui sanglotait, solidement attachée sur son lit : « Je suis bien sage, maman, laisse-moi mourir », ou cette autre qui traversait la salle dans sa longueur, touchait le mur du fond du bout du doigt avant de repartir dans l'autre sens pour aller plaquer sa main sur le mur opposé en poussant un petit cri comme si elle se brûlait, ou cette adolescente tatouée sur le haut des fesses qui s'habillait et se déshabillait régulièrement, offrant son visage à la lumière du matin. Pour Vivi, c'était un cauchemar, la pire histoire qu'elle aurait pu inventer. Une histoire dont elle devenait l'un des personnages, une étrangère entourée de malades, ne comprenant ni leurs mots ni leurs gestes. S'encourageant en secret, Vivi se mit à lessiver le sol en essayant de ne rien voir autour d'elle, de ne rien entendre des plaintes, des gémissements, des grossièretés de ces femmes uniformément vêtues de chemises de nuit boutonnées dans le dos.

– Tu es folle ? lui demanda soudain une jeune fille, triturant la clef en plastique d'un jeu de société.

– Non, je travaille ici, répondit Vivi sans lever la tête.

– Tu es la folle qui travaille ! conclut la jeune fille avant d'éclater de rire et d'annoncer à toutes : Il y a une folle qui travaille !

Malgré ses efforts pour être la plus discrète possible, Vivi ne put s'empêcher de surprendre la conversation de deux malades, une très grosse aux yeux en boutons de bottine et l'autre très maigre, édentée, le visage d'une pâleur extrême.

– Le médecin m'a dit que je devais admettre que je l'avais tué, disait la grosse. Mais ce n'est pas vrai du tout. Quand je faisais mal quelque chose, maman me disait toujours : « Interroge-toi pour savoir pourquoi tu fais des bêtises. Regarde à l'intérieur de toi-même. » Un jour mon fils a fait une bêtise, une très grosse bêtise. Je lui ai dit comme maman de regarder à l'intérieur de lui-même mais il n'a pas voulu. Il faisait sa mauvaise tête et m'a dit des gros mots. Alors, il a bien fallu que je l'aide à regarder à l'intérieur de lui-même ! Pourquoi en faire toute une histoire ? Il n'est pas mort du tout. Il est à l'intérieur de son corps pour réfléchir à ce qu'il a fait. Si le médecin veut le remettre à l'endroit, il n'a qu'à le retourner comme un gant. Ce n'est pas dur à comprendre, si ?

La maigre s'agita.

– Les médecins ne comprennent rien. Ils sont trop contents de nous avoir ici. Tant qu'ils nous gardent prisonnières on ne les envoie pas faire la guerre. Ce sont des lâches. Ils préfèrent enfermer de pauvres femmes que risquer leur cul pour la patrie. Moi, je n'ai rien à faire ici. J'ai un ami qui m'attend dehors et qui me fera jouir ! Ici, c'est interdit de jouir sous prétexte que ça dérange le cerveau. Je peux jouir dix, vingt, cent fois par jour sans que ça me fasse rien. C'est un prétexte pour m'emprisonner. Ils mentent parce qu'ils pètent de trouille. Je vois bien le jeu des médecins, des planqués, des couards !

Elle articula en grimaçant :

– Des im-puis-sants.

Vivi s'éloigna. Pourquoi l'avait-on envoyée là ? Voulait-on qu'elle perde la tête ? Qu'elle sombre dans le délire comme ces deux-là ? Soudain, elle eut peur de s'être jetée elle-même dans la gueule du loup. D'être tombée dans un piège dont elle ne sortirait pas. Ils voulaient la boucler ! L'enfermer à vie ! Elle s'arrêta derrière une femme sans âge qui refusait de se pousser pour la laisser passer la serpillière. Plantée devant une fenêtre grillagée, elle invectivait un interlocuteur invisible :

– Tu te crois très fort, mais tu n'es pas aussi fort que tu le penses ! Moi, je sais que tu mens ! On finira bien par m'entendre. Tu mens sur toi, tu mens sur moi, tu mens sur nos enfants mais je ne te lâcherai jamais. Tu ne t'en sortiras pas, aussi puissant que tu croies l'être ! Écoute bien, petit imbécile prétentieux : je m'en prends à toi. À toi ! Je te hais. Je te hais et chaque jour ma haine poursuit ton importante misérable personne. Ma haine, c'est le jour que tu vois, l'air que tu respires, le vent qui souffle, la pluie qui tombe ! Je suis au combat. Je suis la haine vibrante, insaisissable, contre laquelle tu ne peux rien ! Tu crois entendre battre ton cœur, laisse-moi rire, c'est l'horloge de ta mort qui décompte le peu de temps qui te reste !

Et elle riait comme un chien hurle à la mort.

– Ha ha ha ha ha !

Poubelles

Les folles lui faisaient peur. Vivi ne voulait pas mourir à petit feu parmi elles. Au milieu de l'après-midi, elle était déterminée à fuir l'hôpital par n'importe quel moyen. L'occasion se présenta lorsqu'elle vit qu'un train de poubelles se constituait à l'arrière d'un Fenwick. Vivi se glissa furtivement dans le local et, profitant qu'une Inutile attachait un premier container, elle sauta dans celui qui était le plus proche d'elle et rabattit le couvercle en vitesse. Elle était tombée au milieu de sacs puants de linges sales et de couches mais elle s'en fichait. Elle préférait être au milieu de la merde que dans les déchets pharmaceutiques, les seringues et les pansements. Elle entassa plusieurs sacs sur elle. Elle voulait disparaître si d'aventure quelqu'un s'avisait de vérifier le contenu de la poubelle. Un jour, elle raconterait qu'une folle l'avait entretenue un long moment à propos de son nom : Lisa qui, à l'envers, faisait « asil » sans *e*. Que signifiait ce *e* disparu ? *E*, la dernière voyelle ; celle que Rimbaud voyait blanche. Le *e*, un blanc, comme le « euh » de celle qui ne sait plus ce qu'elle doit dire, le manque, le vide, le silence. Mais Lisa savait ce qu'elle devait dire et refusait de garder le silence. Si on mettait le *e* manquant au début de son nom, Lisa devenait Élisa. En hébreu Elisheba voulait dire « Dieu est plénitude ». À l'asile, voulait-on la priver de plénitude pour la punir du manque de *e* à son nom ? Élisa était aussi une sorte de diminutif d'Élisabeth. C'était Élisabeth sans « beth », mais aussi Lisa sans « beth » dans Lisebeth ou Lisbeth. Or, en hébreu, « beth » signifiait « maison ». Ça voudrait dire qu'elle errait dans le désert ? Qu'elle n'avait plus de maison ? Qu'elle était recluse à cause d'un manque de *e* ? Beth c'était aussi la première lettre de la Bible juive. Beth, c'était surtout la première lettre du mot « béréchit », le « commencement ». C'était sûr que Lisa devait commencer par le commencement du commencement si elle voulait comprendre où était passé ce *e* qui flottait dans les limbes. Un *e* qui, dès qu'elle l'aurait retrouvé, lui rendrait sa plénitude et sa maison. Non, qui lui rendrait ses aptitudes et sa raison. Lisa sentait les questions germer dans sa tête. Un vrai champ ! Voulait-on la corriger ? Mais de quoi, mais pourquoi ? Était-ce parce qu'elle était la première de toutes dans la Bible qu'elle devait maintenant être la dernière des dernières à l'asile ? Était-elle dans un lieu rempli de Dieu ou au contraire sur un lac blanc de sel, un « euh »… ? Vivi ne savait quoi lui répondre. À vrai dire, elle n'y comprenait rien au *e* en trop ou en moins, au béréchit, au beth, à la Bible…

Pour Lisa, cela n'avait pas d'importance. « Si vous n'êtes pas capable de retrouver mon *e*, avait-elle dit, vous ne servez à rien, comme celle avant vous… » Quand Vivi lui avait demandé ce qui était arrivé à cette femme, Lisa avait répondu avec entrain : « Elle est au dortoir, avec les autres. C'est celle qui se masturbe toute la journée. Vous l'avez vue ? Elle s'envoie en l'air ! » Elle avait pouffé. « Mais c'est pas ça qui la fera sortir d'ici ! Ils lui ont coupé les ailes dans la tête. Elle s'appelle Michelle mais on l'appelle Mick ! Vous savez, Mick on peut l'entendre comme une abréviation de Malick, qui veut dire "roi, souverain", pas la souveraine, celle qui a mal, qui fait *hic*… »

Vivi retint sa respiration : la poubelle roulait. Le chemin lui parut interminable. Elle entendit les voix des gardes qui se lançaient des plaisanteries, le bruit de la porte qui s'ouvrait avec lenteur, le grincement des roues à chaque démarrage, mais personne n'ouvrit le couvercle pour contrôler ce qui sortait de l'hôpital. Son intuition ne l'avait pas trompée. Ils l'avaient mutée à l'asile pour la rendre folle ; pour la faire s'évanouir comme le *e* d'Élisa ; pour effacer sa trace derrière ces murs blancs. Des murs vides, des « euh »… Vivi se débattait au cœur d'un orage d'émotions quand elle sentit que les pneus de la poubelle ne roulaient plus sur le sable d'une allée mais sur le goudron d'une route. Elle était sauve ! Elle avait cru mourir quand Mortagne avait été tué devant elle. Elle avait cru mourir quand elle avait compris que l'asile serait son tombeau. Elle était en vie.

Elle eut envie de crier : « Vivante ! » Mais elle s'en garda bien pour ne pas donner l'alerte. Elle se répéta pour elle-même comme une provocation : *Vivante ! Vivante ! Vivi : deux fois en vie !*

La poubelle bascula d'un coup. Ce fut comme une grosse vague, un rouleau qui emporta Vivi non au fond de l'océan mais au fond d'une décharge sous une pluie de sacs-poubelle. Elle se releva, un peu étourdie, et entreprit de remonter la pente au plus vite, glissant, trébuchant, refusant de s'arrêter même quand le souffle lui manquait, que ses muscles s'engourdissaient ou qu'elle dérapait. L'Inutile affecté au Fenwick l'attendait en haut du tas d'ordures. Goguenard et méprisant, il ne fit pas un geste pour l'aider. Il ne lui tendit pas la main pour franchir les derniers mètres. L'homme portait une vieille veste en laine frappée des lettres ALL STARS à moitié effacées au-dessus de sa blouse réglementaire. Vivi se planta devant lui. D'un coup de menton, elle désigna son blouson.

– Donne-le-moi, dit-elle. Je te l'échange.

Elle sortit de sa poche le carnet de bons de nourriture qu'elle avait pris sur le cadavre de Mortagne. L'homme hésita un instant mais ce que proposait Vivi valait deux fois le prix de ce qu'elle voulait. Marché conclu.

– Où tu veux aller ? demanda l'homme.

– N'importe où, répondit Vivi, jetant sa blouse et sa charlotte dans la décharge. Pourvu que je parte d'ici…

À nouveau, ils se dévisagèrent.

Vivi enfila le blouson et remonta la fermeture jusqu'en haut.

– Tu ne m'as pas vue, dit-elle. Je n'existe pas. Ok ?

– Pourquoi je ne t'aurais pas vue ?

– Parce que si les Souchiens devaient me rattraper, tu ne voudrais pas être celui qui m'a aidée à sortir en échange d'un carnet de nourriture volé à l'un d'eux…

Hasard

Les brumes souvent traversées par une averse de grêlons de la taille d'un poing ou d'un œuf s'épaississaient au crépuscule. La nature aussi menait sa guerre. Elle forçait les hommes à courber la tête, à courir comme des bêtes traquées, à s'enfouir sous la terre. Au Portugal, un village côtier avait été englouti sous une vague de vingt-cinq mètres de haut, un monstre marin qui avait avalé habitations et habitants. Partout, en Australie, en Nouvelle-Zélande, en Afrique, des forêts brûlaient et, hors des villes, des bandes de mercenaires profitaient des catastrophes pour se livrer à des massacres, des pillages et des viols. En Italie, en Espagne, rongés par le feu et la pluie, plusieurs églises anciennes, plusieurs monastères, plusieurs maisons de maître s'écroulèrent à la première bourrasque plus forte que la précédente. Les murs, les toits s'effondraient, ajoutant aux débris déjà produits par les attentats ou le vandalisme. Dans toute l'Europe, l'odeur des charniers donnait le vertige. Plus personne ne prenait soin des corps, ne les enterrait. Le paysage ressemblait à un transi, une de ces sculptures de cadavre dont le squelette apparaît sous les chairs en putréfaction. La peur naissait de l'inconnu : qui se battait contre qui ? Pourquoi ? Impossible de le savoir. Le monde et la mort ne faisaient plus qu'un…

Un oiseau sans tête.

Après avoir regardé les infos sur la chaîne officielle, Thor reçut Salto en privé, à son domicile. Ils s'enfermèrent dans son bureau pour ne plus entendre le bébé pleurer et Sixtine crier qu'elle en avait marre, « plus que marre ! Arthus, crotte, faites quelque chose ! », pour ne plus entendre le grand croassement du vent ni les explosions de l'orage ou les tirs d'armes lourdes.

– Tu as vu le point rouge en bas de chez moi ? demanda le Grand Dominant qui, en privé, tutoyait son neveu.

– Tu ne le fais pas effacer ?

Thor fit signe que ce n'était pas la question.

– Tu en as vu d'autres ?

Salto ouvrit les mains : bien sûr qu'il en avait vu, plusieurs même !

– Où tu veux en venir ?

Thor se pencha vers lui.

– Tu me le demandes ? Tu me demandes où je veux en venir ?

Il éclata :

– Mais, espèce d'abruti, si tu n'étais pas mon neveu, je te ferais boucler sur-le-champ pour incapacité crasse ! Pour nullité criminelle !

Salto voulut protester, Thor l'en empêcha.

– Est-ce que tu as arrêté ceux qui chient leurs points rouges partout ?

– Non, mais...

– Pas de « mais » ! Tu es trop con ! Tu n'as pas été foutu d'en arrêter un seul, ni même d'en prendre un sur le fait. Et maintenant, ils viennent en bas de chez moi me provoquer ! Ils me cherchent ! Sixtine veut qu'on déménage. Elle a la trouille. Elle a appelé son père au Conseil et son père m'a mis en demeure d'agir ou de me démettre. Et toi qu'est-ce que tu fais ? Rien. Tu t'en fous. Tu cours après des fantômes en bêlant comme une chèvre : « Mais... mais... mais... »

Salto tenta de se défendre :

– Tu n'as pas le droit de dire ça ! J'ai fait dresser une carte. Tous les points rouges sont localisés.

– Et ça sert à quoi, imbécile ?

– Ça sert à comprendre ce que ça signifie.

Thor ricana.

– Ah ! Très bien… Alors je t'écoute : qu'est-ce que ça signifie ?

Salto baissa la tête.

– Je n'en sais encore rien, avoua-t-il. Pour l'instant, ça n'a pas de sens. D'abord j'ai cru que c'étaient des itinéraires, mais non, ça ne mène nulle part ; ensuite j'ai pensé que ça traçait les lettres d'un slogan comme dans les magazines pour enfants où il faut relier tous les points marqués d'un chiffre, mais s'il y a un slogan ou un mot personne n'a encore été capable de le déchiffrer…

– Et donc ?

– Nous continuons de chercher.

Thor leva les bras au ciel.

– Commencez par chercher l'origine de votre connerie ! Ça, ça ne doit pas être trop difficile à trouver !

Il grinça des dents.

– Je veux que tu mobilises toutes les meutes et que cette affaire soit réglée dans les quarante-huit heures. Compris ?

Salto se leva pour partir.

– À vos ordres, mon commandant.

– Reste là, lui intima Thor. Assieds-toi.

Et, forçant la voix :

– Nous menons et mènerons toujours une lutte sans merci contre le terrorisme ; contre la toxicité de l'extrémisme et ses pensées malsaines, commença-t-il avec emphase. L'ordre et la sécurité de notre société sont menacés, n'est-ce pas ?

– Oui, admit Salto du bout des lèvres.

Thor le remercia d'un mouvement de tête.

– Il est de notre devoir de combattre l'infection qui nous menace, continua-t-il du même ton solennel.

Il martela :

– Et qui nous menace plus encore en temps de guerre !

Thor s'adossa à son bureau. On pouvait entendre la pluie mêlée de grêle frapper les volets.

– Comment se manifeste cette maladie ?

Il s'interrompit un instant pour laisser Salto se pénétrer de sa question.

– Aujourd'hui, reprit-il, elle se manifeste par des points rouges qui prolifèrent comme des bubons. Cette peste incube dans les sous-sols, sur les chantiers, dans les usines d'armement, dans les prisons et je suis décidé à utiliser le pouvoir que le Conseil m'accorde pour l'éradiquer. Sans pitié.

Il s'interrompit à nouveau.

– Nous devons envoyer un message sans ambiguïté aux terroristes. J'ai rédigé une note à cet effet. Le Conseil décrétera demain que toute personne surprise à tracer un point rouge sera immédiatement exécutée. Mais ce n'est pas suffisant.

– Non ?

– Non. Si nous voulons régénérer le peuple, nous devons faire un exemple, affirma-t-il en serrant le poing.

– Exécuter des types au hasard… ?

– Il n'y a pas de hasard, assena Thor.

Il se détendit.

– Nous avons arrêté cinq meneurs de l'émeute à la prison…, soupira-t-il comme soulagé d'une pression douloureuse. Je vais t'apprendre comment il faut les traiter.

Il pointa brusquement son index vers Salto. Sa voix se fit dure, tranchante, insultante :

– Tu vas pouvoir prouver publiquement ta loyauté au Conseil et faire oublier que tu es un pauvre connard infoutu d'en arrêter un !

– Je suis loyal au Conseil ! se défendit Salto.

Thor sourit, les paupières fermées.

– Nous verrons.

Exécution

Les Rois était un quartier à la limite de la banlieue nord, une zone qu'on avait tenté de transformer en pépinière industrielle mais les entreprises avaient plié bagage les unes après les autres et il ne restait plus que des bâtiments vides, comme un reproche. Le cortège s'arrêta devant l'ancien entrepôt de papier d'une imprimerie industrielle. Salto sortit de la première voiture, Thor de la troisième. Il n'était pas question qu'ils voyagent ensemble. Finkel, le GRH de la prison, vint les accueillir sous un grand parapluie.

– Tout est prêt ? demanda Thor.

– Oui, mon commandant.

Corseté de vanité, Thor entra aussitôt dans l'entrepôt et pérora :

– Nous vivons au milieu d'un monde en mouvement où de formidables nations font craquer de toutes parts les anciens cadres. Un monde où il serait vain de baser notre sécurité sur autre chose que la force, la contrainte et la discipline.

Il n'y avait plus aucun stock sur place et toutes les machines avaient été déménagées vers la Bulgarie depuis longtemps.

L'endroit était totalement désert, à l'exception de cinq chaises fixées au sol sur lesquelles étaient assis Bob, Jack, Jean-Pierre, le jeune Luciani et le gros Mignon. Pieds enchaînés, menottés dans le dos, sévèrement bâillonnés, les cinq hommes étaient éclairés par deux puissants projecteurs. Thor constata avec satisfaction qu'à gauche et à droite des prisonniers se tenait un rang de Souchiens armes à la main et, derrière les deux caméras prêtes à tourner, autant de militaires en tenue commando. En passant lentement devant eux, Thor prit le temps de dévisager les condamnés un à un. Il pouvait observer la haine qui enflammait leurs regards et cela le comblait d'une sombre satisfaction. Un instant, il s'arrêta devant Jack, se gardant bien de révéler que c'était son beau-fils. Si sa fille avait pu être arrêtée aussi, les faire disparaître ensemble aurait été son plus grand bonheur. Plus que faire du mal, sentir qu'il pouvait le faire exaltait Thor. Son teint naturellement jaunâtre se colorait d'un rose de bonheur aux pommettes.

– La mort a un avantage pour des hommes comme vous, dit-il avec un léger sourire, elle fera parler de vous un instant avant que l'oubli ne devienne votre tombe…

Arrivé devant Mignon, il se tourna vers Finkel.

– Un feutre rouge, ordonna-t-il.

– Tout de suite, mon commandant !

Quelques instants plus tard un Souchien remit à Thor l'objet demandé.

– Une rébellion prétendait se structurer à partir de cet instrument ridicule, affirma-t-il en le levant assez haut pour que tous puissent le voir. Comme toutes celles qui l'ont précédée, elle sera matée et ses instigateurs réduits à néant. Nous allons adresser un message sans équivoque à tous ceux qui prétendent s'affranchir de nos lois et défier notre pouvoir.

Il ricana.

– Un message en ronds rouges, puisqu'il semble que ce soit la seule langue qu'ils comprennent…

Il y eut des ricanements dans la troupe, un murmure d'approbation.

Thor dessina un rond rouge sur le front de Mignon qui grogna sous son bâillon et gigota en vain. Une caméra zooma pour filmer en gros plan les points rouges que Thor dessina sur le front des quatre autres qui supportèrent l'offense sans broncher. Puis, d'un coup de menton, le Grand Dominant fit signe à Finkel. Le GRH de la prison s'empressa de sortir de sa poche une feuille pliée en quatre. Il lut, faisant l'impasse sur les attendus du tribunal spécial réuni en urgence :

– Robert Moire, condamné à mort… Jack Rossi, condamné à mort… Jean-Pierre Gray, condamné à mort… Benoît Luciani, condamné à mort… Armand Brogline, condamné à mort…

Thor fit signe à Salto de s'approcher.

– Je veux que ce soit toi qui traites les condamnés, dit-il, suave et cruel.

Il pria le soldat désigné pour l'exécution de dégager et envoya Salto se placer derrière Robert Moire, dit Bob, blessé dans l'assaut, à moitié évanoui…

Salto obéit sans états d'âme. S'il devait être bourreau, il serait bourreau. Traiter des niggers n'était pas un crime mais un devoir et il avait à cœur de rentrer en grâce auprès de son oncle et du Conseil. Cette histoire de points rouges le travaillait. S'il avait été torse nu, on aurait pu voir qu'elle lui donnait même des boutons. Sans compter les deux niggers qui lui échappaient, lui, le meilleur chasseur de toutes les meutes ! Il se redressa, s'assurant qu'une des deux caméras pointées sur lui filmait son meilleur profil. Quand il fut sûr d'être à son avantage, il saisit Bob par les cheveux et lui redressa la tête. À cet instant, il se vit comme un saint Georges, le bras armé de la race blanche contre tous les niggers, les terroristes, les pauvres, les Noirs, les bronzés, la racaille qui infestait le monde…

Thor regarda sa montre.

– Vous êtes prêts ? demanda-t-il à l'équipe de télévision.

– Caméra 1 prête, mon commandant !

– Caméra 2 prête, mon commandant !

Finkel confirma :

– L'antenne dans trente secondes, mon commandant.

– Eh bien action ! lança-t-il d'un air réjoui.

Idée

En voyant le crâne de Jack exploser en gros plan et au ralenti, Rome s'était évanouie. Elle revenait à elle, ouvrant douloureusement les yeux, cherchant ses mots. Cybèle lui tenait la main.

– Ne dis rien, conseilla-t-elle, respire, calme-toi. Nous le vengerons.

Elle ajouta plus fort pour que tous l'entendent :

– Nous *les* vengerons !

Thor parlait à la télévision :

– Aucune action n'échappe au jugement du Conseil ; rien au monde ne peut être privé de la valeur qu'ont les choses en fonction des fins morales que nous avons édictées.

– Arrête ça ! cria Cybèle.

Toller éteignit le poste. Ils devaient garder leur sang-froid.

– Ils tuent au hasard, dit-il quand tous furent réunis

autour de lui. Ils ne savent rien de ce que nous préparons. Les cinq qu'ils ont exécutés n'étaient pas des nôtres… Pardon, les points rouges, ce n'étaient pas eux, se reprit-il, regardant furtivement Cybèle. Ils n'étaient pas dans le coup.

– Nous devons riposter, affirma Tank, brûlant de colère. Œil pour œil, dent pour dent…

– Oui, appuya TM, ils en ont tué cinq, nous devons en tuer cinq aussi. Au moins cinq !

Orden intervint :

– Cinq au hasard, comme eux ?

Cela ne lui paraissait ni une bonne réplique ni une bonne stratégie.

– Il faut que notre réponse soit significative, conclut-il.

– Et spectaculaire ! ajouta Toller, retrouvant ses réflexes de cinéaste.

M'Ba était d'accord avec Orden.

– La marge est étroite. Si on en pend cinq…

Il rit de son lapsus et rectifia :

– Si on en *prend* cinq, ils risquent de riposter méchamment. Notre objectif, c'est Thor, pas ses sous-merdes.

Tank peinait à se contenir.

– Putain ! De quoi vous avez peur ? Vous croyez que ça sert à quelque chose d'attendre ? De rester assis sur son cul à discuter ? Il faut frapper fort et vite contre ces enculés de Souchiens, c'est tout. Et Thor se montrera…

Il y eut un silence, seulement troublé par le grincement d'une chaise sur laquelle quelqu'un se tortillait. M'Ba préférait rester prudent.

– Oui, mais reste à définir comment s'y prendre…

– J'ai peut-être une idée, s'exclama Cybèle, et tous les regards se tournèrent vers elle.

Actes

Rome sortit de ses larmes. Tant de choses s'étaient passées qu'elle craignait de se noyer en les dénombrant. Tout son corps irradiait d'aversion contre son père et d'une rage tout aussi incandescente contre le bourreau de son mari. Elle avait rencontré Jack comme on rencontre un cycliste, sur le podium d'une course où elle lui avait remis le bouquet du vainqueur et échangé un chaste baiser. Jack n'était sans doute pas le prince charmant que toutes les filles de dix-huit ans rêvent d'épouser, mais il était drôle et généreux et entre eux l'amour était venu sur un nuage de douceur.

Jack allait courir sa dernière saison professionnelle, Rome avait pris la gérance d'un kiosque à journaux, quand les courses cyclistes avaient été interdites à cause de la guerre et tous les médias regroupés au sein d'une unique entité officielle avec pour seuls vecteurs de diffusion Internet et la télévision – tous les deux sévèrement contrôlés par le Conseil. Les kiosques à journaux avaient fermé, la presse papier, les quotidiens, les magazines avaient été prohibés et l'édition soumise à l'imprimatur d'une commission d'ordre moral et patriotique. Le Conseil avait rendu obligatoire pour tous et toutes le test d'utilité. En échouant, du jour au lendemain Rome et Jack étaient devenus des Inutiles. Pour survivre, Jack avait dû collecter les ordures sept jours sur sept et Rome faire le ménage dans la tour Azur. Insensiblement, ils s'étaient éloignés l'un de l'autre. Rome regrettait de n'avoir su trouver les mots pour arracher son mari aux peines qui assombrissaient insidieusement son visage et brouillaient ses yeux jusqu'à lui donner un air halluciné. Jack ne faisait plus le clown en cuissard et maillot bigarré pour la faire rire ou en répétant la dernière blague entendue dans le peloton. Morose et silencieux, il se renfermait, s'irritait à la moindre contrariété. Il semblait souffrir en permanence et s'excusait à tout bout de champ pour tout et n'importe quoi, comme s'il devait s'excuser de vivre et de faire vivre Rome et le bébé dans la mélasse où il s'enfonçait. Jack ne supportait pas de ne plus être le champion qui avait sa photo dans le journal ; celui que parfois l'on reconnaissait dans la rue ; à qui l'on promettait une ultime et grande victoire couronnant sa carrière. Il parlait de lui comme d'une ordure, un déchet, un sac crevé laissant échapper sa vie tel un jus répugnant. Rome ne voulait plus remuer la crasse, sentir les émanations des incinérateurs, patauger dans la vermine. Elle ne voulait plus admettre qu'ils ne faisaient plus jamais l'amour, qu'ils ne se touchaient même plus et s'embrassaient si froidement qu'ils avaient l'un et l'autre un mouvement de recul dès qu'ils se rapprochaient. Finalement, ça la réconfortait d'être associée à Tank et sa bande de chiens de guerre. Elle était heureuse d'avoir fait la connaissance de Cybèle, d'Orden, de Toller et de ceux qui les entouraient. Des êtres humains…

– Mon bébé !

Le cri s'étrangla dans sa gorge comme un sanglot. Pendant un instant, Rome n'avait pensé qu'à elle. Comment était-ce possible qu'elle oublie son bébé, ne serait-ce qu'une fraction de seconde ? Ça la bouleversait. Elle se mortifia. Il était impensable, honteux, scélérat qu'elle larmoie sur ce qui lui arrivait au lieu de mettre toute son énergie à le retrouver ! Elle entendait son bébé pleurer. Elle voyait son petit visage crispé, rouge de colère, tremblant d'effroi, ses poings fermés ou se griffant le visage avec des gestes convulsifs. Comment supporter ça ?

Allait-elle devenir folle comme sa mère ? C'était ça que son père espérait en faisant enlever son enfant ? Qu'elle perde la raison ou qu'elle se tue ? Voulait-il que Tank devienne fou lui aussi ? Qu'il se tue ou qu'on le tue comme Jack avait été tué ? Rome aurait voulu s'ouvrir les veines, purger son corps du sang pourri de son père. De ce monstre qui n'avait qu'un plaisir dans la vie : faire souffrir. La mère de Rome n'avait pas résisté et sa raison s'en était allée. Rome se sentait de force à tenir tête à celui qui se voulait le Grand Dominant. À le combattre à mort. Toller parlait de choisir entre la guerre ou la paix, la servitude ou la liberté, la haine ou l'amour, le mensonge ou la vérité, la passivité ou l'action… Pour Rome, le choix était fait. Elle se sentait prête à tuer. À être la colère en acte.

Signes

La vieille n'en revint pas de voir Cybèle et Orden traverser le hall de l'immeuble avec deux grosses valises comme s'ils revenaient de voyage par le dernier train. Aussitôt, elle se précipita pour prévenir Débourre qui lui avait confié un numéro d'urgence.

– Ils sont là ! Venez vite, ils sont là ! La femme et l'homme dont je vous ai parlé…

Quand elle raccrocha, elle se trouva nez à nez avec TM.

– Qu'est-ce que vous fichez là ? Vous n'avez pas le droit d'entrer dans ma loge. Qu'est-ce que vous voulez ?

– Je voudrais signer le registre visiteurs, répondit-il, tout sourire.

– Vous croyez que j'ai que ça à faire ?

La vieille grogna : « Vraiment c'est par normole, il y en a

qui se croient tout permis ! » mais elle sortit le registre et le tendit ouvert à TM.

– Nom, adresse et personne que vous allez visiter…

– Où dois-je signer ?

– Remplissez d'abord et signez ensuite, dans la marge.

– Je préfère signer d'abord…

– Vous avez un stylo ?

– Oui, merci, dit TM en faisant glisser de sa manche un long couteau affûté comme un rasoir.

La vieille n'eut pas le temps d'avoir peur ni de remarquer ses larmes tatouées au coin des yeux. Il lui trancha la gorge d'un geste rapide et précis et laissa le sang de la gardienne sur le registre en guise de signature.

Après avoir tenté en vain d'avertir Salto, Débourre prit l'initiative de rassembler les Souchiens disponibles pour l'accompagner. Trois costauds qui ne portaient pas leurs noms sur leurs uniformes mais leurs surnoms pour qu'on ne puisse pas les identifier. Il y avait Raptor, Destroyer et Big Dick. En tout, ils seraient cinq, dont Vauxhall avec qui Débourre avait sympathisé depuis l'histoire de Mortagne. Ils n'en auraient pas pour longtemps.

– On y va, on les serre et on les embarque pour interrogatoire…

Une fois dans le hall de l'immeuble, Débourre s'étonna que ce ne soit pas la gardienne qui les attende dans le hall.

– Elle n'est pas là ?

TM posa un index sur ses lèvres pour lui demander de faire silence, puis levant les yeux, d'un geste, il désigna les étages.

– Elle est là-haut ? chuchota Débourre.

TM hocha la tête. Il faillit laisser échapper un petit rire :

Elle est surtout montée au ciel, la vieille salope ! Mais il se contrôla et invita les Souchiens à se dépêcher en agitant les mains, poings serrés. Débourre remit à plus tard de savoir qui était cet ostrogoth qui parlait par signes. Il se massa le front et ordonna à ses hommes de le suivre. TM leur emboîta le pas comme s'il était l'un d'entre eux.

Cybèle ouvrit dès qu'elle entendit tambouriner à sa porte. Débourre la poussa brutalement à l'intérieur.

– Tu vas voir si on peut se foutre de ma gueule !

Les Souchiens entrèrent à sa suite dans le salon où Orden, assis sur le grand canapé mauve, semblait les attendre patiemment.

– Monsieur Débourre, le plagiaire ! dit-il en les accueillant. Quel plaisir de vous rencontrer. Je ne vous avais vu qu'en photo…

Il savoura.

– Vous êtes venu avec vos nègres ?

– Ta gueule, connard ! aboya Débourre.

Orden sourit.

– « Qu'en termes galants ces choses-là sont mises… », récita-t-il d'une langue de velours.

– Ferme-la ! Tu m'as compris ?

Tank sortit des toilettes armé d'un Smith & Wesson 500.

– C'est toi qui vas la fermer.

Débourre fit volte-face, bouche bée. Les hommes de Tank quittèrent la salle de bains et encerclèrent les Souchiens en pointant sur eux des fusils d'assaut qu'Orden et Cybèle avaient transportés dans leurs valises.

– Les mains en l'air, ordonna Tank. Un geste et vous êtes morts.

Ils obéirent.

TM s'approcha de Débourre pour le désarmer. Reprenant son jeu de mime, il retourna son pouce pour désigner le bas, se pinça le nez puis passa rapidement son index sur son cou pour figurer un égorgement. Pour conclure, il tira les commissures de ses lèvres dans un sourire grotesque. En clair : il avait égorgé la vieille et ça lui faisait plaisir.

Le cadavre de Germain n'avait pas été découvert, il pourrissait toujours caché dans le placard électrique sur le palier ; celui de sa mère baignait dans son sang sur le carrelage de la loge ; les cinq Souchiens capturés avaient été emmenés par Tank et les siens, solidement menottés avec des colliers Serflex…

Cybèle ne se décidait pas à regagner les tunnels où ils se planquaient.

– Tu penses parfois à la mort ? demanda-t-elle.

Elle empêcha Orden de répondre.

– Je sais que tu y penses, dit-elle en se tournant vers lui, j'ai lu ce que tu as écrit contrairement à ce que tu crois, mais est-ce que tu y penses plus fort depuis que nous nous sommes retrouvés ?

Orden avoua, ému par une mystérieuse anxiété :

– Je ne voudrais pas qu'à nouveau nous soyons séparés.

– Moi non plus, approuva Cybèle. Les conneries des amants qui meurent ensemble en se promettant de se retrouver au paradis, c'est pour les magazines. Moi, je veux vivre, et je veux vivre avec toi.

– Je suis même prête à te voir vieillir, soupira-t-elle.

– Moi pas, plaisanta Orden. Pour moi, tu dois toujours être jeune et belle !

Cybèle sourit.

– Si tu as encore la force de déconner, rien n'est perdu.

Cybèle traînait devant chaque meuble, chaque objet, chaque tableau ou chaque gravure, toutes ces choses avec lesquelles elle avait vécu tant d'années, comme si elle cherchait à en imprimer l'image au plus profond d'elle-même.

– T'as envie d'emporter quelque chose ? demanda Orden.

– Non, rien, répondit Cybèle, reposant sur la commode un gros poisson en céramique acheté dans une brocante. Je ne suis pas attachée à ce truc ou un autre, je m'en fous.

– Mais si tu devais partir d'ici avec quelque chose, insista-t-il, tu prendrais quoi ?

– J'ai mon ange, ça me suffit. Et toi ?

– Ici ? Rien non plus. C'est à toi…

Orden réfléchit. L'appartement de ses parents était si petit qu'il devait dormir dans le fauteuil-lit qu'on dépliait chaque soir dans la salle à manger. Son frère dormait dans un lit-cage qu'il fallait déplier dans le couloir. Dans la journée, le lit était dissimulé sous une cretonne rouge piquetée de petites fleurs ; une plante verte posée au-dessus achevait le camouflage. Les parents dormaient dans une chambre tendue de papier peint où tournoyaient des chevaliers en armes. Après leur mort, Orden n'avait rien gardé de ce qui leur appartenait. Ni le fauteuil-lit, ni le lit-cage, ni l'immense armoire penderie. Rien. Pas même la plante verte posée sur la cretonne.

– Chez mes parents…, dit-il, comme une glace se brise après un long hiver, il y avait des assiettes creuses, de la vaisselle de mauvaise qualité décorée de légumes sur le pourtour. Presque tout était effacé, les poireaux, les tomates, les pommes de terre. Il ne restait plus que leurs traces.

Il avoua qu'il aurait aimé en conserver au moins une.

– J'aimais beaucoup passer le doigt sur les bords. Suivre les formes encore apparentes.

Et, d'un ton rêveur :

– Toute mon enfance est dans ce geste…

Cybèle le regardait, gonflée d'un amour plus chaud encore que le sang qui courait dans ses veines. Il était son enfant, son amant, son mari. Il était l'homme de sa vie, comme on dit dans les chansons sentimentales. Personne ne pourrait le lui prendre, ni Thor, ni les Souchiens, ni la guerre…

– Emporte ça, proposa-t-elle avec son sourire le plus tendre.

– Quoi ? La céramique ?

– Ton geste d'enfant.

Quand le soir voile
La carte incertaine de mes amours
Quel naufragé
Regardes-tu à travers moi ?
Que fais-tu de mes larmes rentrées ?
De cette tristesse qui ronge mes os ?

Comme un marin saoul
Qui titube rejoignant son bord
Je marche un couteau
Dans la tête
Mon sang chœur désuni bat
Sous la direction d'un chef extravagant

De la haute mer j'attends
La consolation d'un mot
L'apaisement d'un regard
Ton oui surgi des profondeurs

Famille

Tank était né ennemi de son père. Enfant puis adolescent, il le détestait et depuis que Thor avait fait interner sa mère, il le haïssait. L'animosité entre eux était si puissante, si tangible que parfois elle les avait fait rire tandis qu'ils se traitaient mutuellement de « connard », de « pédale », de « fasciste ». La dernière fois qu'ils s'étaient rencontrés, c'était par hasard, dans une galerie commerciale, quand Thor osait encore sortir sans protection rapprochée. Ils s'étaient arrêtés à distance l'un de l'autre. Les haut-parleurs diffusaient de la musique au mètre dont les basses faisaient un bruit sourd, un boum-boum lancinant et funèbre. Thor, observant son fils de la tête aux pieds, une lueur d'acier dans les yeux, l'avait menacé : « Tu me dégoûtes, tu n'es qu'une fiotte, une sale crapule, mais je vais y mettre bon ordre. » Tank, goguenard, avait répondu : « Se faire traiter de "crapule" par un Souchien de merde, c'est un compliment et compte sur moi pour te le renvoyer dans la gueule. » À quoi Thor avait rétorqué : « Tu seras mort avant d'en avoir l'occasion », provoquant un grand rire de son fils. Et malgré la sono infernale et les clients qui passaient sans oser les dévisager, Tank, soudain très sérieux, avait défié son père : « Compte là-dessus, j' t'crèverai. »

Tank faisait une affaire personnelle de la réponse aux exécutions commandées par son père. Seule Rome fut admise à suivre sa bande.

– C'est une affaire de famille, non ?

Ils conduisirent les Souchiens dans l'ancien atelier de maintenance du métro, un vaste hangar où les motrices et les voitures étaient garées sur des ponts en attendant d'être réparées. L'obscurité, l'odeur de renfermé, humide, métallique, les tags sur les murs comme des peintures rupestres, l'endroit avait quelque chose d'une grotte préhistorique. Ce n'étaient pas cinq chaises mais cinq tabourets qui attendaient Débourre, Vauxhall et les trois autres tenus fermement par les hommes de Tank. Quand ils entreprirent de les faire monter dessus, les Souchiens se débattirent.

– Lâchez-nous, bande d'enculés !

Il y eut beaucoup de cris et d'injures mais ils ne parvinrent qu'à retarder le moment où ils se retrouvèrent avec un câble autour du cou. Le lapsus de M'Ba n'était pas tombé dans l'oreille d'un sourd : ils allaient pendre les cinq qui s'étaient fait prendre… Tank laissa Rome s'approcher d'eux avec une bombe à peinture rouge. Elle s'arrêta d'abord devant Vauxhall.

– De la part de Mama N'Diaye, dit-elle en bombant le premier point sur son ventre.

Vauxhall pissa dans son pantalon. Il supplia, les yeux pleins de larmes :

– Ce n'est pas moi ! J'ai obéi aux ordres ! Je ne veux pas mourir !

Rome ne l'écoutait pas. Elle revoyait la mare de sang dans la cuisine de la mama, les traces du massacre dans le salon, dans les chambres ; sentait le vide atroce provoqué par l'absence de son bébé.

– De la part de ses enfants et du mien, dit-elle, transformant son uniforme en costume de clown à pois rouges.

Débourre n'avait plus que des menaces à la bouche :

– Vous crèverez tous comme des rats ! On vous fera bouffer vos bites, manger votre merde !

Il se tortillait comme un damné mais Rome lui bomba le

front comme Thor avait tracé un rond rouge sur celui de son mari.

– Salope ! Putain !

Une giclée de peinture rouge dans la bouche le fit taire.

– Une autre ?

Les trois derniers se résignèrent. Ils avaient juré fidélité à la meute et à Thor. Leurs âmes avaient été conquises par ses idées de puissance et de domination. Thor l'avait souvent proclamé : « Dieu voit le cœur ingénu et primitif du peuple », il protégeait « les ascètes, les saints et les héros ». Ils allaient mourir martyrs pour la gloire des meutes.

TM filmait.

– Allonzire ! Ça tourne !

Tank se saisit des cinq cordes attachées aux pieds des tabourets et, après un dernier regard d'amour à TM, tira d'un coup sec.

Flambée

Les pendus ne bougeaient plus. La grosse Globule exhiba un bidon d'essence qu'elle venait de trouver au fond de l'atelier.

– Qu'est-ce que vous dites de ça ?

Elle dévissa le bouchon, arrosa les cadavres puis les enflamma avec son briquet. La flambée fut énorme. C'était fun ! C'était top ! Ça déchirait sa race ! Ça puait à en vomir mais tous se mirent à chanter avec elle : « Joyeux anniversaire, Thor ! » en riant, en se tapant dans les mains, en dansant sur place.

– Allez, on se taille ! ordonna Tank, donnant le signal du repli. Je ne supporte pas la viande trop cuite !

Seule Rome ne riait pas. Elle étouffait. Elle si prompte à la compassion observait les pendus qui se consumaient sans éprouver ni pitié ni regrets. Tank vint la secouer pour la forcer à partir.

– Qu'est-ce que tu fous ? Viens.

Rome voulait rester jusqu'au bout de la crémation. Sur les murs le feu projetait l'ombre de personnages infernaux. Des vagues toujours plus hautes qui s'élevaient et s'abaissaient. Ces Débourre, Vauxhall, Raptor, Destroyer, Big Dick ou leurs semblables avaient tué une mère et ses petits uniquement parce qu'ils étaient noirs. Ils avaient exécuté son mari pour faire le show à la télé. Ils avaient enlevé son bébé pour satisfaire le monstre qui les commandait, son propre père. Comme lui, ils se rêvaient supérieurs à tous les autres, supérieurs aux femmes, aux enfants, supérieurs à la vie elle-même, qu'ils détestaient.

C'était la guerre.

Les morts s'additionnaient aux morts.

Histoires

Vivi avait réussi à se faire prendre en stop par un prof à lunettes fumées. Elle allait rejoindre la tour Azur. Elle pourrait s'y cacher et dénicherait toujours de quoi manger dans les corbeilles des journalistes. Ensuite, elle trouverait bien le moyen de partir le plus loin possible des Souchiens. Peut-être chez sa sœur qui vivait dans un hameau de montagne, au milieu des moutons. Elle raconta au prof qu'elle s'était fait dépouiller par une bande de voyous venue des banlieues. L'homme crut son bobard quand elle lui montra les pantoufles qu'elle avait aux pieds et son blouson pourri.

– Ils m'ont tout pris, même mes chaussures ! J'ai été obligée de récupérer ça dans une poubelle…

L'homme pesta contre les Souchiens, « toujours prêts à parader en ville mais incapables d'assurer l'ordre et de chasser la racaille ».

– Vous travaillez où ? demanda-t-il.

– À la télé.

– Vous êtes journaliste ?

– Non, répondit Vivi, prise de court, je suis au service informatique…

– Sachante ?

Vivi baissa les yeux.

– Non, Servante…, dit-elle avec une feinte modestie.

Pour éviter que le prof continue de l'interroger sur son emploi, sa caste, sa famille, son logement, Vivi raconta l'histoire d'un de ses collègues à qui des amis avaient demandé de garder leur chat. Dès que le collègue était arrivé chez lui avec l'animal, celui-ci s'était enfui. Il l'avait cherché partout dans le quartier et finalement l'avait retrouvé. Mais une fois rentré dans son appartement, il avait été pris d'un doute : était-ce le bon chat ? Il avait à peine eu le temps de voir celui qui lui avait été confié… Par prudence, il était retourné voir s'il ne s'était pas trompé. Il en avait trouvé un autre qui lui avait paru plus ressemblant, mais le doute persistait. Une fois, deux fois, dix fois il avait recommencé ses recherches. Quand ses amis étaient venus reprendre leur chat, ils en avaient trouvé une douzaine chez lui. Le plus étonnant, c'était que le leur n'y était pas.

– Vous devriez être romancière ! s'émerveilla le prof. C'est incroyable !

– Pourtant, c'est vrai, glissa Vivi, pas mécontente de s'être souvenue de cette histoire entendue à la radio.

Le prof raconta qu'il enseignait l'éducation civique à des élèves de terminale.

– Je fais un cours sur la volonté objective. La volonté qui dépasse l'individu qui, comme tel, atteint à la dignité supérieure de membre conscient de notre société.

Vivi fit mine d'apprécier son charabia.

– Ah, c'est intéressant...

L'homme était lancé.

– C'est dur, vous savez, de faire entendre à des jeunes d'aujourd'hui que l'homme n'est ce qu'il est qu'en fonction d'un processus spirituel auquel il concourt, dans le groupe familial et social, dans la nation, et dans l'histoire à laquelle toutes les nations collaborent !

Et, sentencieux :

– Pour agir sur les hommes et sur la nature, il faut entrer dans le cours de la réalité et se rendre maître des forces en action.

Vivi en avait assez entendu.

– Si vous pouvez m'arrêter là, dit-elle, montrant la tour Azur au bout de la rue.

Elle remercia chaleureusement le prof.

– Vraiment, on vous écouterait pendant des heures !

Flatté, il se rengorgea et lui lança en démarrant :

– N'oubliez pas que toutes nos actions doivent être gouvernées par une force spirituelle !

Mari

Vivi n'avait pas besoin d'une force spirituelle pour commander ses actions, l'indignation lui suffisait, mais au moment d'entrer dans la tour Azur par le parking, elle hésita. Elle ne devait pas se faire repérer par les caméras de surveillance. Il lui fallait ruser, être patiente. Elle guetta prudemment le retour d'un studio mobile de tournage, se colla à l'arrière de la camionnette et descendit avec elle dans les sous-sols sans être aperçue par quiconque. Puis elle se faufila rapidement entre les véhicules jusqu'à l'escalier réservé aux Inutiles.

– Vivi !

Elle se figea, tétanisée, comme si elle venait de prendre une balle dans le dos. *Comment ont-ils fait pour me retrouver si vite ?*

– Génial ! s'émerveilla Rome en la rejoignant. Je ne savais pas que tu commençais si tôt.

Effrayée, stupéfaite, Vivi bredouilla :

– J'ai été mutée…

– Alors, qu'est-ce que tu fous là ?

– Je viens me planquer. Ils m'avaient collée dans un asile de fous pour que j'y reste ! Je me suis tirée…

Rome eut la vision fugitive de sa mère embarquée de force dans une ambulance par trois infirmiers psychiatriques accompagnés d'un médecin. Sa mère se débattant, délirante, égarée, criant à l'assassin, au meurtre. Et le médecin réussissant à lui faire une piqûre dans le cou avant qu'ils ferment les portes. Rome était seule dans l'appartement ce jour-là. Où était son frère ? Pourquoi n'était-il pas avec elle pour empêcher l'enlèvement de leur mère ? Pourquoi n'était-il jamais là ? Le médecin avait été très brutal avec elle. Il lui avait ordonné de ne pas bouger, de ne rien tenter, de laisser faire les infirmiers qui savaient ce qu'ils avaient à faire. Rome ne voulait rien entendre. Elle avait réclamé des explications, des papiers, la preuve que ce médecin n'était pas un policier en civil. Elle exigeait de savoir où ils emmenaient sa mère, dans quel hôpital, quand elle pourrait la voir. Avant de partir, pour seule réponse, le médecin lui avait lancé : « Votre mère est folle, qu'est-ce que vous voulez que je vous dise de plus ? » comme s'il lui donnait un coup de marteau sur la tête. Sonnée, trop en colère pour pleurer, Rome avait promené son regard autour d'elle, cherchant quelque chose à faire. Mais il n'y avait plus rien à faire. Le sort en était jeté. Sa mère ne reviendrait pas dans cet appartement et elle non plus. *Plus jamais !* Elle avait entendu l'ambulance démarrer, la sirène se mettre en marche puis un silence accusateur l'avait cernée. Combien de temps était-elle restée figée face à la porte close avant d'oser l'ouvrir et s'enfuir ?

– Ton ex est toujours journaliste ? demanda abruptement Rome pour chasser les images qui la tourmentaient.

– Ne me parle pas de ce con-là !

– On a besoin de lui.

Vivi sursauta.

– De Charlie ?

Tank, TM, Germinal et Macache se montrèrent. Ils portaient des uniformes de Souchiens. Vivi blêmit : *J'ai été dénoncée !* Rome la rassura d'un baiser sur la joue.

– N'aie pas peur. Ce sont des déguisements.

Elle fit les présentations :

– Mon frère et sa bande…

Elle ajouta très vite :

– Nous avons un message pour le Conseil. Il faut qu'on le fasse passer à l'antenne. Nous nous demandions comment…

Et, la serrant dans ses bras :

– C'est super de t'avoir rencontrée !

– C'est pour ça que tu veux voir mon ex ?

– D'après le planning, ce soir, au journal, c'est lui.

Retrouver Rome la bouleversait. Vivi essaya de remettre ses idées en place.

– Il n'y a rien à attendre de lui. Ce salaud est un vendu, dit-elle très posément. Quand nous étions ensemble, il avait le couteau entre les dents et la rage au cœur. Aujourd'hui, il fait le perroquet pour le Conseil. C'est un traître, une lavette, un minable qui ne pense qu'à sa gueule…

Vivi avait dit ce qu'elle devait dire mais l'heure n'était pas au débat.

– Ok, c'est un connard, mais on s'en fout, il nous le faut, trancha Rome en la pressant.

À dix minutes de l'antenne, tout le monde s'agitait dans la salle de rédaction et sur le plateau du journal. Lecture des dernières dépêches, ultime réglage des lumières et des micros, vérification des caméras, du prompteur. Rome et Vivi, qui se tenaient très fort la main, zigzaguèrent entre les bureaux, encadrées par les quatre pseudo-Souchiens comme si elles étaient sous leur surveillance. Personne ne leur prêta attention, seule une femme leva la tête, se demandant ce que ces deux Inutiles fichaient là.

– Vivianne !

Pour une surprise, c'était une surprise. Charlie n'avait pas vu son ex-femme depuis…

– Nous voulons que vous diffusiez cela à l'antenne, dit Rome en lui tendant une clef USB.

– Ça a été visé par le contrôle ?

Tank montra le Smith & Wesson 500 accroché à sa ceinture.

– Je crois que oui…

Charlie chercha Vivi du regard. Ni elle ni lui ne se sentaient à l'aise. Pourtant, elle ne se détourna pas. Elle fixa son ex de cet air têtu qu'elle avait parfois et qui l'exaspérait. Elle le regardait comme si ce qu'elle voyait n'avait aucun rapport avec ce qu'il était, ce qu'il faisait ; qu'il n'était qu'une forme et une fonction.

– Pour une fois, tu vas devoir faire quelque chose de bien, dit-elle.

Elle attendait ce moment depuis si longtemps…

– Et si je refuse ? demanda Charlie.

Toujours souriant, Tank sortit son arme.

– Je ne refuserai pas de m'en servir.

Télévision

Comme tous les soirs, assis sur le grand canapé du salon, sirotant une vodka glacée, Thor regardait les dernières infos en compagnie de sa femme. Sixtine berçait le bébé qui – enfin ! – s'était endormi dans ses bras, enveloppé dans un plaid en cachemire. Sixtine venait d'un autre monde. Son grand-père avait fait fortune dans le recyclage des métaux précieux et son père avait doublé cette fortune en spéculant sur l'eau et les ressources alimentaires. Sa famille était désormais l'une des plus riches du monde. Un prodigieux héritage attendait Sixtine, enfant unique. Quand la guerre serait finie, Thor serait appelé par son beau-père à la direction du groupe Flander et peu à peu en deviendrait le seul patron, dernière marche avant d'être propulsé à la tête du Conseil. Thor avait séduit Sixtine par ses certitudes. Contrairement à elle, il ne doutait de rien et ne se retournait jamais sur le passé. Ils s'étaient rencontrés lors d'un colloque où son père l'avait traînée pour son édification,

« Procréer, combattre, gouverner ». Thor avait fait une intervention très remarquée sur le fait qu'il ne fallait plus désormais diviser les hommes selon les classes sociales mais selon des classes biologiques. Ce qui signifiait qu'il fallait éradiquer les individus biologiquement non performants, non productifs, non rentables, qui contaminaient le corps social pour ne conserver que ceux qui étaient biologiquement purs, actifs et féconds. Un tri rendu possible par les progrès considérables de la science et de la biotechnologie. L'État-providence devait disparaître au profit d'un État biologique où les malades héréditaires, les asociaux, les oisifs, les déviants, les réfractaires, les opposants n'avaient plus leur place.

Après le générique du journal télévisé, Charlie commença gravement :

– Ce soir, comme tous les soirs, nous faisons le tour de l'actualité en images…

Tank, en gros plan, apparut à l'écran, s'adressant à son père en regardant la caméra :

– T'as eu tort, Totor ! Pour chacun des nôtres assassinés, nous exécuterons un des tiens, puis nous t'exécuterons comme l'infâme pourriture que tu es…

Il marqua un temps avant d'articuler son nom :

– Thorigny.

Et, montrant son poing :

– Tu peux lancer tes meutes contre nous, nous lancerons l'émeute contre toi ! Tout le pouvoir au peuple !

Il éclata de rire et se retourna vers TM avec qui il échangea un baiser fougueux sous les applaudissements.

Sixtine n'en revenait pas.

– C'est votre fils ?

Et, bouche bée :

– Il vous ressemble…

– Ta gueule !

Sixtine, horrifiée, découvrit les cinq Souchiens qui brûlaient, pendus dans leurs uniformes décorés de points rouges, tandis que Tank et les siens chantaient : « Joyeux anniversaire, Thor ! » Le Grand Dominant sauta du canapé, renversant sa vodka, hurlant après son aide de camp :

– Barth !

Le bébé se réveilla en sursaut et se mit à pleurer si fort que Sixtine le secoua sans ménagement.

– Tu vas te taire ! Mais tu vas te taire, saloperie !

Barth arriva au pas de course. Thor était livide.

– Ils me cherchent ? Eh bien, ils vont me trouver ! s'étrangla-t-il, sans laisser Barth reprendre son souffle.

Thor avait convoqué tous les chefs de meute à l'Order Center, l'ancienne Bourse du travail, pour leur distribuer ses ordres. Nul de devait croire qu'il était homme à se laisser impressionner par des images. Que sa main tremblerait comme celle d'un vieillard au moment d'affronter l'ennemi. On le défiait ? Il allait relever le gant et répondre au sang par le sang. À l'arrière de sa voiture blindée, Thor ruminait que faire kidnapper le bébé de sa fille n'avait pas été une bonne idée. Sixtine n'avait aucune disposition pour être mère, ni pour enfanter ni pour élever un nourrisson. Il allait se débarrasser de l'enfant comme on noie un chaton ou tue un vieux chien. Il le ferait publiquement, à la télévision, comme il avait fait exécuter les prisonniers mutinés. Le message serait violent mais nécessaire. Hommes, femmes, enfants, vieillards, aucun nigger ne méritait de vivre. Une fois pour toutes, il fallait que cela soit clair. Il ne tuerait pas le nourrisson comme un prêtre offrant un sacrifice mais avec le courage serein d'un savant appliquant le principe de précaution. Il allait détruire un virus potentiellement mortel pour la société avant que celui-ci prolifère. En supprimant le bébé d'une Inutile, scientifiquement, c'était le germe de la désobéissance, de la révolte qu'il éradiquait. Bien sûr, il y en aurait qui seraient choqués, certains même protesteraient, mais ce ne seraient que des bulles qui crèveraient aussitôt formées. C'était la guerre. L'hésitation, le sentimentalisme, la pitié n'avaient plus de raison d'être. Son geste témoignerait de sa capacité à mettre au-dessus de toute considération personnelle l'intérêt du Conseil, des Souchiens et de ceux pour qui l'ordre et la sécurité du monde primaient sur la morale, cette pauvre excuse des faibles. Dans le monde qu'ils construisaient, seuls les forts survivraient.

Charlie

Passé un moment de stupeur, la femme qui avait vu passer Tank et les autres avait déclenché l'alerte générale. Tous les écrans étaient devenus noirs, le son coupé à l'antenne. Pris de panique, certains couraient entre les bureaux, d'autres téléphonaient, quelques journalistes se rapprochèrent de Charlie pour l'empêcher de quitter le studio. Ils l'encerclèrent. Des cris fusèrent :

– Traître !

– Salaud !

Une femme posa son téléphone et se mit à hurler :

– Arrêtez-le ! Mais arrêtez-le, bande de cons ! Les Souchiens arrivent !

Charlie, très calme, s'avança vers eux. Leurs visages auraient pu être des masques.

– Arrière, dit-il sans élever la voix, les regardant un par un.

Qu'il ait agi sous la menace d'une arme ne comptait pour rien. Selon une règle non écrite mais impérative, il aurait dû se faire tuer sur place plutôt que d'obéir aux niggers. C'était clair et accepté par tous. En diffusant leur message à l'antenne, Charlie avait signé son arrêt de mort. Ni le Conseil ni les Souchiens ne toléraient le moindre manquement à la discipline. Il avait encore en tête une communication officielle diffusée la veille : « En ce moment, plus que jamais, les peuples ont soif d'autorité, de direction et d'ordre. » Il y avait plusieurs mois que Charlie travaillait au journal. Il avait vu sept ou huit journalistes disparaître sans qu'aucune explication soit fournie. Il avait d'ailleurs bénéficié de ces disparitions. Grâce à elles, petit à petit, il avait accédé au poste de présentateur, le plus coté dans la rédaction. En étant le plus exposé, Charlie savait qu'il serait un jour la cible idéale pour ceux qui s'impatientaient de prendre sa place. Sa disparition ne chagrinerait personne. Il s'y était préparé. Mais ce qui lui arrivait, c'était trop tôt, trop rapide. En dehors de toute logique. Charlie continua d'avancer vers le mur humain qui se formait devant lui. Tous demeuraient immobiles.

– Arrière, répéta-t-il entre ses dents.

Il marqua le pas devant Chipot, calvitie précoce, joues flasques, qui tendait un bras pour le stopper. Charlie ne le frappa pas, ne lui cria pas de dégager. Presque doucement, il se contenta de l'écarter sans le quitter des yeux. Chipot n'était pas du genre à jouer les héros. Il recula en soufflant bruyamment comme si tout en lui protestait contre sa lâcheté.

Les autres ne mouftèrent pas. Charlie passa très droit et, sans accélérer, se dirigea vers la sortie. Sa pratique de la boxe française lui avait appris que l'on pouvait maîtriser un, deux, trois adversaires en même temps mais pas quatre. Seul contre quatre, il en aurait toujours un dans le dos. Charlie demeurait sur ses gardes, même s'il savait qu'ils étaient trop pleutres pour se risquer à lui tomber dessus. Il entendit une porte se fermer derrière lui, un claquement sec semblable au tir d'une arme automatique, une sirène émit un son strident sur une seule note, encore des cris, des menaces. Charlie ne s'affola pas. Son visage ne tressaillit pas. Il jeta un rapide coup d'œil circulaire pour s'assurer que les Souchiens ne débarquaient pas dans le bureau et continua d'avancer vers la porte des Inutiles. Droit devant lui. Pourquoi était-ce Vivianne qui était venue ? Pourquoi elle ? Savait-elle qu'en lui demandant de faire ce qu'il allait faire, elle le condamnait ? Voulait-elle se venger de leur divorce ? Leur vie n'avait été qu'une suite de rendez-vous manqués. Pourquoi n'avait-elle pas manqué celui-là ? De quelle force était-elle la messagère ?

Chaudière

Rome et Vivi avaient guidé Tank et les autres jusqu'au vestiaire des Inutiles sans apparence de précipitation ou de fuite. Personne n'avait tenté de leur barrer la route. L'arme de Tank valait sauf-conduit.

– Par là ! ordonna Vivi.

Une porte ouvrait sur l'escalier réservé aux Inutiles. Ils le dévalaient à toutes jambes, poursuivis par la stridence des sirènes d'alarme, quand un cri les stoppa net :

– Vivianne !

Tank arma son pistolet.

– Reste où tu es ! cria-t-il, visant Charlie qui les rejoignait à la hâte.

Charlie leva les mains mais continua de descendre.

– Vous voulez vous faire tuer ?

– Ta gueule ! aboya Tank.

– T'entends rien, espèce de connard ? dit Charlie. L'alerte est générale !

– Je t'ai dit de fermer ta gueule !

Charlie baissa les bras.

– C'est Toller qui vous a envoyés ?

Le nom de Toller cueillit Tank comme un crochet au foie. Il répliqua pour ne pas perdre la face :

– On n'a besoin de personne pour savoir ce qu'on a à faire ! Lève les mains !

Charlie obéit mais ne renonça pas.

– Putain ! Vous attendez quoi ? Qu'ils arrivent ?

– Retourne miauler pour avoir ton Ronron, ricana TM. Et nous fais pas chier !

Charlie s'approcha de lui.

– Tu crois que je peux y retourner ? demanda-t-il en le fixant. Tu n'as donc rien compris ? T'es aussi con que t'en as l'air ?

Il s'adressa à tous ceux qui lui faisaient face comme s'il se regardait lui-même dans un miroir obscur :

– Vous n'avez donc rien compris ?

Ils se consultèrent sans un mot. Charlie vit passer dans leurs yeux l'étonnement, la perplexité, l'effroi, peut-être même la résignation. Il y eut comme un effacement momentané du temps. L'urgence, les bruits inquiétants, l'anxiété disparurent. Cela dura à peine une seconde mais cette seconde fut aussi longue que le premier jour de la création.

– Vous êtes des nôtres ? risqua timidement Rome.

Charlie les conduisit en courant sous le système de chauffage du bâtiment, entre les chaudières, puis ils se glissèrent le long de la mécanique des ascenseurs et finirent par atteindre le tunnel de dérivation des égouts. Il enrageait.

– Vous pouvez vous vanter d'avoir fait une belle connerie !

Rome marchait à ses côtés. Elle souffla sans ralentir son pas :

– Nous ne pouvions pas deviner que…

Charlie ne décolérait pas. Sans penser un instant à lui-même, il avait tout sacrifié pour parvenir où il était parvenu : amour, amis, camarades. Il avait endossé le costume du mensonge et de la trahison pour traquer plus menteur et plus traître que lui. Des mois à faire le dos rond, à baisser les yeux, à applaudir ce qu'il aurait voulu étrangler. Et tout cela venait de s'effondrer en un clin d'œil pour une action irréfléchie…

– Bande de…

Il ravala une insulte.

– Vous venez de bousiller mon travail !

– Vous auriez pu rester.

La naïveté de Rome ne fit que l'exaspérer un peu plus.

– Si j'avais refusé de passer votre message, dit-il, la gorge sèche, votre chef m'aurait tué, non ?

Rome ouvrit la bouche pour répliquer mais il ne lui en laissa pas le temps.

– En le passant à l'antenne, assena-t-il, j'ai signé pour le cimetière. Thor me fera exécuter pour ne pas avoir résisté jusqu'au bout.

Et, avec un goût amer dans la bouche, il ajouta :

– Règle impérative : un Souchien doit tout sacrifier à son Dominant. À ses yeux, je n'ai pas été le héros de la cause, son chevalier servant. Entre votre chef et Thor, vous croyez que j'avais le choix ?

Rome tourna vers lui ses grands yeux pleins de douceur.

– La mort vous attendait des deux côtés ?

Charlie s'arrêta net.

– Comme vous dites ça !

Foyer

Une fois à l'air libre, ils se séparèrent. Rome, Tank, TM et les deux autres d'un côté, Vivi et Charlie de l'autre.

Il semblait que la pluie ne cesserait jamais.

Vivi ne pouvait pas rentrer chez elle, Charlie non plus, tous les deux désormais hors la loi. Il la conduisit dans un foyer de jeunes travailleurs, une planque tenue par une ancienne institutrice, Mme Vincent. La chambre était étroite et spartiate : un lit à une place, une petite table, un tabouret ; le tout éclairé par un néon lugubre. En écartant les bras, Charlie aurait pu toucher les murs.

– Pourquoi tu as fait ça ? demanda Vivi, lui faisant face.

Elle n'avait que des pourquoi à lui lancer comme des couteaux sur une cible :

– Pourquoi tu as dit que nous étions une erreur l'un pour l'autre ? Pourquoi tu m'as quittée ? Pourquoi tu m'as fait croire que tu avais retourné ta veste ? Pourquoi tu nous as sauvé la vie ? Pourquoi…

Charlie esquissa un sourire pour l'interrompre.

– Quand on s'efforce de jouer un rôle, pour être insoupçonnable, il faut se confondre avec lui, expliqua-t-il en enlevant sa cravate. Tu comprends ?

Il ajouta, sans qu'elle puisse savoir s'il mentait en se mentant à lui-même ou s'il parlait sincèrement :

– N'oublie jamais quel homme je suis.

La liberté de la presse définitivement jetée aux oubliettes, Charlie avait été désigné par le groupe auquel il appartenait pour infiltrer la nouvelle organisation des médias. Il s'était fait le laudateur du régime, le plus fervent supporter des décisions du Conseil. Après l'avoir regardé avec méfiance – son passé syndical était connu –, on l'avait vu déployer un zèle comme seuls en déploient les nouveaux convertis. Il était désormais considéré comme l'un des piliers de la rédaction.

– Thor ne laissera jamais passer ça, dit-il en s'asseyant sur le lit.

– C'est ce que Tank voulait.

– Votre chef ?

– Oui.

– Il voulait faire de la provoc ?

– Il voulait faire sortir Thor du bois…

L'explication de Vivi lui parut bien pauvre.

– Thor n'est pas si con, dit Charlie. Il ne mordra pas à l'hameçon.

Vivi s'installa à côté de lui, fiévreuse, épuisée. Elle respira profondément comme si elle avait besoin d'avaler le plus d'air possible pour sentir qu'elle tenait toujours le coup. L'asile, les poubelles, le prof d'instruction civique, le parking, la rédaction, l'arme… c'était comme si elle avait été rouée.

– Tank est le fils de Thor, soupira-t-elle, au bord de l'évanouissement. Et ma copine est sa fille…

Charlie se leva d'un bond.

– Tu déconnes !

Ils se dévisagèrent.

Vivi sentait peser entre eux une masse invisible qui les tenait à distance l'un de l'autre. Toutes les paroles blessantes, tous les gestes maladroits, tous les regards s'étaient accumulés au fil du temps comme s'accumulent les vieux objets dans une décharge publique. Il aurait fallu un courage de chercheur d'or pour y extraire ce qui aurait pu les rapprocher et, qui sait, les unir de nouveau. Mais Vivi n'avait pas ce courage et elle était certaine que Charlie n'en avait pas le désir. Elle fit l'effort de se souvenir d'un moment, d'une circonstance où elle s'était sentie pleinement la femme de Charlie. Rien ne vint. Sa mémoire se noyait dans le gris sans profondeur ni aspérité des petits riens des jours sans âme, des corps sans chaleur, des yeux secs. Par habitude, peut-être par peur, ils étaient restés côte à côte près de cinq ans mais, en réalité, ils n'avaient jamais été ensemble. Elle regardait Charlie sans émotion particulière, comme une connaissance qu'elle fréquentait à l'occasion. Et lui ne la regardait pas comme on regarde une femme dans une chambre, assise sur un lit où il serait facile de s'allonger… Vivi réprima un petit rire. Elle venait de penser : *Notre divorce est consommé.* Ce « consommé » l'amusait mais il ne passait pas. Pour un consommé, c'était une mauvaise soupe !

Bombardements

La réunion eut lieu d'urgence dans le campement de M'Ba, au carrefour de trois tunnels. Pour Toller, Tank était un fanatique mais il préférait taire ses critiques que de risquer de mettre en péril l'unité de tous par une sortie violente. Orden prit la parole à sa place :

– Tank a cru bon de faire ce qu'il a fait sans avertir personne. On ne peut que le regretter, mais ce qui est fait est fait.

Il marqua un temps.

– Même si cela vient trop tôt. Même si aucun groupe n'est vraiment prêt…

– Merde ! Merde ! Merde ! l'interrompit Tank. Vous n'allez pas remettre ça ! Pour vous, c'est toujours trop tôt ! À vous écouter, ce ne sera jamais l'heure ! On a mis la charrue avant les bœufs ? Eh bien tant mieux ! Nous sommes la charrue et nous allons retourner la terre.

Il interpella Toller :

– Thor va lancer ses Souchiens contre nous et c'est ce que nous espérions pour leur régler leur compte, non ?

Et, froidement :

– Nous devons nous préparer au combat, c'est tout. Ce n'est pas le moment de se demander si quoi ou qu'est-ce ni de se dégonfler !

– Il n'y aura pas que les Souchiens, corrigea Orden. Il y aura l'armée, les commandos de choc, la police…

– Qu'ils envoient qui ils veulent, tant que l'autre salope se montre en eaux libres.

Orden se souvint de son rêve : la masse qui s'abat sur le clou, le pioupiou qui monte au ciel, explose la cloche et fait tout tomber. Tank, c'était le soldat avec sa baïonnette, Thor le gong qui faisait exploser le mât, le monde qu'il fallait abattre… Tank était barge mais, après tout, sa folie portait peut-être en elle la force qu'ils espéraient. Celle capable de vaincre ceux qui se dressaient devant eux.

Toller intervint, le front soucieux.

– Tu as fait distribuer les armes ? demanda-t-il à M'Ba, avec le sentiment de soulever une charge.

– Oui, après ce qu'ils ont vu à la télé, j'imagine que tous les autres groupes en font autant…

– Tout le monde va rallier les points rouges ?

– Non, répondit Toller. Personne.

Orden bondit.

– Personne ?

– Non.

Il eut l'impression que son cœur se dilatait.

– Mais alors à quoi ils servent ?

Toller soupira.

– C'était un geste de résistance. Nous voulions imprimer notre marque partout où c'était possible dans l'espace public, dire : « Nous sommes toujours là, nous veillons. » Mais c'était une simple manœuvre de diversion, avoua-t-il. Tant que les Souchiens faisaient la chasse aux points rouges, essayaient d'en comprendre le sens, imaginaient des préparatifs insurrectionnels, les reportaient sur une carte d'état-major, nous pouvions nous préparer en secret. C'était un leurre.

Orden se tourna vers Cybèle comme vers une étoile morte.

– Tu le savais ?

Cybèle n'eut pas le temps de répondre que les points rouges, c'était elle et personne d'autre. Il y eut un petit bruit sec, puis une déflagration inouïe. Une secousse tellurique fit trembler les armoires métalliques et un éboulement les couvrit de poussière collante comme de la poix.

– Ils nous bombardent ! cria Cybèle, se réfugiant derrière Orden.

Alors qu'une fumée orange se répandait dans le tunnel, ils se précipitèrent sur les coffres qui contenaient les armes.

M'Ba répartit pistolets, revolvers, fusils-mitrailleurs et grenades. Méthode et lui se réservaient les lance-roquettes au phosphore. Tank ordonna à TM : « Suis-moi ! » et ceux de sa bande partirent avec eux.

Toller dirigea Orden et Cybèle vers un tunnel perpendiculaire au tunnel principal. Un boyau réservé aux pompiers et aux secours médicaux. Il fit un grand geste en direction du fond.

– Foutez le camp, vous pouvez sortir par là !

Il n'y avait plus une minute à perdre.

– Rejoignez la télé ! ordonna-t-il à Orden. Les nôtres doivent l'investir. Je compte sur vous pour prendre la parole !

– Sinon ?

– Sinon, restez en vie coûte que coûte pour que cette histoire soit écrite !

La dernière fois qu'Orden était apparu à la télévision c'était bien avant la guerre, pour défendre les grévistes en lutte depuis plus d'un mois contre le projet du gouvernement de privatiser l'école, l'hôpital, la justice, les transports… Il avait rappelé que les premiers à souffrir de la grève étaient les grévistes eux-mêmes, privés de salaire et sans autres ressources que la solidarité publique. Et, malgré le présentateur qui tentait de lui couper la parole, il avait martelé que les grévistes se battaient au nom du bien commun alors que le gouvernement n'avait en tête que le profit individuel de quelques-uns ; qu'il ne fallait jamais oublier que toutes les avancées sociales avaient été conquises par des femmes et des hommes sacrifiant leur confort personnel pour le bien-être de la majorité. Le présentateur l'avait tancé, lui ordonnant de revenir à la question sur les dommages économiques causés par les arrêts de travail dans l'industrie et le commerce. La suite avait tourné à la confusion et au pugilat verbal, le présentateur traitant Orden d'« anarchiste », celui-ci répliquant qu'« il vaut mieux être anarchiste que domestique »…

Plus jamais Orden n'était réapparu sur un plateau de télévision.

Rome les rejoignit, essoufflée.

– Tank m'a virée. Il ne veut pas que je vienne avec lui !

– Suivez-nous, dit Orden en s'élançant.

– Vous allez où ?

– À la télé.

Rome s'arrêta net dans la jungle des ombres.

– Je veux aller chercher mon bébé, martela-t-elle.

Cybèle revint sur ses pas et la prit par la main.

– La télé d'abord, le bébé ensuite.

C'était sans discussion. Rome se laissa entraîner à sa suite, la tête et le cœur en tumulte.

Dans le camp déserté de M'Ba, derrière l'armoire métallique qui faisait cloison, près du matelas où Orden et elle avaient fait l'amour, ne restait que la lampe en bronze de Cybèle. Ailes déployées, fesses à l'air, l'ange levait le globe au-dessus de lui comme s'il lui revenait désormais de supporter le monde. Comment avait-elle pu l'oublier ?

Philosophie

Au nom du Conseil, le père de Sixtine avait personnellement appelé Thor pour le mettre en demeure d'écraser la rébellion sous peine d'être relevé de son commandement et de voir les meutes démantelées. Le général Morcerf le jugeait responsable de la situation et incapable d'assumer ses responsabilités vis-à-vis du Conseil. Il réclamait sa tête avec l'appui de Côme Saint-Jean, le chef de la police. Thor refusait de voir ses hommes passer sous l'autorité de l'armée. Il était parti sur-le-champ rejoindre ses troupes, jurant de régler leur compte à Morcerf et à Saint-Jean à la première occasion. Animé d'une froide ardeur, Thor riait tout seul. Comme dans la philosophie chinoise : un bonheur apportait un malheur, malheur qui apportait un bonheur, bonheur qui à son tour, etc. Il était sûr que la rébellion allait lui offrir l'opportunité de liquider son passé une fois pour toutes et de garantir son futur de la même façon. S'il le fallait, il ferait le boulot lui-même. Ce ne serait pas la première fois. Quand le mouvement des Souchiens avait été créé, ils avaient à leur tête un certain Lamasito, un fasciste d'origine italienne, un fondamentaliste chrétien, convaincu de la supériorité de la race blanche mais incapable de structurer une organisation. Thor n'avait eu aucun mal à s'en débarrasser. Sous prétexte d'une action secrète à mener en commun, il avait provoqué une rencontre nocturne sur un quai, loin de tous les regards. Le cadavre de Lamasito n'avait jamais été retrouvé. Thor avait de la méthode et du savoir-faire. Quand il se serait occupé d'eux, les cadavres de Morcerf et Saint-Jean ne referaient jamais surface. Il rageait d'avoir dû remettre à plus tard de traiter en direct à l'antenne l'enfant de sa fille. Il aurait fait d'une pierre deux coups : libérer Sixtine d'une charge qui lui était chaque jour un peu plus insupportable, répondre au crime par un plus grand crime. Après cela, plus personne n'aurait osé se mesurer à lui.

Je-ne-dois-pas

Sixtine était restée seule avec le bébé dans l'appartement. Elle se parlait à voix haute pour conjurer sa peur, courant d'une fenêtre à l'autre pour fermer tous les volets intérieurs, blindés et renforcés de barres de fer.

– Je n'ai pas voulu ça, non, je ne l'ai pas voulu. Je n'ai rien voulu d'ailleurs. S'ils veulent se tuer, qu'ils se tuent mais qu'ils me laissent tranquille. Je n'y suis pour rien. Je ne veux pas les voir. Je ne veux pas les entendre. Je ne veux pas !

Elle ricana.

– C'est pourtant simple, je ne voulais pas être mannequin, un point c'est tout ! Un jour, c'est un ami de papa qui a décrété que j'étais née pour ça ! Je n'ai pas dit que je ne voulais pas. Il m'a fait beaucoup de compliments sur ma taille, mes yeux, ma beauté, comme tous les directeurs artistiques qu'il me ferait rencontrer, mais je ne voulais pas. Ça ne m'amusait pas de défiler ni de me faire photographier sous toutes les coutures. Non, ça ne m'amusait pas. Pourquoi j'avais peur de le dire ? Je n'en sais rien. Je n'ai pas dit non plus que je ne voulais pas me marier. Mon père, ma mère, Thor, tout le monde voulait que je me marie. Je me suis mariée pour ne pas les contrarier. Pour ne plus faire le mannequin. Mais je ne voulais pas. Ni avec Thor ni avec personne. C'est vrai qu'il parlait bien, qu'il avait l'air droit et décidé. Mais ce n'est pas pour ça qu'on se marie. Non, j'avais peur d'être obligée d'avoir des enfants. Je ne peux pas en faire, jamais. D'après tous les médecins à qui j'ai dû me montrer, j'ai une malformation. Toujours tout montrer !

Sixtine s'arrêta devant le grand miroir du salon. Elle avait les joues molles, les yeux cernés, la bouche amère. Elle tenta de sourire pour offrir d'elle une image plus amicale mais ne vit qu'une grimace.

– Ce n'est pas moi, dit-elle dans un souffle. Ce n'est pas moi.

Et, pleine de colère, elle cracha sur son reflet.

– Je ne veux pas du bébé que mon mari m'a donné pour faire plaisir à papa. Il voulait m'en débarrasser, pourquoi il ne l'a pas fait ? Ça ne m'aurait pas embêtée. Je n'ai plus huit ans. Je n'ai pas besoin d'une poupée. Pas du tout ! Je me fous d'être la mère d'une lignée ! Je n'en ai pas envie ! Je me fous des lignées. Si on doit traiter ce bébé, ça ne me fera pas de peine. Mon mari n'a qu'à le faire ! C'est son boulot, non ? Qu'il ne compte pas sur moi pour le faire à sa place. Je ne suis pas sa bonne ! Je ne veux plus qu'on me donne des ordres. Je n'ai pas besoin non plus de faire l'amour. À quoi ça sert ? Dans les shootings on s'arrange entre filles, ça suffit. Personne n'a besoin d'autre chose…

Elle aurait voulu pleurer mais les larmes ne vinrent pas.

– C'est toujours pareil, dit-elle en se tordant les mains. Je ne dois pas sourire pour ne pas avoir de rides, je ne dois pas grossir pour défiler, je ne dois pas me plaindre de ce sale bébé qui pleure tout le temps, je ne dois pas refuser de dîner avec papa et les momies répugnantes du Conseil, je ne dois pas dire merde aux Souchiens qui me surveillent même quand je vais faire caca, je ne dois pas, je ne dois pas, je ne dois pas. Je suis madame je-ne-dois-pas !

Sixtine se mit à crier sans craindre de réveiller l'enfant :

– Mais c'est fini ! C'est fini !

Fronts

Les bombes tombaient sans que l'on sache d'où elles venaient, de quel ennemi – extérieur ou intérieur ? Personne ne savait. Tout le monde avait peur. Les déflagrations faisaient trembler les maisons, les devantures des magasins volaient en éclats et parfois un bâtiment s'effondrait sur lui-même. Dans tous les quartiers, à Deutéronome, aux Nombres, autour de l'Exode, à Saint-Jean, aux Rois, c'était la panique, le sauve-qui-peut général. Certains criaient : « La fin du monde est proche ! », d'autres priaient : « Mon Dieu, mon Dieu, pourquoi nous as-tu abandonnés ? », d'autres enfin n'avaient plus de mots, que des râles, des bégaiements, des larmes. Il y avait aussi les hurleurs à la mort, les pénitents couverts de cendre, les flagellants qui se mortifiaient à grands coups de câble électrique. Le ciel semblait partager l'effroi qui courait sur la terre. Il avait mauvaise mine, grondait, coupé en deux entre une lumière aveuglante et une ombre sinistre qui, de minute en minute, couvrait tout. Les rues, les immeubles, la chaussée perdaient leur réalité, effacée par l'embrasement général et l'hystérie collective. L'infanterie manœuvrait en désordre, envoyant ses troupes tantôt là, tantôt ailleurs tant les ordres étaient contradictoires. Les chars prenaient position sur les grands axes et aux carrefours. Ils tirèrent plusieurs fois, au hasard, à l'aveugle. Une maison branlante s'écroula, un immeuble fut transpercé et un incendie se déclara dans une tour, dégageant une épaisse fumée qui sembla monter à l'assaut de la brume et des émanations jaunâtres. Des hélicoptères de combat volaient à basse altitude et les vitres des habitations tremblaient au passage des avions de chasse. Mais chaque force semblait agir pour son propre compte, sans directives claires, sans commandement central.

Le CIBA – où travaillaient Cybèle et Nora – était en flammes. Le vent criait au feu mais personne ne l'entendait. Plus exactement personne ne voulait l'entendre. C'était vengeance, c'était justice. « Qu'il brûle ! » disaient cinq, dix, cent voix. Le bâtiment n'évoquait plus le bouquet du vainqueur offert à la gloire de la recherche mais la torche du bourreau juste avant qu'il la jette sur le bûcher. Boulogne, le chef de service de géodrilologie, abandonnant son uniforme de Souchien, avait tenté de fuir. Mais il avait été reconnu. Les laborantins et les laborantines, armés d'instruments médicaux, de tubes brisés, de cutters, l'avaient piqué à mort comme un essaim de frelons rendus furieux par le fouet des flammes. César lui-même n'avait pas été percé de plus de coups. Toutes les expériences sur les lombrics et les autres vers avaient été détruites, le matériel vandalisé, le mobilier réduit en miettes. Les portraits des savants officiels du régime avaient été décrochés et servaient à alimenter le feu qui montait jusqu'aux nuages illuminés d'orange et de rouge.

Dans les usines qui tournaient encore, les hommes du Refus de parvenir sabotèrent les machines. Elles résistèrent comme des bêtes blessées, crachant des gerbes d'étincelles électriques, bavant de l'huile, cassant net leurs engrenages. Leur agonie fut spectaculaire jusqu'à ce qu'un silence terrible signe leur fin définitive. Les ouvriers s'emparèrent aussitôt des armes qu'ils fabriquaient. Ils attaquèrent les Souchiens qui, désespérément, tentaient de les faire rentrer dans le rang. Il y eut des morts de part et d'autre mais, finalement, les insurgés prirent le dessus et sortirent porter le combat dans la rue.

Il y eut un grand chahut dans les écoles de l'Ordre Moral. Dans le parking nº 16, le nom d'Orden fut lancé comme un cri de ralliement. Deux filles distribuèrent des polycopiés où plusieurs de ses poèmes étaient reproduits, dont son fameux dazibao. Les garçons ne furent pas en reste. À leur tour, ils renversèrent les tables et les tableaux noirs puis rejoignirent les filles qu'ils aidèrent à séquestrer les enseignants et le directeur. Sur la porte du bureau où ils les enfermèrent, une fille bomba : « Comment penser librement dans une chapelle ? »

Les troupes du général Morcerf protégeaient tous les accès de la tour Azur, siège de la télévision. Les Rebelles de la liberté se séparèrent en dix groupes différents plus un. Des hommes du onzième groupe s'installèrent au volant d'un camion de chantier et le reste du commando sauta dans la benne. L'attaque devait se faire en trois temps : un, le camion lancé à vive allure foncerait droit sur les soldats qui interdisaient l'entrée du parking ; deux, cinq groupes viendraient en renfort dès que la bataille serait engagée ; trois, les cinq derniers groupes, armés d'un missile sol-sol, investiraient l'entrée principale qui, si tout se passait comme prévu, serait dégarnie, en tout cas moins protégée. Slimane, dont le père et les deux frères avaient été traités, commandait l'assaut.

Une batterie anti-aérienne avait été installée dans un square, encadrée de deux gros projecteurs. Ses tirs couvraient tous les autres bruits alentour sans que l'on sache sur qui les artilleurs tiraient car ils ne cessaient jamais de servir leur arme, même quand aucun avion ne traversait le ciel.

Thor avait provisoirement pris position dans sa voiture de commandement à une centaine de mètres de l'entrée secrète des souterrains, au bout de la tranchée ouverte dans le quartier de l'Exode. Ses hommes, armés de bazookas et de lance-flammes, avaient réussi une avancée face aux premières défenses mais à l'intérieur c'était un combat aveugle. Ils progressaient en ignorant de quelles forces réelles disposaient les rebelles malgré les espions qui avaient, parfois, réussi à s'infiltrer dans les groupes. Les Blacks en avaient démasqué deux, un Malien et un Béninois, mais ils étaient sûrs qu'il y en avait d'autres. Les deux traîtres poussés par la cupidité avaient été exécutés sans hésitation.

Dans le tunnel, M'Ba fit signe à ses hommes de se baisser et de se taire. Il venait d'entendre des pas au loin. Kako, un enfant de douze ans léger comme une gazelle, fut envoyé en éclaireur. Kako aux pieds ailés revint rapidement : les Souchiens approchaient, une quinzaine environ. Ils se séparèrent. M'Ba et Méthode, armés chacun d'un lance-roquettes, remontèrent à la surface par un puits d'aération de la voirie. Le grand Léopold et les autres se tinrent prêts à l'accrochage. Ils avaient pour mission de fixer les Souchiens le temps nécessaire pour que M'Ba et Méthode les prennent à revers.

Nigger

Salto avait pris la tête d'un commando dont l'unique objectif était d'éliminer Tank avant de s'occuper de Rome et de leur mère. Ses hommes progressaient rapidement dans le couloir principal du métro, laissant derrière eux les cadavres des niggers qui avaient tenté de freiner leur avance. Salto connaissait son cousin. Il savait que ce bravache ne résisterait pas au plaisir de l'affronter d'homme à homme. Il n'avait pas à le chercher. Il devait attendre tout simplement qu'il fasse le matamore et se tenir prêt à en finir. Salto était fier d'avoir reçu cette mission de son oncle. Il n'avait jamais aimé ni sa tante (une dingue), ni sa cousine (une pute), ni son cousin (un pédé). Des niggers comme les autres, des bêcheurs, des traîtres, des rouges. Thor avait raison de vouloir détruire ces tarés qui faisaient honte à leur famille et entachaient leur lignée. Les Souchiens écrivaient l'histoire sur une page blanche. Elle serait d'autant plus lisible si elle l'était en lettres de sang. Pour les meutes, la vie était un combat incessant. Il fallait l'accepter avec une grande désinvolture, un grand courage et beaucoup d'intrépidité. Pour galvaniser ses hommes, Salto ne manquait jamais de leur rappeler que les Souchiens étaient contre la vie commode, le confort et la tranquillité : « Beaucoup d'ennemis ! Beaucoup d'honneurs ! »

La surprise des Souchiens fut totale lorsqu'ils furent attaqués par-derrière par les hommes de Tank enfouis sous le ballast. La meute de Salto était passée à côté d'eux sans soupçonner leur présence. Quand les pierres se soulevèrent, le feu fut immédiat, fauchant dès la première salve la moitié du commando. Les cinq survivants, dont Salto, répliquèrent avec des armes de poing mais, à nouveau, c'est dans leur dos que ceux de la bande de Tank, nichés dans les cavités de la voûte, les mitraillèrent. Salto était pris en tenaille. Ce fut très violent et très bref. Un bourreau armé d'une hache n'aurait pas fait plus vite. Quand il fut sûr que tous étaient morts sauf son cousin, sérieusement blessé mais vivant, Tank sortit de l'obscurité. Il attrapa Salto par les cheveux et le força à le regarder.

– Il est où, tonton Thorigny ?

– Je t'emmerde, nigger !

– Mauvaise réponse, dit TM en souriant à Tank.

Tank lui rendit son sourire et lui assena un coup de crosse qui lui cassa une clavicule. Il répéta :

– Où est cette ordure ?

Salto gémissait, les yeux fixes, pleins de larmes de douleur. Un regard désespéré. Cependant son esprit était encore capable de résister à la souffrance. Son orgueil était intact. Il n'avait pas à se justifier ni à demander pitié. Tank le secoua, craignant qu'il s'évanouisse.

– T'es sourd ou quoi ?

Il se pencha à son oreille.

– Alors, il est où ?

Salto répondit d'un borborygme.

– J'entends rien, cria Tank. Articule !

Salto se redressa autant qu'il put, bavant du sang.

– Crève, nigger ! cracha-t-il, y mettant ses dernières forces.

TM lui trancha la gorge.

Le nom

Dès qu'ils sortirent du puits, M'Ba et Méthode repérèrent le véhicule de commandement à cent, cent cinquante mètres. Ils échangèrent un clin d'œil. M'Ba dénombra trois hommes embarqués sur le half-track affecté à la protection de Thor et un unique fantassin en armes. La chance était avec eux ! Ils virent Thor sortir de sa voiture par l'arrière, parler au talkie et revenir à bord en hochant la tête. Ils étaient trop loin pour entendre ce qu'il disait. Tous les moteurs tournaient, prêts à démarrer. Personne ne regardait de leur côté. Les soldats comme Thor observaient l'entrée des souterrains d'où parvenait le bruit d'échanges de coups de feu. Le combat était engagé entre Léopold et les Souchiens. Méthode leva le pouce : tout se passait comme prévu. M'Ba se mit en position et dès qu'il eut le véhicule dans sa ligne de mire, il tira. Une roquette au phosphore blanc. L'explosion tua le guetteur sur le coup et sonna les types du half-tack pris dans une gerbe de feu chargée de bouts de ferraille. Le temps qu'ils comprennent ce qui se passait, Méthode avait tiré la deuxième roquette, renversant le half-track qui s'enflamma aussitôt.

Thor n'était pas mort.

En l'expulsant du véhicule, le souffle de l'explosion l'avait sauvé. Une terrible odeur de brûlé empuantissait l'air. Des cendres tourbillonnaient. Il rampa jusqu'à la tranchée des tunnels et se laissa glisser dans la terre grasse d'une ondée. Ses yeux le brûlaient, ses oreilles saignaient, il n'entendait plus rien mais il n'avait que des lésions superficielles, des écorchures. Courbé en deux, il se précipita dans l'entrée des tunnels pour se mettre à couvert. Il dégoulinait de sueur, crevait de soif, tremblait de fièvre mais il refusait de s'écouter. *No explain, no complain.* Ses tempes aussi lui faisaient horriblement mal, tenaillées par des dents de fer. Un ronflement continu lui vrillait le crâne. Il lui semblait entendre répéter : « T'as eu tort, Totor ! » comme un slogan monté en boucle. Il tenta de réguler sa respiration, de retrouver un instant de calme mais ses poumons étaient atteints. Inhaler comme souffler ne faisait qu'augmenter ses douleurs. Thor ne s'avouait pas vaincu pour autant. *Pas de capitulation, jamais !* Même s'il n'entendait rien, il savait que ses hommes se battaient. Au moins trois meutes étaient engagées dans le combat, sans compter celle de Salto en mission commando. Il allait les rejoindre, se mettre sous leur protection et faire payer à tous les niggers ce qu'ils lui avaient fait. Il fit un pas pour s'élancer mais une faiblesse le fit trébucher. Dans l'obscurité qui le cernait, Thor dut s'appuyer au mur. Il se sentait comme un vieux qui ne sait plus l'heure, qui confond les jours et les mois, l'été et l'hiver. Il chassa d'un geste énervé le filet de sang qui coulait de la petite plaie qu'il avait au front. Tout cela n'était rien. *Rien, rien, rien du tout !* Il se conforta, jugeant que ce n'était qu'un malaise passager aussi inoffensif qu'une gueule de bois. Il n'avait pas de fracture aux bras ni aux jambes, juste quelques éraflures sur le vernis. Il pouvait marcher et se servir de son arme de service. Il murmura : « Je serai inexorable » et le répéta pour chasser de son esprit cette horrible scie qui le harcelait. Ils allaient voir s'il avait tort !

– Inexorable ! Inexorable ! Inexorable !

Thor progressa dans le couloir, son pistolet dans la main gauche, la main droite appuyée sur la paroi, s'arrêtant tous les dix mètres quand son cœur s'emballait et que le souffle lui manquait. Il avait un but que personne d'autre n'avait, que personne ne pouvait comprendre. Un but qui lui commandait d'avancer sans se retourner, poussé par la certitude absolue du bien-fondé de ses actions. Malgré le feu sous ses paupières, ses cils collés, son effrayante conjonctivite, il parvenait à distinguer des formes dans ce qui lui restait de lumière. Soudain, il repéra une ombre brumeuse qui s'approchait en frôlant le mur. Une main saisit la sienne.

– Honneur aux armes ! chuchota-t-il, cherchant à identifier l'un des siens.

Il ne comprit pas la réponse.

– Merde, je n'entends rien ! ragea-t-il.

Le faisceau d'une lampe torche balaya soudain son visage.

– Conduisez-moi près de votre Dominant, ordonna-t-il, ignorant à qui il s'adressait.

TM s'émerveilla :

– Thorigny lui-même !

Il trompeta, raffermissant sa prise :

– Thor ! Je tiens Thor !

Il l'attira vers lui d'un coup sec. La bouche de Thor était contre son cou, il bavait, la sueur collait à sa joue. TM rigola.

– Ça, t'as eu tort, Totor !

Sans hésiter, il le poignarda d'un coup percutant au foie. *Le siège de l'âme !* Par réflexe, par peur, de rage, Thor tira à l'aveugle. La balle atteignit TM sous le nez, lui faisant exploser le crâne. Un instant, il y eut un silence de cathédrale. Seul un écho retentit comme un chant de séraphins. L'obscurité devint moite, trouble. Thor lâcha son arme. Il tournoya sur lui-même et s'affala d'un côté, tenant le couteau à deux mains, cherchant à l'enlever de sa plaie. TM bascula à la renverse, les bras en croix, raide mort. Qui le pleurerait ?

Qui verrait ses larmes tatouées comme un pied de nez à la mort ? « Celui qui ne connaît pas l'amour, Pleureuse, Ne sait pas ce qu'est le martyre… » Tank se précipita. Il arracha le couteau des mains de son père et le frappa en hurlant, une fois, deux fois, dix fois.

– Crève, salaud ! Crève ! Tu l'as tué, espèce d'ordure ! Tu l'as tué ! Tu tues tous ceux que j'aime ! Je veux que tu crèves ! Que tu crèves ! Que tu crèves !

Thor reconnut-il cette voix qui semblait remonter de l'enfer ? Ou fut-ce le dernier mot qui émergea de sa conscience avant la fin ? En tout cas, il murmura le nom de son fils. Un nom qu'il n'avait plus prononcé depuis des années et qu'il s'était juré de ne plus jamais prononcer.

– Tancrède…

Tank abandonna le corps de son père à la vermine et aux rats. Il souleva TM dans ses bras et s'engagea au milieu du tunnel, pleurant son grand amour aux larmes d'encre couvertes de sang. Il revoyait leur premier baiser dans une chambre d'étudiant, TM en slip l'attendait, adossé à la fenêtre, réclamant sa bouche, ses mains, son corps ; leur première échappée dans un hôtel au bord de la mer dont ils étaient les deux seuls clients, trois jours et trois nuits de débauche sans mettre le nez dehors ; les fois où ils s'étaient donné l'un à l'autre pour fêter des prises de guerre ou pour montrer à toutes et tous que l'amour sans limite abolit la mort. Tout un passé qu'il pouvait regarder avec fierté, avec orgueil. Tank s'était juré de ne jamais épargner les Souchiens. *Jamais, en aucune circonstance !* Il les haïssait comme il haïssait son père. Les réduire à néant, c'était son combat, sa mission et celle de TM aussi. L'un comme l'autre savaient qu'ils jouaient leur vie à quitte ou double et acceptaient le défi sans trembler. Tank avançait dans le couloir du métro comme dans la forêt la plus obscure. Un mort portait un autre mort. Le cadavre de TM n'avait pas besoin qu'on le célèbre par une cérémonie, des chants funèbres, un catafalque. Pas de Te Deum ni de requiem. Ni fleurs ni couronnes. TM aimait Tank et Tank aimait TM, leurs deux noms copulaient pour n'en faire qu'un qui brillerait éternellement au firmament des amours sublimes. Pour Tank, il y avait longtemps que Tancrède n'existait plus. Tank était devenu immortel. Rien ne pouvait l'arrêter, ni le feu ni le fer, pas même les balles du fusil-mitrailleur qui le déchiquetèrent, mais ne parvinrent pas à le couper en deux.

Fatal

Rome connaissait le chemin le plus court pour rejoindre la tour Azur et les studios de télévision à deux ou trois kilomètres de là. Orden et Cybèle filaient avec elle le long des murs sans jamais s'arrêter ni souffler. Les rues succédaient aux rues comme si elles n'en formaient plus qu'une, uniformément sombre, sale, désolée. Il n'y avait aucune lumière visible dans les immeubles, tous rideaux tirés, tous volets fermés. Un mur d'habitations retenait un barrage d'hommes et de femmes prêts à se déverser dans la bataille ou résignés à se laisser noyer par la peur. Orden arrêta ses deux comparses d'un geste et jeta un coup d'œil sans se montrer au premier carrefour qu'ils devaient traverser.

– On ne peut pas passer ailleurs ? chuchota-t-il.

– Impossible, répondit Rome tout aussi bas.

Sur leur gauche, deux tanks en position de tir barraient le boulevard derrière une frise de barbelés. Des soldats en armes interdisaient tout passage. Sur leur droite, trois automitrailleuses patrouillaient devant une section de l'infanterie et un groupe de contact d'une dizaine d'hommes chacun. Orden, Cybèle et Rome risquaient de se faire coincer. Inutile d'espérer un moment favorable. Ils n'avaient plus le choix, ils devaient risquer le tout pour le tout.

– On fonce ! ordonna Orden, tendant la main à Cybèle pour qu'elle coure avec lui.

Ils s'élancèrent courbés en deux, prenant tous les risques pour passer de l'autre côté.

Rome était la plus rapide. Orden et Cybèle suivaient aussi vite qu'ils pouvaient. Pour une fois – pas de chance – il ne pleuvait pas, il ne grêlait pas et ni la brume ni les nuées chimiques ne les cachaient sous leurs voiles. Les trois avançaient à découvert. Dès qu'ils les entendirent avant même de les apercevoir, les hommes du barrage allumèrent un projecteur. Un soldat hurla au mégaphone :

– Halte ! Halte !

Il leur restait peut-être une trentaine de mètres pour se mettre à l'abri.

– Sprintez ! cria Rome, coudes au corps, allongeant sa foulée.

Orden encouragea Cybèle. Encore dix mètres et ils seraient dans la rue perpendiculaire.

– Dépêche ! Dépêche !

Des coups de feu claquèrent.

– Cours !

Cybèle accéléra encore mais soudain ses pas s'alourdirent, ses jambes ne la portèrent plus, elle ne pouvait plus cou… Touchée dans le dos, elle se laissa glisser sur le bitume comme si tout cela n'était qu'un mauvais rêve, une séquence de film d'action filmée au ralenti. Rome revint sur ses pas.

– Faut la tirer de là !

En toute hâte, elle aida Orden à la porter hors du boulevard. Ils se réfugièrent dans le couloir du premier immeuble qu'ils trouvèrent. Rome fit le guet tandis qu'Orden se précipitait au secours de Cybèle.

– Je suis fichue, murmura-t-elle, complètement fichue…

Et elle ferma les yeux.

– Cybèle !

Elle tressaillit.

– C'est beau, non ? dit-elle d'un ton léger. Je meurs dans tes bras comme si nous étions sur scène à l'opéra. Moi qui ne voulais pas…

– Tu ne meurs pas !

– Patience, ironisa-t-elle.

Orden se releva, prêt à se rendre pour obtenir des secours. Cybèle le retint par la manche. Elle avait du mal à parler.

– Reste tranquille, ordonna-t-elle, la bouche noyée de sang. Reste avec moi. Nous avons été séparés trop de fois pour que tu me quittes encore.

– Je ne veux pas tu meures, protesta Orden, la serrant dans ses bras.

Il se sentait perdu, désarmé. Il aurait voulu pouvoir embrasser tous les gestes de sa vie avec Cybèle, refermer les mains sur eux ; les empêcher de se disloquer, de s'éparpiller, d'exploser en mille poussières ; les rassembler en un seul bloc.

– Ne crains rien, dit-elle, je serai toujours avec toi.

Elle chuchota :

– Je suis ta mémoire.

Orden inclina légèrement la tête, pris de vertige. Combien mouraient en ce moment, sans penser à eux-mêmes ?

– Tout ce que nous avons vécu ne peut pas…

– Tais-toi. Je n'ai pas besoin de mots. Juste de ton amour…

Cybèle, brûlante, trempée de sueur, se sentait partir.

– Ma mère va m'en vouloir, dit-elle avec effort, j'ai donné prise à l'ennemi…

– Tais-toi ! C'est trop injuste !

Elle eut un regard amusé.

– Mon ange, souffla-t-elle, devant le visage catastrophé d'Orden. Rappelle-toi : « La mort viendra et elle aura tes yeux… »

Et comme on donne un baiser pour endormir un enfant, elle murmura :

– C'était fatal…

Ses yeux s'emplirent de silence.

Orden ne savait plus où il était, ce qu'il faisait dans ce couloir ni ce que cela signifiait. Il n'était plus capable de lire ce qui lui arrivait. Il se sentait analphabète, illettré. Que pouvait-il faire pour se mettre hors d'atteinte de la douleur ? Où était-elle ? Comment prenait-elle corps ? Comment l'éprouvait-elle jusqu'à le broyer comme on écrase un oiseau d'une seule main ? Rome le tirait par le bras mais il ne paraissait pas s'en apercevoir. Il n'était plus qu'un bloc de chagrin. Une masse granitique de larmes rentrées.

– Venez ! criait Rome. Venez ! Elle est morte ! Vous ne pouvez plus rien pour elle ! Venez ! Ils rappliquent !

Rome et Orden détalaient, s'attendant à chaque instant à recevoir la balle qui mettrait un point final à leur histoire. Sur ordre du Conseil, les groupes de contact traitaient sans distinction insurgés et simples citoyens qui se risquaient hors de chez eux ou erraient dans les rues, ignorant le couvre-feu. Ces groupes avaient pour mission de « tout nettoyer sans faire de quartier ». Comme l'avait ordonné leur commandant en chef, reprenant les paroles d'un légat du pape au XIIIe siècle : « Soyez sans merci. Tuez-les tous, Dieu reconnaîtra les siens ! » Rome avait dans la tête la phrase répétée cent fois par son mari lorsqu'ils s'entraînaient ensemble en hiver : « Tu pars à fond, tu ne ralentis pas et tu sprintes à l'arrivée. » Ils étaient sans armes, sans véhicule, l'armée quadrillait toutes les artères, les miliciens chassaient en meute, les groupes de contact ratissaient les quartiers. Même en partant à fond, même s'ils ne ralentissaient pas et sprintaient à l'arrivée, ils ne parviendraient jamais jusqu'à la tour Azur. Ils devaient avant tout sauver leur peau comme Toller l'avait ordonné. Ils devaient à Cybèle et à tous ceux qui tombaient au combat de témoigner de la barbarie à l'œuvre. Il ne fallait pas qu'ils meurent. Rome et Orden tournèrent dans la première rue à droite, puis tout de suite dans une autre et dans une autre encore avant de déboucher sur une placette éclairée d'un seul réverbère. Orden réalisa soudain qu'ils étaient à cinq minutes du studio où il habitait avant d'en être chassé par les Souchiens.

– Par là ! cria-t-il sans reprendre son souffle.

Un missile ou une roquette avait touché l'étage du haut mais l'immeuble était encore debout. Orden et Rome montèrent quatre à quatre jusqu'à chez lui.

– Venez.

Orden repoussa la porte défoncée pour laisser entrer Rome puis il la replaça pour obstruer l'entrée. Une explosion de gaz n'aurait pas fait plus de dégâts. Tout était par terre, brisé, arraché, souillé de pisse et de merde. Ils demeurèrent debout au milieu de la pièce, l'oreille aux aguets, craignant de faire le moindre geste qui révélerait leur présence. Ils se devinaient plus qu'ils ne se voyaient mais chacun se rassurait de n'être pas seul. Orden se sentait immergé dans une mer de tristesse où une vague faisait apparaître le visage de Cybèle que le ressac faisait disparaître dès qu'il fermait les yeux. Rome ne voulait penser qu'à son bébé. Elle craignait tellement de le voir s'effacer de sa mémoire, de sa vie, emporté par la cruauté d'un homme, par la guerre. Seul son enfant comptait. Ils ne pouvaient pas rester là, plantés comme deux épouvantails en plein champ. Ils devaient agir, se lancer à sa recherche, le sauver. Elle osa demander très bas :

– On va rester là ?

Au loin, ils pouvaient entendre le tir des canons antiaériens, le fracas des bombardements et plus près d'eux l'entêtant crépitement des mitrailleuses. On se battait partout. Impossible de sortir sans risquer sa vie.

– Patience. Attendons que ça s'éloigne, décréta Orden, posant ses mains sur les épaules de Rome pour lui transmettre sa chaleur, son calme. On partira quand nous serons sûrs que la voie est libre…

– Je n'en peux plus…, concéda Rome, à la limite de ses forces.

La bibliothèque d'Orden n'était plus qu'un tas de planches empilées les unes sur les autres. Il n'y avait plus un seul livre.

– Si, il y a celui-là, dit Rome en s'asseyant sur le lit.

Elle tira un petit livre plat resté coincé entre le matelas et le mur, *Les Barricades mystérieuses*. Orden l'ouvrit au hasard :

Encor que ses soupirs n'enfleraient qu'un mouchoir
Mieux sait-il écorcher et de mort émouvoir

Cette échine rebelle, où décevoir vos forces
Vents qui vous essoufflez à la rompre d'entorses

– C'est de vous ?
– Non, d'Olivier Larronde.
– Imbitable, avoua Rome.
Orden s'installa à côté d'elle.
– Ça n'a aucune importance. Ce qu'il faut, c'est sentir le profond tremblement de la vie. « Vivre poétiquement sur la terre », comme disait Hölderlin…
Rome n'était pas convaincue.
– Cybèle, c'était votre femme ? demanda-t-elle pour lui faire oublier la poésie et cette histoire de « vivre poétiquement sur la terre ».
– La femme que j'aimais, oui. Mon grand amour.
– Vous n'étiez pas mariés ?
– Non.
Il reprit sa respiration.
– Je n'ai jamais pu vivre avec elle.
– Elle ne voulait pas ?
– C'était impossible, répondit Orden, sachant que sa vie ne suffirait pas pour qu'il s'explique cet « impossible ».
Pour briser l'émotion qu'elle sentait monter chez lui :
– Mon mari était un de ceux qui ont été exécutés en direct à la télévision, rappela Rome.
Orden le savait.
– Vous l'aimiez ?
Rome ne répondit pas. Elle inspira lentement, profondément. Avait-elle aimé Jack ? Elle n'en était pas sûre. Elle ne s'était jamais posé la question. Elle ne savait pas s'il y avait une réponse ou plusieurs. Pendant un temps elle avait été

heureuse avec Jack. *Heureuse ?* Elle buta sur le mot. Ça non plus, elle n'y avait jamais réfléchi et soudain elle se demandait ce que ça voulait dire. Elle tenta de mettre ses idées en ordre. Jack était le père de son enfant, un homme doux et drôle qui vouait sa vie au vélo. La vie était calme, bien ordonnée, rassurante, avec des échappées à la mer ou à la montagne pour se donner l'un à l'autre au grand air. Mais l'avait-elle aimé ? Et lui, l'avait-il aimée ? Quand elle lui disait : « Je t'aime. Et toi, est-ce que tu m'aimes ? », il répondait par une pirouette : « Je ne le dis pas, mais je le prouve. » Pouvait-elle se contenter d'un mot ? Elle s'en était contentée pendant longtemps mais maintenant ? Maintenant que tout ce qui comptait pour elle était déchiqueté par la guerre, pouvait-elle l'accepter ? Avec Jack, n'avait-elle vécu qu'un amour aussi incertain et peu profond, semblable à ceux racontés dans les magazines féminins qu'elle vendait dans son kiosque ? Rome se pencha et posa doucement sa tête sur les cuisses d'Orden. Que répondre sur l'amour quand sa vie oscillait entre la colère et le désespoir ?

– Il faut que je retrouve mon bébé, affirma-t-elle d'une voix grave. Si je ne le retrouve pas, je ne vivrai pas.

Tant pis si elle radotait. Elle n'avait rien d'autre à ajouter.

Antenne

L'immeuble en face du foyer de jeunes travailleurs où Charlie et Vivi se cachaient fut touché par une bombe JDAM (Joint direct attack munition, guidée par GPS) qui défonça le toit et déchira la façade sur deux étages au-dessus de leur tête. Ils ne pouvaient plus rester là.

– Je retourne à la télé ! cria Charlie en se précipitant vers la porte.

Vivi s'accrocha à ses pas.

– Je viens avec toi !

En route, Charlie exprima toute sa haine du Conseil qu'il retenait depuis des mois :

– Ils ont eu ce qu'ils voulaient par la force et la propagande. Ils ont retourné le langage, perverti tous les mots jusqu'au plus petit pour que plus rien ne signifie ce qu'il signifiait clairement. L'histoire a été effacée, niée. Ils ont créé un récit national à leur gloire. Ils ont brisé toutes les solidarités. Ils ont mis en concurrence les salariés entre eux, les jeunes contre les vieux, les hommes contre les femmes, les Blancs contre les Noirs, les Jaunes, les n'importe quoi contre tous. L'étranger, c'était l'ennemi à l'intérieur comme à l'extérieur. Ils voulaient le chaos, l'amnésie, la confusion mentale pour qu'aucune force ne soit capable de s'opposer à eux. Ils voulaient la guerre. Et quand ils ont été exaucés, ils ont masqué la réalité derrière mille écrans ; pour que l'illusion devienne une vérité, claire, nette, sans bavure. *Leur* vérité ! Et ils nous ont tendu des miroirs pour que nous vivions sans jamais rien voir personne que nous-mêmes.

– Qu'est-ce que tu foutais avec eux alors ? s'irrita Vivi.

– J'attendais mon heure.

Victorieux, les Rebelles pour la liberté occupaient la tour Azur après un combat acharné dans lequel vingt d'entre eux avaient trouvé la mort. Charlie et Vivi passèrent par le parking, l'escalier réservé aux Inutiles et rejoignirent la rédaction. Une dizaine d'hommes en armes gardaient le studio. Dès qu'il l'aperçut, Slimane demanda à Charlie :

– C'est vous Orden ?

– Non, c'est pas moi.

– Il est où ? On l'attend. Toller nous a prévenus que c'est lui qui devait prendre la parole.

– Je n'en sais rien. Nous avons été séparés et…

Quelqu'un braqua soudain son pistolet sur la tempe de Charlie.

– Vous ne le reconnaissez pas ? Cet enculé est le porte-parole du Conseil !

– Non ! s'interposa Vivi. Il est des nôtres. Il nous a sauvé la vie. C'est un infiltré !

– Qu'est-ce que c'est que ce baratin ? demanda Slimane.

– Appelez Toller, dit Charlie. Il vous le confirmera.

– Il n'a pas le téléphone, ricana Slimane.

Charlie s'énerva :

– Envoyez-lui un signal, je ne sais pas moi, vous devez bien avoir un moyen de le joindre !

– Vous voulez que vos copains puissent le repérer ?

– Ne soyez pas cons. Si j'étais ce que vous dites, qu'est-ce que je viendrais foutre ici ? Me faire tuer ?

Il y eut un silence.

– J'appartiens au groupe Makhno, expliqua Charlie. Dès le début de la guerre, nous avons décidé que l'un d'entre nous devait être au cœur du système. J'ai été volontaire.

– C'est lui qui a fait passer à l'antenne l'exécution des Souchiens, ajouta précipitamment Vivi. Il a failli y rester et nous avec.

– Ok, admit Slimane. Je connais un type de la Makhnovchtchina…

– Étienne ?

– Peut-être… Un chevelu.

– Catalan ?

– Oui.

– Contactez-le.

– Pas le temps. Je prends le risque de vous croire.

Il proposa :

– Puisque Orden n'est pas là, vous allez prendre la parole.

– Pas question, objecta celui qui l'avait braqué avec son pistolet. Pour tout le monde, sa gueule, c'est une gueule de traître.

Charlie était tout disposé à lui céder sa place.

– Vous voulez parler ? Allez-y, parlez. Vous avez raison, il vaut mieux que ce soit vous.

– Non, pas moi.

L'homme se tourna vers Vivi.

– Elle.

– Moi ? protesta-t-elle. Pourquoi moi ?

– Parce que tu es là, avec nous. Les paroles d'une femme auront plus de poids.

– Mais je ne sais pas quoi dire !

– Dis-leur que nous nous battons et qu'ils doivent se battre aussi.

Charlie l'encouragea d'un regard.

– Il a raison, dit-il, c'est mieux que ce soit toi qui parles. Surtout que tu es douée pour raconter des histoires…

– Arrête, pas de condescendance.

– J'ai confiance en toi.

Vivi, élevée au statut de rebelle, se laissa conduire. Charlie l'installa dans le fauteuil du présentateur.

– Tu regardes l'objectif bien en face et tu parles comme si nous nous parlions les yeux dans les yeux. Ok ?

Charlie se fit technicien. Il brancha les caméras, établit la liaison avec le réseau national, alluma les projecteurs. Il trouva même une mallette de maquillage pour appliquer à Vivi un peu de fond de teint. Puis il prit la place du réalisateur derrière le pupitre.

– Attention, tu vas être à l'antenne, dit-il. Cinq… quatre… trois… deux…

La lampe rouge s'alluma au-dessus de la caméra.

– À toi !

– Je suis une Inutile, comme vous, commença Vivi, après une légère hésitation. Nous les Inutiles, nous les Indésirables, nous sommes en train de renverser l'ordre établi par le Conseil et ses sbires. Comme me l'a dit un camarade : « Chaque jour la télé nous tend un miroir pour que nous puissions nous y regarder. Y voir le visage de notre peur. » Eh bien, brisez le miroir et courage ! Rejoignez ceux qui se battent et battez-vous pour tous.

Les mots venaient sans qu'elle y réfléchisse.

– Le Conseil réclame que nous soutenions l'effort de guerre. Mais quel effort pour quelle guerre ? Tout le monde le sait, tout le monde l'a dit avant moi, c'est un effort sans fin dans une guerre sans fin pour les rendre encore plus riches. Cette guerre, c'est la leur, pas la nôtre. La nôtre, c'est celle qui se mène en ce moment à chaque coin de rue pour nous libérer du servage. Leur putain de SERF qui nous enfonce dans la misère, nous les Sans-Emploi ni Revenu Fixe. N'écoutez pas ceux qui vous chantent que la patrie est en danger, que l'ennemi c'est l'autre, le chômeur, la femme, le jeune, l'étranger. L'ennemi, c'est eux, les invisibles du Conseil, l'oligarchie sans frontières, la finance sans foi ni loi ! C'est notre cancer, le chancre qui nous ronge de l'intérieur. Il faut nous débarrasser de cette tumeur ou nous mourrons tous.

Des larmes lui brouillèrent les yeux.

– Je ne parle pas comme il faut, je le sais bien, mais croyez-moi, pour une fois c'est vrai, il n'y a pas d'alternative ; ce sera eux ou nous.

Envie

Après avoir nettoyé au mieux, Rome et Orden s'étaient jetés tout habillés sur le lit en bataille. Ils cherchaient le sommeil dans la chaleur de leurs corps allongés côte à côte. Dans la grisaille funèbre de la chambre, Orden chantonnait bouche fermée le seul refrain qu'il connaissait :

Adieu foulard, adieu madras
Adieu grain d'or, adieu collier chou
Doudou an mwen i ka pati
Héla, héla, sé pou toujou
Doudou an mwen i ka pati
Héla, héla, sé pou toujou

Rome s'assoupit, souriant dans son sommeil comme l'ange musicien de Botticelli. Orden ne la quittait pas des yeux mais c'était Cybèle qu'il veillait. Tout se brouillait dans sa tête. À croire qu'il n'avait plus prise ni sur les faits ni sur ses pensées. Pourquoi avait-il fallu qu'il retrouve Cybèle si une balle tirée à l'aveugle devait les séparer – « Héla, héla, sé pou toujou » ? Leur amour devait-il s'exalter sur cette dernière note, dans une explosion de cordes, de cuivres, de percussions ? Un grand finale symphonique avant que le rideau tombe, puis le silence d'une rue vide…

C'était absurde, ridicule, insoutenable. Si quelqu'un devait mourir c'était lui, traqué par les Souchiens, condamné sans être jugé, fugitif. Pas Cybèle. Jamais il ne pourrait se pardonner d'avoir fait entrer chez elle la mort accrochée à ses talons.

Malgré l'énorme fatigue qui l'engourdissait, Orden était trop énervé pour trouver le sommeil. Son front brillait de désarroi, son regard portait au loin comme celui d'un exilé. Impossible de se souvenir d'une image heureuse qui l'apaiserait. Il avait beau contracter les paupières, il ne parvenait pas à s'assoupir. Ses idées pesaient trois tonnes. Il serrait les dents, résistait, prêt à bondir pour échapper au moindre relâchement qui l'emporterait dans l'opacité d'un rêve. Dans l'obscurité, Orden redoutait d'être submergé par le sang qui coulait de la bouche de Cybèle. Il s'effrayait d'affronter son visage tourné vers la nuit, préférant lutter, maîtriser sa douleur sans faire le moindre geste, le corps raide, les bras croisés sur la poitrine, respirant lentement pour bloquer ses pensées, écarter ses visions. Vers le milieu de la nuit, Rome s'agita. Elle se tourna, se retourna, cherchant à trouver une position confortable mais en vain. Elle frémit soudain et ouvrit un œil dans une sorte d'hébétude.

– Pourquoi vous me regardez toujours ? demanda-t-elle, découvrant Orden penché sur elle.

– Je ne te regarde pas toujours, se défendit-il.

– Si, affirma Rome. Dès la première fois qu'on s'est rencontrés, j'ai senti que vous n'en aviez que pour moi. Vous ne regardiez pas les autres. Pourquoi ?

La réponse tarda, prudente :

– Tu m'intriguais.

– C'est tout ? répliqua Rome d'un ton gouailleur.

– Je n'avais jamais vu des yeux comme les tiens.

Orden se passa les doigts dans les cheveux et se tint la tête à deux mains.

– C'est idiot ce que je vais dire, soupira-t-il. Je ne l'ai jamais dit à personne, mais en te voyant j'ai eu la sensation que…

Il lui offrit son visage de somnambule.

– Que tu étais un livre ouvert.

Rome grimaça.

– Que j'étais un livre ?

– Oui, un livre où notre histoire était écrite, mais les lettres étaient floues, les lignes se chevauchaient. Je n'arrivais pas à lire. À *te* lire.

– Vous y arrivez maintenant ?

– Oui…, reconnut-il du bout des lèvres.

Dans les profondeurs du studio saccagé, le silence se fit. Le cercle de la mémoire les étranglait. Les mots restaient collés à leurs lèvres. Qu'ajouter ? Tout à l'heure les murs tomberaient, le toit s'envolerait, la pluie et le vent se mettraient en batterie. Il y aurait une clameur, un chant de triomphe capable d'effacer les sons les plus forts des batailles. Mais pour l'instant, dans la nuit propice, Orden et Rome se flairaient, se frôlaient, se cherchaient comme des enfants jouant à colin-maillard. Violons, pas de deux, ils se laissaient porter au milieu d'une tempête, naufragés d'amours qui n'étaient plus. Cybèle avait eu le temps de confier sa vie à Orden, Jack n'avait pas eu la chance de dire adieu à Rome, pourtant leur présence jumelle était tangible. Ils étaient là, Cybèle et Jack, l'une et l'autre, légers et tendres, survolant l'obscurité pesante et les pièges du monde. Rome entendit comme un gémissement, une plainte passionnée et lointaine. La voix d'une souffrance ignorant qu'elle était celle d'une souffrance. Orden secoua les épaules et cligna des yeux comme s'il luttait contre un démon.

– Nous ne devons pas être les otages de la mort, déclara-t-il avec une sourde volonté.

Rome baissa les yeux.

– C'est pour mon mari que vous dites ça ? demanda-t-elle avec une pointe d'insolence.

– Pour Cybèle aussi.

Éclairé d'un coup de lune imprévu ou d'une fusée éclairante, le visage d'Orden parut alors sans mystère. Rome sut ce qu'il désirait. C'était évident comme le nez entre les deux oreilles. Inéluctable. Un train lancé à grande vitesse qu'aucune force au monde n'était capable d'arrêter. Elle aussi le désirait depuis le premier instant. Pourtant, elle ne parvenait toujours pas à y croire. Elle formula sa question en hésitant :

– Tu veux ?

Orden hocha la tête.

– Dis-le.

– Je...

Elle l'attira contre elle, les yeux luisants comme ceux d'un chat sauvage. Sa propre voix la fit sursauter :

– Plus fort !

Entre le premier cri et le dernier, entre le vagissement de la naissance et le râle de la mort, oubliant toute prudence, Orden brailla :

– Oui, je veux !

Rome et Orden se regardèrent vraiment pour la première fois. Ils se sondèrent un instant encore dans les ombres bleues de la chambre. *Qui est-tu ? Et toi, qui es-tu ?* Comme si Orden n'avait toujours pas répondu – ou répondu de façon inacceptable – à cette foutue revue littéraire qui voulait tout savoir sur les écrivains. Rome ignorait la réponse punaisée dans les toilettes de Cybèle et ne la connaîtrait jamais. Personne d'ailleurs ne la connaîtrait. L'immeuble serait détruit, rasé et le sol bétonné pour effacer toute trace.

Rome, enfin nue, offerte, chuchota dans une langue qu'elle parut inventer :

– Moi aussi j'ai envie.

Sa poitrine se soulevait, ses lèvres tremblaient, son corps s'arquait, parcouru de frissons comme si elle s'apprêtait à tirer un trait définitif sur sa vie jusqu'alors. Elle palpitait, sentant déjà sur elle le poids d'Orden. Elle goûtait sa bouche collée à la sienne, s'agrippait à ses fesses, accueillait son sexe. *Viens, viens, viens…*

Il la pénétra, ses yeux chavirèrent.

Rome sentait l'enfance, le foin coupé, le bord de mer. Elle envahit Orden à la vitesse d'une étoile filante ou d'un solo de guitare électrique. Son corps chantait du blues, du gospel, l'*Hymne à la joie* dans toutes les langues connues et inconnues. Un chœur étourdissant qui ravissait Orden, l'emportait, la rendait maîtresse de tous les méridiens de son corps. Ils se tenaient si serrés que c'était à se demander lequel des deux voulait disparaître dans le corps de l'autre. Ils remontèrent le couloir du temps, brisèrent le mur de la mémoire. Une détonation. Une neige de confettis. Une pluie de fête qu'ils lancèrent au-dessus de leurs têtes. Pluie de roses, pluie d'ailes de papillon, pluie de notes lumineuses. Soudain, dans cette chambre détruite, vandalisée, il y eut du jazz, de la beauté, de l'éternité. Ils jouirent du même cri étouffé et la guerre s'envola. *For ever !*

Au matin, un large front obscur envahissait le ciel, annonciateur d'orage. Les combats avaient cessé. Rome sommeillait la tête sur l'épaule droite d'Orden, heureuse, respirant à peine, la bouche légèrement entrouverte comme celle d'un nourrisson réclamant le sein. Au loin, ils pouvaient entendre les escarmouches sporadiques entre ce qui restait des Souchiens et les rebelles décidés à les liquider jusqu'au dernier. Croyant qu'Orden dormait, Rome se leva sans bruit. Elle s'accroupit dans un coin du studio et pissa au milieu des planches de la bibliothèque détruite. Elle renaissait au monde. Elle repoussait d'un jet tout le mal qu'on lui avait fait. Longues jambes, fesses hautes, sa silhouette, ses cheveux ébouriffés, la finesse de son cou, de ses attaches, c'était Ève, Isis la déesse mère égyptienne, Gaia…

Quand elle revint se coucher, Orden la serra contre lui. Il l'embrassa sur les paupières comme s'il devait la protéger des horreurs du monde. À l'intérieur, l'insurrection l'emportait alors qu'en Europe deux batailles s'engageaient près de Mons et au Luxembourg où les renforts militaires se précipitaient. Quant aux forces de police sous le commandement de Côme Saint-Jean, elles s'étaient bunkérisées dans leurs casernes, attendant de voir comment tournerait le vent. Qui prendrait le pouvoir.

– Allons chercher ton bébé, dit Orden en l'étreignant.

Bébé

Rome avait l'adresse de Thor.

Il leur fallut près de deux heures pour y arriver. Outre les murs défoncés, les vitrines et fenêtres brisées, les restes d'incendie partout dans la ville, les rues étaient jonchées de cadavres d'hommes, de femmes, de militaires, de Souchiens en uniforme, les uns face contre terre, les autres dans les postures grotesques où la mort les avait surpris. Un très jeune milicien avait été éventré par un éclat d'obus. Il gisait à moitié nu sur les marches d'un escalier, laissant voir un sexe d'enfant sous une profonde balafre. Mais de tout cela Rome ne voyait rien. Elle marchait le visage contracté comme une fillette qui va pleurer, le dos raide, les poings serrés. Prête à tout. Orden suivait, obligé de forcer l'allure pour ne pas se laisser distancer ; pour ne pas perdre ce qu'ils avaient scellé entre eux. Il la rattrapa juste avant qu'elle tourne au coin d'une rue bordée de façades noircies par le feu. Il la sentait poursuivie par leur nuit sans fin, excitée par la lueur qui se levait devant elle. Orden posa sa main sur son épaule pour la ralentir mais se garda de prononcer un mot. *Si tu savais combien j'ai d'amour pour toi...* Rome leva les yeux vers lui mais se tut elle aussi. *Tu m'attendras ?* Ce fut comme une prière muette qu'ils partagèrent.

Saint-Paul

En arrivant chez Thor, ils remarquèrent au bas de l'immeuble le point rouge qui avait tellement irrité le Grand Dominant.

– Cybèle nous salue ! murmura Orden en passant devant.

Rome ne l'entendit pas. Ils entrèrent sans difficulté, plus pressés que jamais. Il n'y avait plus de gardes armés, ni devant ni sous le porche. Dans la cour, ils eurent juste le temps de remarquer que tous les volets des appartements étaient fermés, les stores tirés comme les rideaux.

Sixtine occupait l'appartement du quatrième.

Le bébé était posé nu sur le grand tapis noir du salon frappé du double S des Souchiens. Une fille ! Jamais Orden n'avait pensé que c'était une fille ! Elle pédalait à toutes jambes, agitait les bras comme si elle cherchait à saisir quelque chose, poussant de petits cris convulsifs. Ses yeux roulaient de droite à gauche et de gauche à droite, sans trouver où se fixer. Elle fit pipi. Sixtine, lasse, adossée contre un mur à l'autre bout de la pièce, l'observait de loin comme une curiosité ; une installation ou une performance dans un musée. À la vue de ce petit corps qui se tortillait, Rome ne savait plus si elle devait avancer ou reculer. Elle tremblait, la bouche entrouverte, les mains empêchées. C'était son bébé, sa vie, sa fille…

– Vous pouvez la prendre, lança Sixtine, agacée. Je n'en veux plus, elle pleure tout le temps. Je n'en ai jamais voulu d'ailleurs. C'est mon mari qui…

Rome se précipita sur le tapis comme si une main invisible lui avait claqué les fesses pour l'encourager. Elle prit le bébé, le serra contre elle et l'embrassa sans retenir ses larmes.

– Je devrais te tuer, dit-elle à Sixtine en se relevant.

Orden n'en doutait pas. Si Rome avait eu une arme, elle aurait tiré. Il s'interposa.

– Où sont les affaires de la petite ? demanda-t-il.

Sixtine, les yeux atones, tourna la tête vers la gauche et soupira.

– Là-bas, sur le lit…

Pourquoi la rouquine voulait-elle la tuer ? Une folle. Elle était entourée de fous et de folles ! Son mari voulait tuer le bébé, cette femme voulait la tuer, dehors on tuait à tous les coins de rue. Tuer, tuer, tuer, ils n'avaient plus que ça en tête. Et quoi encore ?

– Dépêche-toi, dit Orden à Rome. Prends tout ce qu'il te faut et on s'en va.

Mais Rome ne bougea pas.

– Je veux qu'elle s'excuse, qu'elle me demande pardon à genoux, qu'elle demande pardon à ma fille, qu'elle se traîne à mes pieds, qu'elle se batte…

Orden lui indiqua la direction de la chambre.

– Va t'occuper de la petite, répéta-t-il d'un ton conciliant. N'oublie pas d'emporter de quoi la nourrir !

Et à Sixtine :

– Vous, foutez le camp avant que ça tourne mal.

– Ça va pas la tête ? Ma parole, vous êtes fou vous aussi ! s'exclama-t-elle. Je ne veux pas. Plus personne ne me donne d'ordres. C'est fini. Fini ! Je ne veux pas qu'on me dise ce que je dois faire. Vous n'êtes ni mon père ni mon mari !

Elle fit un geste énervé.

– Je ne sais même pas qui vous êtes !

Et, prise d'un doute :

– Vous êtes directeur artistique ?

Orden eut pitié de cette grande gigue élégante qui suait de frousse. Elle était terrifiée, punie au coin comme une élève désobéissante. Thor avait dû la choisir comme on adopte un chien dans un refuge ou dans une animalerie. À part la fortune qui lui était promise en héritage, qu'est-ce qu'un homme comme Thor espérait d'un mannequin de vingt-quatre ans, sinon la promener en laisse ? Thor était-il non seulement cupide mais impuissant ? Pourquoi vouloir un enfant qui ne soit pas de sa femme mais de sa propre fille ? Tant de perversité révulsait Orden. Il regardait Sixtine comme une fleur coupée qui allait se dessécher et tomber en poussière dans la forteresse abandonnée qu'était devenu son appartement. Sixtine prisonnière de sa classe, de sa condition, d'elle-même…

Les affaires du bébé étaient étalées sur le lit, en vrac, comme dispersées par un cambrioleur pressé par le temps. Mais, à peine Rome entrée dans la pièce, ce n'est pas cela qui la figea. Face à elle, pendu au-dessus du lit, somptueusement encadré d'or, se dressait le portrait de son père en grand uniforme de Souchien. Thor, le visage rigide comme du bois, le regard posé sur l'horizon, le menton relevé, la main sur la garde d'une épée d'apparat, se tenait dans une posture martiale et ridicule à la fois. Rome le vit comme une menace, un défi. *Quelle horreur !* Elle embrassa sa fille, frotta son nez contre le sien et la coucha délicatement sur un gros oreiller.

– Bouge pas, maman est là, mon bébé…

Rome attrapa les petits ciseaux à bout rond dans les affaires de sa fille et monta sur le lit. Sans hésiter, elle perça la toile d'un premier coup puis d'un deuxième, un troisième – *Pourriture, salaud, ordure…* – jusqu'à ce que l'ouverture soit assez grande pour qu'elle puisse découper rageusement le visage de son père. Quand elle redescendit du lit, Thor n'était plus qu'un uniforme surmonté d'un trou noir comme les yeux d'un masque.

Rome revint avec sa fille chaudement habillée. Le bébé gazouillait, jouant avec la tête découpée qu'elle laissa tomber. Rome interrogea Orden du regard : *Qu'est-ce qu'on fait d'elle ?* Orden tourna le dos à Sixtine et entraîna Rome vers la sortie.

– Je crois qu'il ne peut rien lui arriver de pire que de rester là…

Sixtine attendit qu'ils soient partis pour oser bouger. Elle n'en revenait toujours pas. L'autre folle au bébé et le type qui lui parlait comme si elle était sa fille ! *Fou, mad, loco, matto !* Elle n'avait pas assez de mots pour dire ce qu'elle ressentait. Il n'y avait plus que des fous autour d'elle, des déments, des dingues, des maboules ! Pour qui la prenait-on ? Une infirmière ou une psy ? Il fallait vraiment qu'ils aient perdu la tête. Elle ne voulait soigner personne, ne s'occuper de personne, surtout pas d'un bébé ! C'était si bon d'en être débarrassée. *Merci, mon Dieu ! Bon débarras !* Elle fit alors quelque chose qu'elle voulait faire depuis longtemps sans oser. Elle se déplaça d'un pas silencieux comme si elle craignait d'être surprise, s'allongea sur le tapis et s'enroula dedans jusqu'à disparaître. *Ils vont voir, ça ils vont voir !* Elle retint son souffle, ferma les yeux, contracta tous ses muscles. Ils n'allaient surtout plus rien voir ! C'était ce qu'elle désirait le plus au monde : être cachée aux regards de tous, protégée par la laine épaisse, sans personne pour l'épier ni la commander. Sans père, sans photographe, sans mari, sans enfant. Les bombes pouvaient pleuvoir, les hommes s'entretuer, les incendies s'allumer aux quatre coins du monde, elle était où nul ne pouvait soupçonner qu'elle soit. Invisible…

La guerre n'était pas que tumulte et fracas. Dans le grand salon inondé de lumière d'un immeuble cossu du quartier Saint-Paul, l'ordre des sons semblait inversé. Régnait un silence plus féroce que le plus terrible bombardement. Un visiteur imprévu y aurait trouvé une femme, jeune encore, roulée dans un tapis au milieu d'un champ de bataille abandonné. Son cœur semblait s'être arrêté de battre, sa bouche entrouverte formait des mots sans suite et muets. Pas même un cri ou un gémissement. Était-elle endormie ? Évanouie ? Était-ce le jour ? La nuit ? Elle s'en moquait, n'ayant devant les yeux qu'un horizon d'ébène qui s'effilochait. Elle était en dehors du temps. Tétanisée d'angoisse, immobile, attendant que tous l'oublient. Sixtine avait enfin acquis des certitudes. Un : personne n'avait de droits sur elle. Deux : elle ne voulait plus voir personne Trois : elle repousserait celui ou celle qui tenterait de l'arracher à sa réclusion. Quatre : qu'ils crèvent tous ! À quelques mètres d'elle, sur le plancher, gisait la tête découpée de son mari, Thor, le Grand Dominant, le commandant en chef des Souchiens, leur père, leur guide.

Méthode

Orden et Rome, son bébé dans les bras, se hâtaient. La ville était quasiment déserte même si çà et là des habitants commençaient à s'aventurer dehors. Chacun tentait de mesurer l'ampleur des dégâts causés par les batailles nocturnes et les bombardements. Le quartier avait été relativement épargné, sauf aux carrefours où non seulement des immeubles étaient effondrés mais la chaussée défoncée et par endroits creusée de profonds cratères. Tout Saint-Paul semblait enserré dans un gris de plomb, cotonneux et irritant pour la gorge.

Hier encore Orden était un homme seul, vivant d'écriture, d'habitudes et de secrets. Désormais, il y avait cette femme qui marchait à ses côtés et ce bébé qui aurait pu être le sien. Sa vie prenait un autre sens. Papa, maman, bébé – l'idée qu'ils figuraient la Sainte Famille l'amusa. *Un Jésus fille : quel tableau baroque ! Quelle ironie !*

– Qu'est-ce qui te fait rire ? demanda Rome, étonnée de sa mine réjouie.

Orden secoua la tête.

– Rien, une idée…

Une jeep ralentit soudain à leur hauteur.

– Je vous emmène ? demanda Méthode, un sourire jusqu'aux oreilles.

Orden remarqua immédiatement l'ange de Cybèle posé sur la banquette.

– D'où tu sors ça ?

– Des ruines.

– Je peux ?

– Antiquaire ? ironisa Méthode.

Orden souleva l'ange avec précaution.

– C'est un talisman, dit-il, s'adressant à lui-même plus qu'aux autres.

Un message de Cybèle qui le protégerait des bombes comme de la solitude. Un ange gardien qui veillerait sur lui. Orden sentit la force qu'il lui transmettait. Celle qu'il lui faudrait pour réunir enfin en un tout sa vie brisée.

Ils embarquèrent.

Méthode redémarra aussitôt.

– Ton frère et son copain y sont restés, dit-il sans oser regarder Rome.

Il ajouta comme une excuse :

– Ils ont tué Thor mais les Souchiens ont riposté.

Rome ne réagit pas. Sa fille souriait, rien d'autre ne lui importait. Un petit sourire, presque une grimace complice. La petite éternua. Rome éclata de rire, lui essuya le nez et l'embrassa. Elle savait que son frère n'en sortirait pas vivant. Elle l'avait su dès l'instant où il l'avait empêchée de le suivre dans le tunnel. Tank voulait mourir. Il le voulait depuis longtemps. Depuis toujours. Enfant il rêvait déjà d'une mort fulgurante, héroïque, grandiose. Il se voyait affrontant l'ennemi poitrine nue, armé de son seul courage, bataillant au milieu de cent chevaliers et restant debout percé de flèches et de lances, ou gladiateur dans l'arène affrontant l'empereur et l'empire sans autres glaives que ses poings. Sans le savoir, Thor – qui aurait payé cher pour le faire disparaître – avait offert à son fils ce qu'il désirait le plus au monde.

– Et Toller ? demanda Orden.

– Il se démène.

Orden fut gagné d'une grande excitation. Une incroyable excitation qui effaçait les jours maudits d'attente et d'anxiété, les heures impuissantes. Il n'avait qu'une idée imprécise de ce qui se passait mais il pressentait que ce qui était à l'œuvre ne pourrait plus être empêché. Il pariait qu'une vérité allait jaillir des combats et son excitation grandissait. Il rêva fugitivement qu'ils allaient transformer le monde, proclamer la Commune et former un gouvernement provisoire… Il serra l'ange de bronze contre sa poitrine. Cybèle ne serait pas morte en vain.

Le ciel était blanc de nuages.

– Tout le monde suit ? s'inquiéta brusquement Orden.

Méthode assura que ça explosait de partout.

– Ici, ailleurs, sur tous les continents…

Il se tourna vers Rome.

– Tank va être enterré aujourd'hui avec les autres. Je te conduis ?

– Non, répondit-elle d'un ton neutre. Je veux voir ma mère.

Orden blêmit. Le fantôme de Cybèle s'adressait à lui comme une supplique montée du néant. Rome répétait mot pour mot une phrase qu'elle lui avait dite et qu'il n'avait pas comprise : « Je veux voir ma mère. » Il regarda Rome sans parvenir à masquer son trouble. Toutes les mères n'en faisaient-elles qu'une ?

– Elle est morte ?

– Elle est folle, rectifia Rome, offensée par la question.

Asile

Le bâtiment avait été à moitié détruit par un bombardement mais il tenait encore debout. Des tirs de mortiers avaient pulvérisé plusieurs parties du toit. Le vent s'engouffrait dans les brèches, faisant entendre un souffle lugubre. Le panneau de droite de l'imposante porte d'entrée avait été arraché. Ils entrèrent par le trou béant. Les Souchiens et le personnel médical avaient pris la fuite. Certains avaient été tués et leurs cadavres gisaient dans les couloirs et dans les escaliers. Les malades, abandonnées à leur sort, erraient seulement vêtues de chemises de nuit ou de manteaux trop grands pour elles. La première qu'ils rencontrèrent se planta devant Orden et le dévisagea longuement.

– Vous n'êtes pas Nini ?

Orden s'excusa : non, désolé, il n'était pas Nini et n'avait pas idée de qui était Nini, où il était, ce qu'il faisait. La femme ne sembla ni déçue ni indignée de sa réponse. Elle leur tourna le dos et s'éloigna avec une belle insouciance, traînant les pieds dans des sandales plates qui faisaient un bruit déplaisant sur le carrelage. Ils croisèrent ensuite une grosse qui sentait la sueur et l'urine. Elle ne comprenait toujours pas pourquoi elle était là.

– Je l'ai répété je ne sais combien de fois au médecin : « C'est vous qui êtes fou à vouloir que mon fils soit mort ! Mon fils n'est pas mort. C'est pas la peine d'en rajouter. Il a déjà fait assez de bêtises comme ça ! Je vous l'ai dit et redit : il s'interroge à l'intérieur de lui-même. Ce n'est pas sorcier à comprendre. Il n'y a pas besoin d'avoir fait des grandes études pour ça ! » Maman, qui n'avait aucun diplôme, me le disait toujours : « Interroge-toi au fond de toi-même. » Mon fils n'a fait qu'obéir à sa grand-mère. Si maintenant ce n'est plus autorisé ou si ça peut lui faire du mal, le médecin n'a qu'à le retourner pour le remettre à l'endroit. À la campagne, mémé faisait ça avec la peau des lapins…

Elle remarqua le bébé qui dormait dans les bras de Rome.

– Vous l'avez retourné ?

Dans le dortoir, Rome reconnut sa mère plantée devant ce qui restait d'une fenêtre, un croisillon de bois évoquant la croix du Golgotha.

– Maman ?

Le vieille ne répondit pas. Elle ne sembla même pas s'apercevoir de sa présence. Rome dut la contourner pour se placer dans son champ de vision.

– C'est ta petite-fille, dit-elle en levant son bébé devant elle.

Elle ajouta plus bas, presque en confidence :

– C'est Zoé…

Le bébé contracta sa bouche dans un étrange rictus et poussa le cri affolant d'un enfant affamé. Mais rien ne semblait atteindre la mère de Rome. Orden réalisa que c'était la première fois qu'il entendait le nom de l'enfant, comme si Rome avait attendu de retrouver sa mère pour la nommer.

Rome consola sa fille de paroles douces, de baisers, lui laissant téter son petit doigt. La vieille n'avait toujours rien manifesté ; pas un geste, pas une parole. Rome la fixa comme si ses yeux avaient la force de briser le masque de douleur qui figeait les traits de sa mère. Elle comprit soudain. Si elle ne parlait pas, son corps tout entier posait une question : *Thorigny ?* Rome y répondit sans émotion, d'une voix dure :

– Il est mort.

Le dernier mot claqua étrangement dans cette pièce ouverte au vent. Pareil à une détonation. Rome crut discerner une légère rougeur sur la ruine craquelée du visage de sa mère mais cette annonce ne suscita pas la moindre réaction, ni tremblement des lèvres ni battement de cils.

– Tu ne veux pas savoir comment ?

Un vague sourire apparut furtivement mais la vieille retomba aussitôt dans son apathie. Au loin, ils entendaient le glougloutement qui sortait d'un tuyau crevé par le bombardement. L'asile s'ouvrait les veines et se laissait mourir, entraînant dans la mort celles qui n'avaient plus ni la force ni l'envie de s'échapper. Rome comprit l'urgence. C'était comme si les folles s'alliaient aux murs pour crier : « Foutez le camp en vitesse ! » Elle confia la petite à Orden le temps d'aider sa mère à enfiler un grand manteau bleu d'infirmier qui traînait sur un lit défoncé, couvert de morceaux du plafond qui s'était écroulé.

– Allons, dit-elle, la guidant par le bras.

Histoire

Une dernière fois, Orden avait dû assurer à la femme qu'il n'était pas Nini et à la grosse qu'il ignorait si son fils retourné sur lui-même était mort ou vivant. Ils étaient sortis sans croiser personne d'autre que des vieillardes décharnées, naïvement obscènes et de plus jeunes malades qui tournaient en rond, réclamant leur Ration aux murs détruits. Orden gardait en lui les marques d'une très vieille angoisse qui soudain refaisait surface. Ses yeux s'assombrirent. Par peur de divaguer, de laisser son esprit partir en zig-zig, il demeurait figé, les pieds solidement ancrés au sol, dominant l'ange posé sur le terre-plein de l'hôpital comme un dieu sculptural. Une vieille femme devenue muette, un bébé qui ne parlait pas encore et Rome emportaient leurs silences. Orden retint son souffle. Avaient-elles vraiment disparu dans un éblouissement ou n'était-ce qu'un effet de l'irréalité immédiate ? Rome aux cheveux roux – « Auburn, tu permets », sa mère aux cheveux blancs et l'enfant sans cheveux allaient droit devant sans craindre l'ombre glacée des cyprès qui bordaient l'allée. Rome lui avait adressé un ultime regard. Dans la brume jaunâtre et les fumées des incendies, Orden ne souhaitait rien d'autre que de la revoir, partager sa vie avec elle sans trouver de prétexte pour fuir, être là, présent de jour comme de nuit, écrire pour l'aimer mieux qu'il avait aimé Cybèle.

En autant de langues
Que Babel l'autorise
Je te le dis
Ce visage en feuillets d'ombres
C'est ton visage
Dont l'âpre gravité
M'oblige à la patience
Je t'attendrai
Œil de chatte
Lac aux chagrins

Perle émerveillée d'envies
À l'orée de ma nuit
Tu resplendis
Parée d'un véhément silence

Orden tourna la tête à droite, à gauche. Près de lui, sur un mur encore debout, restait un tag vieux comme la police, ACAB (All cops are bastards). Orden ne percevait pas le moindre signe de vie, pas même un rat ou une souris entre les ruines fumantes et les ordures éparpillées. Rien, pas le plus petit brin d'herbe, pas même une ortie ou une ronce. Il n'y avait qu'amas de pierres, gravats, poussières ; de la mort minéralisée. Dans ce désert sans âme qui vive, Orden entendait des sons, des bruits, des cris, des chants, des sanglots qui montaient du sol et formaient un chœur porté par le vent. Des voix chuchotaient des choses inoubliables sur la guerre, les morts, Cybèle, Rome, l'amour, l'insurrection, l'instant fatal, la poésie, les roses noires… Une foule spectrale l'encerclait et réclamait justice. Justice pour les morts, justice pour les fous, justice pour les humiliés. Justice pour le temps perdu, les jours volés, les mensonges, l'angoisse mortifère. Justice pour les peines ignorées, l'oubli carcéral, le désir torturé, les femmes maltraitées, l'enfance déshonorée. Était-ce à lui que ces voix s'adressaient avant de s'éloigner avec un bruit de feuille qu'on arrache ?

Sur le pan d'une cloison brisée à demi, il remarqua soudain un point rouge. Machinalement, il posa un doigt dessus et se mit à le frotter comme enfant il frottait les images disparues des assiettes creuses de ses parents pour les faire réapparaître. Était-ce cela qu'on attendait de lui : faire remonter au jour ce qui avait disparu ? Pourquoi lui ? Il n'était qu'un prestidigitateur, un montreur d'ombres. Comme un clou qu'on enfonce à coups de masse l'idée s'imposa. La cloche tinta dans sa tête. Il savait lire et écrire. Faire paraître, faire réapparaître, faire être, c'était ça qu'il devait à Cybèle : revivre leur amour mot par mot ; s'en forger une masse d'arme pour se battre dans un monde dominé par la cupidité et le mensonge. Était-il capable d'une sincérité totale ? D'affronter la vérité des faits sans être tenté de les embellir ou de les noircir pour augmenter l'efficacité de son récit ? Que pouvait-il écrire qui ne soit pas aussitôt transformé en légende ? L'analyse du caractère assassin du capitalisme avait été faite et refaite par lui et par beaucoup d'autres ; par Fanch, par Toller, par M'Ba... Mais rien ni personne n'avait été capable d'en freiner la course mortelle. Cet absurde système économique avait produit de plus en plus de pollution, le climat s'était déréglé, la température avait atteint des degrés insupportables, détruisant des régions entières comme dans la Bible sont détruites Sodome et Gomorrhe. Les océans acidifiés avaient débordé ; il n'y avait plus de poissons, de mammifères marins, d'oiseaux de mer ni de végétation sous-marine ; la biodiversité s'était effondrée, ruinant la vie de millions de personnes. Des populations entières avaient dû fuir les zones devenues inhabitables. L'appauvrissement des sols était général, au nord comme au sud les animaux disparaissaient par troupeaux entiers ; en Norvège, en Angleterre, au Brésil, aux Philippines, au Pérou, en Italie, des milliers, des millions, des tonnes de poissons mouraient mystérieusement, comme les abeilles, les crustacés, les mammifères marins, les chauves-souris ; l'eau potable devenait un objet de spéculation financière. Plus les températures montaient, plus les profits boursiers grimpaient. La précarité, la misère, les épidémies et la mort devenaient l'ordinaire d'une majorité d'êtres humains. Mais qu'ils meurent du typhus ou du choléra ne comptait pas pour les plus fortunés, claquemurés dans leurs banques et leurs forteresses imprenables. Plutôt mourir que se renier et reconnaître ses fautes. Les incendies, la sécheresse, des inondations dignes du Déluge touchaient les forêts, les cultures, les villes. Encore un peu et la Terre serait aussi désertique que la Lune. Les scientifiques n'avaient cessé d'apporter des preuves que la planète courait à la catastrophe et pourtant rien n'avait changé. Paralysés, muets ou corrompus, les politiques se taisaient obstinément, jurant qu'il fallait laisser faire le marché, seul garant d'un équilibre général. Quant aux organisations internationales, elles ne prenaient pas au sérieux les alertes sur le caractère inéluctable de ce qui s'annonçait. Comme s'il s'agissait d'un dogme religieux ou une vision prophétique, leurs représentants n'y croyaient tout simplement pas ! Seuls les jeunes avaient tenté de se faire entendre mais, face à leur angoisse du futur, les dirigeants et leurs porte-parole médiatiques n'avaient eu que du mépris ou la répression policière comme réponse à leurs manifestations. Puis les tenants du pouvoir avaient provoqué une guerre sans fin, préférant le chaos à la moindre remise en cause de leurs richesses et de leurs places. Comme dans *Richard III*, de la terre heureuse ils avaient fait un enfer.

Orden avait de la nuit dans la tête. À l'image de ce qu'il faisait dans la démolition, il aurait voulu fendre le ciel en deux, le fracturer pour laisser place à la lumière étouffée sous un toit de plomb. Pour y voir clair, il fallait abattre d'urgence les leurres que la société dressait à chaque coin de rue, sur tous les écrans, sur tous les panneaux publicitaires. Il fallait effacer le tain des miroirs, arracher les masques, déchirer les rideaux qui lui bouchaient la vue ou l'aveuglaient. Faire place nette au réel. *À la vérité ?* pensa-t-il. *Mais qu'est-ce que la vérité ?* Il était sale et fatigué, sur ses mains ses veines avaient gonflé comme celle qui divisait son front en deux. Il voulait se souvenir de chaque instant depuis l'appel de Fanch, sa fuite, ses retrouvailles avec Cybèle, la mort du Souchien, Toller, les Blacks dans le tunnel… rien ne devait être oublié pour que chaque mot marque la place d'un mort mieux qu'une stèle dans un cimetière. Il se mit à douter : écrirait-il ce qui s'était réellement passé ou ce qui aurait dû se passer selon son cœur ? Il professait que la fiction marchait toujours un pas en avant de l'histoire. Mais il y avait une incertitude. Orden doutait. Objectivement, il n'y avait de témoins que de faux témoins. Témoignerait-il de la guerre ou de sa prémonition ? L'histoire ne l'avait-elle pas emporté dans son flot torrentiel ? Poussé plus loin que tout ce qu'il pouvait imaginer ? Cela faisait des années qu'Orden craignait qu'une guerre engloutisse ses amis, ses amours, ses compagnons, ses camarades sous des bombardements aveugles ; que des barrages condamnent des rues entières derrière des frises de barbelés et des sacs de sable ; que des arrestations arbitraires deviennent la règle, qu'on torture, qu'on massacre, qu'on emprisonne, qu'on déporte, qu'on extermine, condamnant toutes et tous au néant. L'oligarchie au pouvoir ne supportait le peuple que dans la servitude. Le profit, c'était sa loi, la peur son arme et le conflit permanent l'éternelle garantie du capital.

Les éboulements qu'il avait devant les yeux, les folles errantes à moitié nues au milieu d'eux, leurs délires, le grondement lointain des batailles en cours, tout disait à Orden que sa peur avait pris corps.

À celles de la folie
Les esprits à tous vents

La parole est donnée
L'injure légitime

Elles ne sont pas au monde
Ou plutôt si
Elles le sont plus que nous
Même affreuses concassées

Bouche tordue, œil absent
Tête torticollée
Désespérément elles sont
Les arcs ennemis
De la raison raisonnante

Quand s'écroule
L'obscur tympan du monde
Elles parlent comme des oiseaux
Pépient
Leurs mains volent à tire-mots
Leurs yeux s'allument d'étincelles

La folie ?
Elles entendent

La guerre était là, aussi manifeste sous ses yeux que la mort sur une toile de Bacon. Il était comme la seule fourmi issue de la fourmilière détruite. Orden sursauta. Cette phrase n'était pas de lui ! Encore une de ses foutues citations ! Elle venait d'un canto de Pound, un de ses poèmes du matin. Ses livres étaient perdus ou brûlés mais les Souchiens n'avaient pas anéanti les phrases, les strophes de sa résistance, sa mémoire en armes, sa chair même. Il lui en vint d'autres, comme si la ligue des poètes disparus l'interpellait : « Si l'on n'a pas connu ma voix déjà / C'est que tout s'est perdu avant de se refaire », « Celui qui voit son double en face doit mourir », « N'entre pas sans violence dans cette bonne nuit », « Il faut en finir avec le jugement de Dieu ». Une avalanche, un torrent, un ouragan de voix précieuses. Orden fit l'effort de se remémorer le dernier poème qu'il avait lu avant de s'engager dans la bataille. Il récita tout bas en fermant les yeux :

Riche nuit ! Si je suis hélas d'une autre étoffe,
La trame n'en est pas de vos oiseaux de mer,
Mais de leurs froides proies ourdies.

Le vent tournait. Tout semblait tranquille mais le concert des mots enflait, grossissait au milieu des ruines. Rien n'était perdu puisque la poésie vivait encore en lui. Orden n'était pas abandonné. Ils étaient une multitude, une espérance dont le crescendo gagnait le ciel et la terre. Il y avait eu cette Inutile en larmes appelant à la lutte à la télévision, l'exécution de Thor et de ses lieutenants, la débandade des milices, le sacrifice des Blacks et des autres écrasés dans l'effondrement des tunnels, la prise de la tour Azur par les Rebelles de la liberté, la proclamation de la Commune par ceux du Refus de parvenir. Des milliers de citoyens s'émerveillant de leur propre audace ralliaient les points rouges, symbole de leur libération. Ils prenaient d'assaut les espaces publics, célébraient la fin du Conseil et sa puanteur mortelle. Au milieu des bombardements, des tirs d'artillerie et des batailles aériennes, dans la fureur du temps présent, la guerre civile se dressait contre la violence capitaliste, l'arrogance bourgeoise, cléricale et fasciste. Accoucherait-elle d'un monde gouverné par l'égalité, la coopération, le partage ? L'espoir d'Orden s'incarna dans une chambre aux volets clos. Rome, très calme, tendrement allongée nue sur le lit, l'appelait répétant : « Mon amour, encore, viens, prends-moi, viens vite... » Un chant qui l'emportait à tire d'ange. Il volait, fendait un ciel de cristal et découvrait un monde libéré de la souffrance, de l'exploitation et des larmes. Orden se sentit partir. Sa tête roula d'un bord à l'autre. Un fleuve remontait vers sa source, la Terre tournait à l'envers, l'horizon s'allumait d'un noir diamant. Il marchait sur une falaise, face au vent. Il courait dans une nuit translucide, il était l'homme de joie, il était le prisonnier gracié, il était...

Orden rouvrit brusquement les yeux. Il ne fallait pas qu'il s'englue dans un rêve ; qu'il se laisse abuser par la douceur d'une autre réalité. L'ennemi pouvait encore tuer. Toutes les têtes de l'Hydre n'étaient pas tranchées.

Les voix qui le hantaient s'étaient tues.

Il faisait grand jour. La brume s'était levée, le vent était tombé. Le ciel était sans faille, la terre muette. Il n'y avait personne à l'horizon des ruines. Seul le silence attisait le feu de sa révolte.

DU MÊME AUTEUR

VIVE LA SOCIALE !, Mazarine, 1981 ; revu et corrigé, Seuil « Point Virgule », 1987.

À QUOI PENSE WALTER ?, Calmann-Lévy, 1987 ; Seuil « Point Virgule », 1988.

LES CINQ PARTIES DU MONDE, Mazarine, 1984 ; Le Livre de Poche, 2012.

L'ATTRACTION UNIVERSELLE, Calmann-Lévy, 1990 ; Le Livre de Poche, 1993.

BÉTHANIE, Calmann-Lévy, 1996 ; Le Livre de Poche, 1998.

MADAME GORE (dessins de Bob Meyer), Grand Prix humour noir, Eden, 2002.

RUE DES RIGOLES, Calmann-Lévy, 2002.

COMMENT CALMER M. BRACKE, Calmann-Lévy, 2003.

LES VIVANTS ET LES MORTS, Calmann-Lévy, 2004, Grand Prix RTL / *Lire*.

NOTRE PART DES TÉNÈBRES, Calmann-Lévy, 2008.

SCANDALES ET FOLIES, Seuil, 2008.

ROUGE DANS LA BRUME, Calmann-Lévy, 2011 ; Le Livre de Poche, 2011.

CE QUE SAVAIT JENNIE, Calmann-Lévy, 2012 ; Le Livre de Poche, 2014.

XENIA, Calmann-Lévy, 2014 ; Le Livre de Poche, 2015.

LA BRIGADE DU RIRE, Albin Michel, 2015 ; Le Livre de Poche, 2016.

LA FEMME AUX FESSES, Colophon, 2015 (poèmes).

HAMLET LE VRAI, Grasset, 2016.

LA TOUR ABOLIE, Albin Michel, 2017 ; Le Livre de Poche, 2018.

CES FEMMES-LÀ, Albin Michel, 2019 ; Le Livre de Poche, 2020.

SUBITO PRESTO, Albin Michel, 2020.

QUARTIERS DE NOBLESSE, Le Sonneur, 2020.

TOUS LES MARINS SONT DES CHANTEURS (en collaboration avec François Morel et Antoine Sahler), Calmann-Lévy, 2020.

Gérard Mordillat est président de l'association Altermedia, en Île-de-France, qui a pour vocation de former aux métiers du cinéma des jeunes n'ayant pas obtenu le baccalauréat. Il préside par ailleurs Ciné-salé, le festival international du film de mer et de marins.

Composition : IGS-CP
Impression : CPI Bussière en janvier 2021
Éditions Albin Michel
22, rue Huyghens, 75014 Paris
www.albin-michel.fr
ISBN : 978-2-226-45656-4
N° d'édition : 24227/01 – N° d'impression : 2052037
Dépôt légal : février 2021
Imprimé en France